A maldição de Edgar

Marc Dugain

A maldição de Edgar

Tradução de
PROCÓPIO ABREU

EDITORA RECORD
RIO DE JANEIRO • SÃO PAULO
2007

CIP-Brasil. Catalogação-na-fonte
Sindicato Nacional dos Editores de Livros, RJ.

D912m Dugain, Marc, 1957-
A maldição de Edgar / Marc Dugain; tradução de Procópio Abreu. – Rio de Janeiro: Record, 2007.

Tradução de: La malédiction d'Edgar
ISBN 978-85-01-07600-7

1. Hoover, J. Edgar (John Edgar), 1895-1972 – Ficção. 2. Romance francês. I. Abreu, Procópio. II. Título.

07-1784 CDD – 843
CDU – 821.133.1-3

Título original francês:
LA MALÉDICTION D'EDGAR

Composição de miolo: Abreu's System

Direitos exclusivos de publicação em língua portuguesa somente para o Brasil adquiridos pela
EDITORA RECORD LTDA.
Rua Argentina 171 – Rio de Janeiro, RJ – 20921-380 – Tel.: 2585-2000
que se reserva a propriedade literária desta tradução

Impresso no Brasil

ISBN 978-85-01-07600-7

PEDIDOS PELO REEMBOLSO POSTAL
Caixa Postal 23.052
Rio de Janeiro, RJ – 20922-970

Para H.F.K.

"Se começássemos suprimindo todos os que só conseguem respirar sobre um tablado!"

CIORAN

"Quando eu morrer, que seja destruído em plena ação."

OVÍDIO

"Fiquei no limiar de mim mesmo, pois dentro é sombrio demais."

ANTOINE BLONDIN

Prólogo

Naquela manhã, Nova York vestira seu uniforme dos dias ruins. Cinzento. Um lençol sombrio roçava o topo dos arranha-céus. Um vento maroto e gelado turbilhonava, engolfando-se, caprichoso, nas ruas e avenidas traçadas a régua. O noticiário, filtrado pelo vidro que me separava do chofer de táxi haitiano, despejava informações sem parar. Estávamos presos no meio da multidão impressionante que, como todos os dias, se dirigia para os lugares onde se cria a riqueza. Anunciavam-se chuvas com geada no início da tarde, e o locutor do rádio, excitado com a situação, avisava sobre os riscos de paralisação da cidade e seus arredores. Uma particularidade de Nova York em certos momentos do inverno: a chuva varrida pelo vento espalha-se sobre as ruas em fina película de gelo transparente e traiçoeiro e, em poucos minutos, congela pedestres e motoristas. Era aconselhado deixar as ruas e voltar para casa antes do início da tarde. A perspectiva de um dia mais curto deixava as pessoas nervosas. O centro trepidante da cidade ainda amontoava, em seus altos edifícios, aqueles que ela iria soltar nas estradas de Nova Jersey e Connecticut horas mais tarde.

•

Eu estava meio chateado. Ao marcar encontro comigo em hora tão matinal, a mulher que eu devia encontrar obrigara-me a vir de Nova Orleans na véspera e a gastar uma fortuna por uma noite num hotel que no máximo se diria correto, não muito afastado de sua editora. Embaixo do prédio que datava da década de 1940, alguns teimosos fumavam desesperadamente o último cigarro antes que o frio lhes congelasse os dedos. Depois de me deixar esperando o tempo necessário para me lembrar que era eu quem havia solicitado a entrevista, ela me recebeu num escritório modesto onde a desordem provocada pela abundância de livros e publicações contrastava com o rigor de seus trajes. Ostentava as cores da cidade. Um terninho cinza de mulher com responsabilidades, como se tons mais vivos pudessem colocar em dúvida seu profissionalismo. Uma tez com certeza cansada por migrações diárias entre Manhattan e a casa da família no campo — luxo, fonte de pesadas tensões. Uma cabeleira abundante, grisalha. Ela não era nem desagradável nem afável. Um espesso dossiê que nos dizia respeito estava colocado à sua frente, e dava para sentir que ela se esforçava para não deixar transparecer seu espanto.

— O senhor continua interessado? — perguntou-me sem me olhar.

— Se não estivesse, não teria vindo de Nova Orleans encalhar aqui, num dia em que Nova York se transforma num gigantesco rinque de patinação — respondi-lhe sem jeito, intimidado por sua frieza estudada.

Minha frase dava a entender que eu havia deixado um paraíso, embora nada estivesse mais afastado disso que Nova Orleans. Ela me olhou por cima dos óculos e esboçou um sorriso forçado:

— Muitas pessoas do Sul não gostam desta cidade porque não vêm aqui com freqüência. Se o senhor tivesse tempo para viver um pouco aqui, veria o quanto ela é movimentada e quantos lugares existem onde nos sentimos bem. Ainda é uma cidade que está à frente; não existem muitas assim nos Estados Unidos.

— Não sou o melhor juiz — prossegui. — Nada tenho contra Nova York em particular, exceto que não sou muito urbano, e que é preciso ter dinheiro para se levar uma vida aceitável numa grande metrópole, o que com certeza não é o meu caso. A senhora mesma passa muito tempo aqui?

— Muito pouco; nós moramos em Connecticut, a uma hora e cinqüenta daqui.

Como eu imaginara. Acrescentei:

— É sempre a mesma coisa: os maiores defensores de uma metrópole, os que propalam a sua lenda, sonham com ela acordados, mas por nada no mundo as escolheriam como o lugar onde manter uma família.

— O senhor deve ter razão — soltou ela, para encerrar aquela conversa.

Pôs-se a examinar cada peça do dossiê, um pouco como um juiz que poria ordem nos papéis antes de se dirigir ao acusado.

— Estamos de acordo que provavelmente é uma falsificação — retomou, levantando a cabeça.

— Minha posição não mudou. Mas o que a faz pensar assim?

Em resposta, ela começou oferecendo-me um sorriso maravilhosamente crispado mas de admirável brancura.

— Não fomos o primeiro editor abordado no início do ano de 1976. Antes de chegar a nós, outros tinham recusado o texto. Por causa de imprecisões, para não dizer incoerências históricas. Fomos os últimos contatados pelo vendedor do manuscrito, o parente de um médico que cuidou dele nos últimos meses de vida. Adquirimos por uma ninharia.

— A senhora não acha que essas incoerências se devem à idade e ao estado de saúde dele quando escreveu?

— Foi o que finalmente nos convenceu a comprá-lo. Mas nos espantou a incrível precisão de algumas de suas lembranças. Os que o conheceram na data em que supostamente escreveu as memórias dizem que não passava de um vegetal, estatelado num sofá o dia inteiro, comendo doces na frente da televisão, como se tentasse se suicidar com a diabete. Ninguém nunca o viu escrever. As testemunhas de sua decadência o descrevem como um ser totalmente senil, diminuído demais para se apegar a uma tarefa como essa. Além do mais, as pessoas que conviviam com ele no dia-a-dia, quando exercia sua função, achavam-no um boçal, incapaz de exprimir a mínima fineza, exceto, talvez, no crepúsculo da carreira.

— Então, por que compraram este manuscrito?

— Foi um dos nossos editores, Jason Green, quem na época tomou a iniciativa. Acho que ele gostava desse texto um pouco híbrido, entre a biografia histórica, a confissão aparentemente sincera e às vezes um pouco escandalosa, e o que hoje se chamaria um documentário-ficção. Mas a decisão de publicá-lo pertencia ao comitê de leitura e, com a exceção de Jason, todos os membros foram contra.

— Por quais razões?

— A autenticidade, como eu disse. Perguntamo-nos se quem o escreveu não seria um homem do FBI, um posto mais abaixo na hierarquia. E também por todos os riscos ligados a certas revelações referentes aos dois casos Kennedy. Como o senhor deve saber, não faz muito tempo ainda se morria por falar demais sobre esse assunto, e ninguém aqui tem vontade de correr o risco. Para publicar teorias ousadas, é preciso estar certo de colher mais dinheiro que problemas. Além disso, a profusão de teorias acabou esmaecendo a curiosidade das pessoas pela questão. Já que lhe interessa, é seu, por quatro mil dólares, o que nos custou na época. O senhor tem advogado?

— Advogado? — respondi desconcertado. — Quatro mil dólares é uma bela soma para alguém como eu. Mas se eu contratar um advogado para uma transação deste porte, acredito que me custará o dobro.

— Não é questão de dinheiro. O assunto sempre é sensível, como o senhor sabe, e previmos várias cláusulas de isenção de responsabilidade, mas o senhor pode assinar agora se preferir.

Enquanto eu dava uma olhada no contrato, ela pousou os óculos sobre o dossiê:

— Nada o obriga a me responder, mas por que está disposto a pagar quatro mil dólares por este manuscrito?

Sem deixar de percorrer as cláusulas do documento, respondi, de modo um tanto evasivo:

— Fui encarregado por uma produtora independente de coletar materiais para fazer um filme sobre esse período.

— Nada muito original, cá entre nós — respondeu. — Oliver Stone já fez um, não é?

— É, um filme muito interessante, mas que só esclarece um lado do prisma. É um trabalho realizado por uma equipe inteiramente favorável a JFK, com base na investigação de um homem honesto, mas um pouco sob o domínio dos criminosos de Nova Orleans: estou falando de Jim Garrison. Os defensores incondicionais de John sempre quiseram ocultar certos aspectos de sua personalidade para fazer dele um ícone e tornar sua morte ainda mais comovente. Mesmo assim, ainda que se tenha revelado tão assustador quanto uma noite sem estrelas, nada justificava que o assassinassem. De qualquer maneira, não faremos um novo filme sobre os Kennedy. Queremos simplesmente explorar um período de nossa história em que a paranóia, a esquizofrenia, a misoginia, o racismo e o anti-semitismo conviviam à sombra de nosso pudor original. Era o tempo, como escrevia William Styron, da "passarela vacilante entre o puritanismo de nossos ancestrais e o advento da pornografia de massa". No filme vamos falar também do poder, ainda que seja um assunto meio fora de moda. A propósito, a senhora sabe o que caracteriza o homem?

Ela pareceu espantada com a pergunta. Apressei-me em explicar que, por "homem", eu queria dizer "espécie humana". Mal interpretada, minha pergunta poderia ter passado por uma forma de assédio. Ela refletiu por alguns instantes antes de responder solenemente:

— A moral, acho.

— É a teoria de Thomas Huxley. Para os marxistas, é a ferramenta; para Platão, é o fato de sermos bípedes. Mas entre todas as respostas, a de Aristóteles é particularmente interessante. Ele vê no homem o único animal político. O que eu interpretaria como o único animal dotado de uma dupla linguagem. Enfim, lamento tê-la importunado com minhas teorias meio...

— O senhor acha que está sendo muito original?

— A originalidade é um luxo que a história pode facilmente dispensar. É como as duas guerras deste século, um assunto tão vasto quanto as planícies do Meio-Oeste que sempre vão guardar lugar para o último imigrante.

Minhas digressões começavam a entediá-la. Ela me trouxe um pouco secamente ao assunto:

— É um projeto com ou sem Hollywood?

— Por enquanto, é um projeto independente, sem os grandes estúdios. Um olhar crítico sobre um pedaço da nossa história não está entre as preocupações imediatas deles. Vamos tentar nos virar, tentar encontrar um ângulo artístico que atraia os espectadores. O público não se interessa mais pela busca da verdade: na melhor das hipóteses se diverte com isso; na pior, fica entediado, convencido de que a verdade não lhe é acessível. Exceto se impostores lançam teses extravagantes que fazem o elogio de sua tendência ao maniqueísmo, sua preguiça, e confortam as pessoas com a idéia de que são vítimas de uma minoria maquiavélica que conduz o mundo. Como se essa gentalha não fosse a emanação de suas próprias contradições... Querendo se contentar com uma única verdade, o que exige esforço e abnegação, não chegam a nenhuma.

Por um curto momento, ela causou em mim a sensação de se deixar levar por nossa discussão, depois as obrigações domésticas a seguraram.

— Desculpe, eu adoraria poder convidá-lo para almoçar, mas estão anunciando chuva com geada e tenho de pegar meus filhos antes que a região fique completamente paralisada. Meu marido deve voltar da Filadélfia esta noite, nem sei se vai poder aterrissar. Quem sabe uma outra ocasião.

Antes de nos separarmos, acertamos rapidamente as questões práticas de nosso negócio.

No táxi que me levava ao aeroporto, sempre conduzido por um haitiano, pensei nesta última frase, "Quem sabe uma outra ocasião". Por que a pronunciou se sabia que não haveria outra?

Eu comprara esse manuscrito sem ter lido uma linha dele. Falso, interessava-me tanto quanto verdadeiro. Se era apócrifo, a simples vontade de um homem ou de uma organização de ter elaborado esse documento bastava para me entusiasmar. A pretensa objetividade de um memorialista é tão nociva à verdade quanto a intenção de falsificar fatos. Em todos os casos, esse documento era essencial para minhas pesquisas.

Nasci 15 anos depois do fim da Segunda Guerra Mundial. Jovem demais para fazer a do Vietnã, sou de uma geração que não tem razão alguma para se queixar. De tanto nos convencerem, ficamos de braços cruzados diante do aumento do cinismo pragmático. Agora que estamos começando a pagar bem caro por ele, entendo que também era uma verdadeira responsabilidade ter 20 anos nos anos 1980. Ao se abster de pedir a prestação de contas sobre sua história recente, a nossa geração preparou para si mesma dolorosos amanhãs. Talvez eu seja pessimista. Nós cajuns* em geral somos criticados por nos fecharmos no conforto de nossa indolência cética, por duvidarmos quando outros têm certeza de encarnar o Bem supremo.

Os fotógrafos gostam de bater fotos no nascer do sol ou durante o momento mágico que precede o anoitecer. A iminência da penumbra dá às cores tons especiais. Foi o que senti diante deste manuscrito. Experimentei-o como a foto de um homem apressado pela noite que vem chegando.

---

* Americanos descendentes de franceses da Luisiânia. (*N. do T.*)

Memórias atribuídas
a Clyde Tolson
(1932-1972)

1

Naquela noite, o homem que se aproximou da nossa mesa tentando esconder de nós, por trás de sua enorme silhueta, uma moça bem jovem tinha o ar decidido de um javali macho e solitário ao deixar a chafurda no fim da tarde. Uma verdadeira cabeça de irlandês, cabelos ruivos areia, olhos azuis cercados de pequenos óculos redondos com armação de osso e o ar de um indivíduo em perpétuo movimento. Um tipo resoluto, à imagem dos ambiciosos que desde bem jovens fixam para si um objetivo de vida, e que suam sem descanso para alcançá-lo, sem respeito por aqueles, fracos ou fortes, que sem querer lhe embaraçam os passos. Aos 50 anos, guardava a segurança ostentada pelos primeiros irlandeses que desembarcaram em Boston no século passado. O homem se curvou para soltar uma piada no ouvido de Edgar, que lhe respondeu no mesmo tom, pois vi os dois sorrindo, antes de se afastarem, sempre dissimulando a lourinha graciosa que o acompanhava. Depois que o energúmeno desapareceu na nuvem de fumaça azul que filtrava a luz, Edgar, que não era bobo, me disse:

— Reconheceu-o, não é?

— Ele tem feito muito esforço para ser reconhecido no povoado mais afastado dos Estados Unidos para que o confundam com outra pessoa aqui em Nova York — respondi.

— Ele deve estar prestes a partir, ou então já voltou da Inglaterra?

— Você sabe como aconteceu a nomeação dele?

— Ele pediu a Roosevelt, por intermédio do filho Jimmy, com o qual ele anda agora negociando, que o nomeasse embaixador na Inglaterra. Ao receber o pedido, "o Imperador" pôs-se a rir tão forte que quase caiu da cadeira de rodas. Acabou aceitando vê-lo para conversar sobre o assunto. Ao chegar ao salão oval, Roosevelt lhe pediu para dar uns passos, para ver se ele tinha jeito de embaixador. Aí então, o presidente lhe fez um pedido incrível: "Joe, você poderia baixar as calças?" O outro, de cabelos em pé, obedeceu. Então, o presidente exclamou: "Joe, olhe as suas pernas, você tem as pernas mais tortas da Terra. Você não sabe que todo novo embaixador na Grã-Bretanha tem de apresentar suas credenciais em trajes da corte, com culotes à francesa e meias de seda? Dá para você imaginar com que cara iria ficar? Quando as fotos do nosso novo embaixador forem publicadas na imprensa, a Terra inteira vai rir de nós. Você simplesmente não tem as qualidades requeridas, Joe." Mas o outro, sem se demorar no ridículo da situação, inverteu-a como só um arrivista irlandês consegue fazer: "Senhor presidente, se eu conseguisse obter do governo de Sua Majestade autorização para me apresentar na cerimônia de paletó e calças de risca de giz, o senhor aceitaria nomear-me? Preciso de duas semanas." Roosevelt topou a aposta. E, evidentemente, Joe obteve a sua derrogação.

•

Edgar se interrompeu um pouco. Seu olhar divertido perscrutou cada uma das mesas instaladas em seu campo de visão, depois prosseguiu:

— Roosevelt tinha uma dívida muito grande com ele desde a primeira eleição em 1932. O outro tampouco ficou parado em 1936. Estava convicto de que ia ter um posto ministerial em agradecimento, mas nunca surgiu. Ele vive ocupado.

— Então, por que assumir esse elefante para embaixador e sobretudo na Grã-Bretanha? — retorqui.

— Roosevelt defendeu o caso dele junto ao ministro das Relações Exteriores, alegando que, neste período de efervescência e de desinformação, era uma boa coisa não pegar um desses diplomatas profissionais que caem sob o encanto das boas maneiras britânicas, ao ponto de se tornarem perdidamente anglófilos. Nenhum risco com católicos irlandeses que trazem nos genes o ódio aos ingleses.

Depois estourou de rir e prosseguiu:

— Não sei se você vai acreditar em mim se eu lhe disser que esse homem viu mais traseiros na vida que os toaletes femininos da estação central de Nova York. Sei mais sobre ele do que ele nunca poderá imaginar. O presidente o trata bem porque ele é rico, sem complexos, domina Boston e boa parte da Nova Inglaterra, e entendeu que tinha uma habilidade ímpar de atrair para si as boas graças da imprensa. O sogro, Fitzgerald, prefeito de Boston, é o inventor do aperto de mão irlandês, uma maneira de apertar a mão de um eleitor dirigindo-se a outro.

Sem ele, Roosevelt não teria conseguido aprovar o New Deal. É um católico fervoroso, fez nove filhos na mulher, que cuida da prole enquanto ele espairece. Todos bons católicos irlandeses prontos para Harvard, onde não são bem-vindos.

Em seguida, como se de repente tivesse sido picado pela lembrança de suas responsabilidades, acrescentou:

— A grande diferença que existe entre o meu juízo sobre ele e o dos outros é que a maioria dos observadores o consideram um gênio dos negócios mas um pateta em política. Sobretudo, acham que só o dinheiro e as mulheres o interessam. Estou convencido do contrário. Esse sujeito fez uma fortuna considerável, você verá de que maneira no dossiê dele. Desde a Grande Depressão, ele entendeu que o poder estava mudando de mãos e que a política, que até ali estava apenas a cargo de um bando de negocistas incompetentes, ia adotar um novo estilo. Embora não exista homem mais conservador que ele, está certo de que os negócios só poderão se desenvolver se o Estado fizer uma política social. Com a guerra ameaçando, esse Kennedy poderia vir a desempenhar um papel importante. Por oportunismo mais que por talento, mas se o presidente o mantiver em Londres, talvez ele tenha um papel-chave. É o tipo de fenômeno que deve ser vigiado feito leite no fogo. Hoje, amanhã e até depois de amanhã. Já organizei um espesso dossiê sobre ele, Clyde. Acho que seria bom você pegá-lo e continuar a alimentá-lo. É um dos meus dossiês classificados "confidencial". Um dos meus orgulhos também. Comecei a organizá-lo numa época em que Joe Kennedy não passava de um pequeno ambicioso, um bulímico por dinheiro e mulheres. Estou muito contente por ter sabido identificá-lo como um sujeito a ser vigiado. A América é feita assim, Clyde: de um dia para o outro a gente pode se ver diante de um sujeito dessa laia no comando do país. Então, você entende, se não nos tivermos preparado para isso, uma vez eleito, fica um pouco tarde para tomar a inteira medida do personagem. Às vezes, sinto-me um pouco como esses olheiros de universidade para o esporte, que observam discretamente na lateral do campo a eclosão de talentos. Além disso, não podemos nos desinteressar pelo homem que durante anos comeu o maior símbolo sexual que a América jamais produziu: Gloria Swanson. Só por isso merece ser vigiado bem de perto. Estou feliz por confiar essa vigilância a você, Clyde, num momento em que a efervescência internacional me obriga a lutar em todas as frentes.

Quem tivesse tido a funesta idéia de colocar uma bomba bem no meio do Stork Club num sábado à noite nessa época teria destruído boa parte do sistema nervoso da América. Além disso, a lista do *Who's Who* teria encolhido drasticamente. Esses anos deixaram em todos os que os viveram a lembrança de um incrível frenesi. Mas eu estava chegando aos 40, e a consciência de que o tempo que me restava a viver seria certamente mais curto que aquele que eu já vivera deixava-me um pouco melancólico. Edgar como sempre me censurou por ser nostálgico demais, por começar as minhas frases por "Nos bons velhos tempos", por matar o presente antes que tivesse passado. Justifiquei-me:

— Nunca se ganha a batalha contra o tempo, Edgar.

— Você está enganado — respondeu-me com uma voz suave e pausada. — Somos poucos a ter entendido isso. A eternidade está ao alcance daqueles que se dão ao trabalho.

Sorri. Com aquele sorriso assimétrico que fez a minha fama no Bureau:

— Mesmo assim, você não vai me dizer que conta com as suas boas ações para chegar lá. Sei que você diz nos jornais que sempre hesitou entre Deus e a lei, mas...

— Deus e a lei são da mesma essência, Clyde. Você sabe disso muito bem. Mas o serviço do bem não abre as portas da eternidade. É pela posteridade que ganhamos a batalha do tempo, ao nos colocarmos a serviço das idéias que têm mais chances de triunfar. Se por felicidade elas estiverem em harmonia com nossas próprias convicções, então tanto melhor. Todos os que têm grandes ambições sabem disso. As pessoas pequenas se contentam com o sursis proporcionado pela lembrança que deixam em família. Quanto tempo dura? Uma, duas, três gerações talvez. Para nós, o problema não existe. Não temos descendência alguma. Nossa única escolha é a posteridade, se não quisermos cair na fossa comum do esquecimento. Nós surgimos das trevas da América profunda e silenciosa, e ninguém nunca poderá nos forçar a voltar para lá. Nós decididamente damos as costas à resignação das pessoas comuns.

— Você fala por você, Edgar. É de você que vão se lembrar, não de mim.

— As pessoas se lembrarão de que você me serviu tão lealmente quanto pode um ser humano. Você terá a sua parte de memória coletiva, você verá. Estamos apenas no início da nossa obra.

Edgar colocou o dossiê sobre a minha mesa. Ele mesmo o tirara do armário que ficava atrás da Srta. Gandy, sua secretária desde o início dos anos 1920, uma mulher seca e severa que era comigo tão calorosa quanto uma esfinge de mármore com os visitantes de um museu. Ela sempre dava um jeito para nunca encontrar o meu olhar e assumia um ar irritado toda vez que eu me demorava na frente de sua mesa.

Edgar não acrescentou uma palavra, como se tudo já tivesse sido dito. Esperei que saísse para agarrar o dossiê e apalpá-lo bastante antes de abrir. Era a primeira vez que ele me confiava um desses calhamaços que conscienciosamente montara peça por peça. Um trabalho paciente com uma escrita pausada que contrastava com a eloqüência veemente de suas cóleras. Letras bem formadas, um estilo rebuscado, uma extrema legibilidade, a seriedade de um dossiê médico, uma verdadeira biografia clandestina. Bastava ver um documento como aquele para compreender o trabalho colossal que Edgar empreendera durante todos aqueles anos.

Quando fui contratado pelo FBI em 1928, minha primeira nomeação fora para o Bureau de Boston, onde por certo não fiquei muito tempo, mas de qualquer modo o bastante para compreender o que os Kennedy e seus aliados Fitzgerald representavam para aquela cidade endinheirada da Nova Inglaterra. Joe Kennedy era daqueles americanos que se comportam feito uma lenda viva mesmo, antes de ter feito o que quer que seja que possa torná-los notáveis. Nesse sentido, tinha um ponto em comum com Edgar que, desde o primeiro dia de sua vida profissional, se comportara como se seu nome estivesse destinado a ser conhecido pela América inteira.

O dossiê estava em nome de Joseph Patrick Kennedy. Como num dicionário, sua definição figurava ao lado do nome. Edgar inscrevera sem maiúscula: "negocista, nascido em 1888".

Em seguida, podia-se ler uma sucessão de notas esparsas, soma de informações privadas ou públicas sobre acontecimentos que tinham suscitado interesse o bastante para serem declarados no enorme documento. Misturavam fatos objetivos e comentários bem pessoais. Edgar, a um só tempo redator e único leitor de suas fichas, dava livre curso ao arbitrário de suas apreciações quase com volúpia. Embaixo do registro civil, a biografia começava em fanfarra:

> Este manipulador despudorado tenta dar ainda mais mérito a seu êxito já que teria sido criado em família pobre. Tenta desesperadamente fundir-se na lenda do imigrante católico e irlandês que, antes de empreender uma estonteante carreira à força dos punhos, só teria conhecido as docas e as calçadas de Boston. Fabulação total. Filho de Patrick Joseph Kennedy, importador e distribuidor de bebidas e político local eleito várias vezes para o Senado. Igualmente acionista de uma companhia local de carvão e do Columbia Trust, único banco irlandês de Boston. A família sempre viveu no luxo (mansão, empregados, iate de vinte metros em madeira de lei, invernos em Palm Beach). Montou seu primeiro negócio durante os estudos em Harvard, que não deixaram a lembrança de um estudante brilhante (particularmente nas aulas de banco e finanças que foi forçado a abandonar). Começa nos negócios ainda estudante com uma pequena empresa de excursões turísticas, 300 dólares investidos, 5 mil dólares de retorno. Executou vários outros pequenos trabalhos como, por exemplo, "Shabbath goy" (empregado do sábado na casa de judeus devotos).
>
> Primeiro emprego sério: inspetor num banco estatal. Um ano. Passa a perna no First National, que cobiçava o Columbia

Trust, impedindo-o de absorvê-lo. É nomeado aos 25 anos diretor executivo do banco por seus acionistas irlandeses, em agradecimento por sua tenacidade em expulsar o inglês. Casa-se em 1914 com Rose Fitzgerald, filha de John Fitzgerald, prefeito de Boston, fino especialista da fraude eleitoral. Mulher fértil, católica irlandesa tradicional, ela lhe dá nove filhos. Dedica-se à educação deles e, satisfeita com sua condição de mulher de empresário, nunca reage às incessantes traições amorosas do marido, contente demais por livrar-se daquela assiduidade sexual sem equivalente no reino animal. Joe adquire desde essa época o hábito de aparecer nos jornais. Deixa o banco em 1917 para entrar como diretor-geral nos grandes estaleiros navais de Fore River, filial da Bethlehem Steel. Acrescenta-se a uma melhor remuneração a vantagem de ser considerado participante do esforço de guerra, o que lhe evita o recrutamento (classe 12). Primeira proeza política: violento enfrentamento com Roosevelt, então vice-secretário da Marinha, a respeito de dois navios de guerra que Kennedy não quer soltar a pretexto de que não foram pagos. Cederá forçado; Roosevelt enviará a tropa e rebocadores.

Cansado da indústria, reconverte-se às finanças em 1922 no banco Hayden-Stone. À margem desse novo emprego de assalariado, começa a construir sua fortuna com a especulação e o uso de informações privilegiadas. Como prova, graças a uma indiscrição de Stone, que o informa de que a Pond Creek Coal está a ponto de ser comprada por Henry Ford, endivida-se até o pescoço para adquirir 15 mil ações a 16 dólares, revendidas a 45 no momento da ofensiva. Torna-se especialista em manipulações de mercado e em fraudes a pequenos portadores, ao fazer inflar artificialmente as cotações para se livrar artificialmente dos fundos em melhores condições. Dá o golpe de sua vida em

1924 ao provocar o fracasso de uma especulação na baixa sobre a cotação da companhia de táxis nova-iorquina Yellow Cab.

•

Nesse pedaço, como se tivesse querido dar uma pausa na biografia, Edgar resolve fazer uma análise psicológica sucinta:

> Enérgico, elétrico, turbulento, sem a menor fineza, bajulador, brutal, grosseiro, capaz de perseguir uma mulher com sua assiduidade até no banheiro (priápico).

Em seguida, retomava a ordem cronológica da biografia:

> Vai morar em Nova York em 1926. Instala-se com a família em Riverdale, no alto Manhattan (mansão alugada com vista para o rio Hudson), depois em Broxville Wetschester.
>
> De acordo com informantes do East Side de Nova York (ver nota de nosso escritório local em anexo), teria sido sócio de Frank Costello num negócio de tráfico ilícito de bebidas. Uma escaramuça por causa de uma carga de uísque irlandês entre sujeitos de Meyer Lansky e homens de Kennedy fez 11 mortos. Sob a aparência de financista respeitável, Kennedy nunca conseguiu se livrar de sua atração inata pelo comércio de bebidas. Afirma em entrevistas com jornalistas que trocou Boston (uma cidade onde não se podem criar filhos católicos) por Nova York, pois é uma metrópole que tolera a mistura de raças e culturas. Especulador, contrabandista de bebidas e caga-regras liberal (liberal sublinhado com linha dupla).
>
> Professa que a alta da bolsa dos anos 1920 não poderá continuar eternamente. Declara querer diversificar em seus negócios, investir no cinema, que constitui, segundo ele, uma mina

de ouro como foi o telefone. Afirma que Hollywood é dirigida por um bando de farsantes que faturam milhões e não imaginam que ele, Kennedy, possa lhes tirar isso das mãos. Está persuadido de que, bem informados pelo rádio e o cinema, os operários em breve vão saber mais sobre o mundo que os burgueses que se recusam a freqüentar esses lugares populares. Compra a FBO de banqueiros ingleses. A FBO produz *Cascos Ardentes, Um Caubói Amador, A Caça ao Gorila*.

1927. Não consegue ser distribuído em Nova York mas faz o maior sucesso no Meio-Oeste entre os caipiras de seu gênero. Lança um seminário sobre o cinema em Harvard, o primeiro, para suscitar o respeito de seus congêneres: estão presentes Marcus Loew, Adolph Zukor, Harry Warner e muitos outros. Milita em favor de uma integração vertical da produção, da distribuição, da projeção e pela concentração do setor.

Aluga uma mansão na Rodeo Drive em Beverly Hills onde reside sem a família. Organiza, outorgando-se vantagens financeiras consideráveis, a fusão da FBO, da cadeia de salas de cinema Keith-Albee-Orpheum (que, no saldo da operação, comprou sem pagar) e da RCA. Dá origem à RKO.

Encontro de Kennedy e Gloria Swanson. Já nos negócios, que ela complicou um pouco, conta com ele para fazer dela mais que a grande atriz que já é.

Para ele, ela é apenas um símbolo sexual.

Para celebrar a ligação dos dois, ele encomenda um filme a Erich von Stroheim: direção e roteiro. O projeto deve se destinar a ofuscar as grandes produções de De Mille e Griffith. Intitulado *O Pântano*, um nome predestinado. Von Stroheim perde completamente o rumo (a moça fica sem a calcinha durante uma cena de sedução e depois a passa debaixo do nariz do príncipe: romantismo à irlandesa).

Kennedy é um amante dedicado. Sua conta de telefone em 1929 é a mais alta de todos os Estados Unidos. Encontram-se geralmente em Beverly Hills. Um carro busca a atriz todas as noites e a leva de volta para casa todas as manhãs. Sustenta que lhe é fiel argumentando que não fez mais filho na mulher desde que estão se relacionando.

Kennedy compra uma residência de veraneio em Hyannis Port.

Gloria Swanson é convidada durante o verão. Kennedy a apresenta à mulher como sua sócia. A chegada da atriz a Hyannis é um verdadeiro acontecimento coberto pela imprensa. Ela amerissa num hidroavião Sikorski diante de uma multidão siderada. Joe, de calças brancas e blazer azul-marinho, vem acolhê-la numa magnífica canoa de madeira envernizada.

Kennedy apresenta confidencialmente um pedido às autoridades eclesiásticas (monsenhor O'Connell, bispo de Boston) para ser autorizado a viver com Gloria Swanson, afastado de sua família mas sem pecar. Recusado.

Von Stroheim rodou trinta horas de filme para apenas um quarto do roteiro de um monumento que dali por diante deve se chamar *A Rainha Kelly*. Kennedy o despede e pára a produção após ter tentado inutilmente salvá-la.

Nova tentativa de filme à glória de Gloria. *A Viúva Alegre*. Orçamento elevado, fracasso comercial.

Gloria Swanson se dá conta de que está efetivamente associada a Joe Kennedy em seus diferentes projetos: o contrato estipula a partilha meio a meio dos lucros, mas as perdas ficam integralmente por conta da atriz.

Kennedy a abandona mais magro (fala-se de 15 quilos) mas também mais rico (fala-se de cinco milhões de dólares). Ela perdeu um milhão de dólares apenas no último filme.

Dá entrada no Hospital Lahey de Boston com várias úlceras de estômago em fase de perfuração. Prova, se fosse necessário, do que não tem nervos.

Kenney retoma suas conquistas amorosas, conforme a concepção irlandesa de que o amor e a sexualidade podem ser perfeitamente dissociados. Boato insistente de que teria uma filha ilegítima (pôr um agente especial em cima, se nosso homem descobrir que tem ambições que superam seu verdadeiro valor). Fora disso, gere a família como um conselho de administração.

Falecimento de Patrick Joseph, seu pai, de problemas cardíacos. Joe, que se achava em Hollywood, não pôde chegar a tempo para o enterro.

Cansa-se um pouco do cinema, volta a Nova York para retomar suas atividades na bolsa. Kennedy é um dos mais importantes protagonistas da queda da bolsa na "quinta negra", com maciças especulações na baixa.

O desabamento de 1929 lhe rendeu 15 milhões de dólares, em particular pela venda a descoberto de blocos de ações da Anaconda e da Paramount.

1930. Sua fortuna é estimada em 150 milhões de dólares.

Este trapaceiro se preocupa com o naufrágio da economia americana e declara "que aceitaria sacrificar a metade de sua fortuna para salvar o capitalismo americano e manter a ordem no país".

Incentiva o filho Joe Jr. a deixar Harvard durante um ano para acompanhar em Londres as aulas do famoso teórico socialista Harold Laski. (Este Kennedy é um louco, incontrolável, perigoso; não perdê-lo de vista.)

Encontro com o governador do estado de Nova York em Albany organizado por Henry Morgenthau Jr. Roosevelt e Kennedy lembram-se do incidente dos navios de guerra e o evocam em tom de brincadeira. Comentários: "Queria vê-lo na Casa Branca, Sr. Roosevelt, para minha segurança e a de meus filhos. O mundo está mudando, é preciso dar atenção particular à política, às grandes ambições públicas, ainda que o mundo dos negócios deva esperar um pouco à parte. Estou disposto a segui-lo, não sou do tipo que hesita diante de uma campanha presidencial ou da necessidade de contribuição financeira. O senhor pode contar comigo. Sei que Al Smith tem o apoio dos católicos irlandeses para a corrida à candidatura democrata, e vou dar um jeito de fazê-los mudar de idéia. Sei que o magnata da imprensa Hearst tem John Nance Gardner como protegido. Encontrei-o no tempo em que ele estava disposto a pagar do próprio bolso pela carreira da amante Marion Davies, em Hollywood. Vou fazê-lo mudar de idéia também."

Tudo o que foi dito foi feito. Ele se considera o principal artesão da vitória de Roosevelt na eleição de 1932. Na noite das eleições, dá uma pomposa festa e toma um banho de multidão com a expressão realizada de um candidato vitorioso.

Reclama sua parte no butim. Sem resultado. Woodfin obtém o posto de secretário do Tesouro que ele cobiçava ardentemente.

Formação definitiva do gabinete. Nenhum posto para o arrivista. Multiplica as palavras grosseiras contra o presidente. Ameaça pedir publicamente o reembolso dos empréstimos concedidos aos democratas para a campanha. Continua a trabalhar arrumando apoios para James Roosevelt, o filho do presidente, para favorecer o desenvolvimento de uma sociedade no ramo de bebidas que possui em Boston. Despeitado, volta aos primeiros amores (especulação e álcool). Junta-se em bando para comprar a 26 dólares títulos da Libbey-Owens-Ford. Espalha o boato de que a sociedade poderia obter um enorme contrato de fabricação de garrafas para destiladores que preparam o fim da

"Lei Seca". Revende-os a 37 dólares, depois deixa a cotação desabar. Vai à Inglaterra junto com James Roosevelt. Fazendo parecer a seus interlocutores que tem a bênção da Casa Branca, consegue tornar-se agente oficial nos Estados Unidos de Haig and Haig, John Dewars Scotch e Gordon's Gin. Obtém uma licença de importação de medicamentos só para estocar importantes quantidades de bebidas à espera do dia D da abolição da Lei Seca. Após tê-lo usado como isca, recusa-se a aceitar James Roosevelt como sócio. O negócio lhe rende um milhão de dólares por ano. Roosevelt toma consciência de que Kennedy representa um perigo para o New Deal por suas palavras cada vez mais difamantes contra o presidente, pronunciadas diante de empresários. Roosevelt lhe propõe então a embaixada na Irlanda. Segundo uma fonte da Casa Branca, Kennedy lhe retorque que não tem gosto para os postos "étnicos". Para surpresa geral, Roosevelt lhe propõe a presidência da comissão das operações de bolsa, recentemente criada. A *Newsweek* se ofende, o *New Republic* denuncia o "escândalo da nomeação do pior dos parasitas de Wall Street". Roosevelt hesita. Contra-ataque do *Boston Post*: "Ele deseja firmar-se com a reputação de ter bem servido o Estado, e não apenas de ter tido sucesso nos negócios. Por isso é que aceitou um emprego que não postulava."

Kennedy é nomeado em 2 de julho de 1934. Clamores. Roosevelt encarrega seu amigo Bernard Baruch de incentivar Arthur Krock, diretor do escritório do *New York Times* de Washington, a escrever um artigo que fizesse a apologia do novo chefe da "SEC".

Aliás, lembro-me de que Edgar ficara sabendo da reunião que se preparava entre Kennedy e Krock. Para Edgar, as conversas mais interessantes são as que acontecem entre dois homens que ele detesta com a mesma força, o que era o caso dos dois. Por outro lado, estava curioso do que poderia sair de uma discussão entre o ardente trapalhão católico irlandês, que não fazia mistério de um anti-semitismo visceral, e o judeu sinistro tanto quanto discreto. Ele os grampeou e pegou a conversa:

— É uma honra encontrar uma das mais belas se não for a mais bela pena dos Estados Unidos.

— Feliz em encontrá-lo, Sr. Kennedy.

— Vou ser direto, Sr. Krock. Tenho a fama de ser direto, e o senhor não vai ficar decepcionado. O senhor e eu pertencemos a minorias neste país. Os judeus e os católicos ainda estão encastelados em Harvard. Não é verdade?

— É o que dizem.

— As grandes famílias protestantes deste país estão com o meu sucesso atravessado na garganta. É a explicação dessa cabala de que sou vítima. Sou neto de um imigrante irlandês morto de cólera em Boston, e tive de escolher entre mofar sob o jugo da boa sociedade protestante ou ascender em um sucesso-relâmpago. Conhece o escritor Horatio Alger, Arthur? Posso chamá-lo de Arthur?

— Claro.

— Então, Horatio Alger inspirou toda a minha existência. Acho que eu poderia encarnar um dos personagens dele. Lutei para que o sonho americano fosse uma realidade para mim. Foi um combate de pesos pesados, levei tantos socos quanto dei, mas em nenhum momento, ao contrário do que pretendem meus detratores, pude sentir vergonha de meus atos diante de Deus. Compreende?

— Claro.

— Tive um sucesso considerável nos negócios. É um fato. Juntei um bom dinheiro honesto para fazer a felicidade de minha família e meus amigos. Insisto nisso pois tenho muitos defeitos, mas a meus amigos nunca falta nada. Hoje, estou numa virada da minha vida. Acho que os assuntos públicos, o interesse geral, devem ter mais importância que os negócios privados. Tenho, veja bem, nove filhos, e os incentivo todos nesse sentido. Como muitos, aspiro a entrar para a posteridade e sei que ninguém se lembrará do empresário, por mais corajoso e honesto que tenha sido. É por isso que tenho de me dedicar a meu país. Mais nada será possível sem um Estado forte e vigilante, o que não foi o caso até hoje. Não salvaremos a América sem facilitar a emergência de uma classe média cujo conforto material fará subir a economia, e não podemos esperar essas orientações apenas dos empresários com os olhos voltados para suas contas. Sou um deles e digo isso com convicção. Enfim, não queria importuná-lo com generalidades. O presidente me assegurou que você é o tipo de pessoa que entende os outros com muita objetividade. Então, direto ao ponto, Arthur, tenho ambições, você tem ambições, como podemos trabalhar juntos para chegar a um objetivo em comum?

— Cabe a você me dizer, Joe.

— Não acho que seja absurdo pensar que, um dia, eu possa ser presidente dos Estados Unidos. Não o conheço bem, Arthur, mas quero expressar a estima que tenho por você e confessar-lhe uma ambição que nunca confessei a quem quer que seja, está me entendendo, nem mesmo a minha própria mulher,

Rose, com a qual mantenho uma cumplicidade que só os laços do matrimônio podem criar. Tenho a experiência, o dinamismo, os meios e, penso, a visão ideais para dar um bom presidente dos Estados Unidos. Não creio que eu perca em comparação aos que já ocuparam o posto, embora o presidente Roosevelt seja incontestavelmente o melhor que tivemos até hoje. Mas ele não é eterno nessa função, a Constituição previu isso, e não vejo por que eu não poderia ser o sucessor. Somos muitos a pensar que o escritório de Washington é apenas mais um degrau para o posto de redator-chefe do *New York Times*, que é o correspondente, na imprensa, ao cargo de presidente do país. Posso ajudá-lo nisso, enquanto você pode me ajudar a me livrar dessa péssima reputação que os WASP me impingem para me desacreditar. A opinião pública é uma massa informe que ninguém jamais consegue dominar por completo; é ela quem sempre tem a última palavra. E você está em relação direta com ela. A sua ajuda me será preciosa. Além desse interesse em comum que selará a nossa amizade, as minhas casas estarão à sua disposição, você não precisará mais agüentar um inverno em Washington sem um pouco de descanso na Flórida num cenário de sonho, e lhe juro que nunca mais beberá desse uísque infame que hoje circula pelo país. Combinado?

— Acho que sim, Joe.

— Então, estou disposto a lhe contar toda a minha vida, sem omitir nada. Você vai ver, bem menos tediosa que a de qualquer político que você conheceu antes de mim.

O resto da conversa, que se resume numa ode em mérito próprio, não foi transcrita no dossiê. Em seguida, vem um artigo elogioso sobre o presidente da comissão de bolsa, que bastou para acalmar as críticas formuladas durante a sua nomeação. Mais tarde, a amizade entre os dois homens nunca foi desmentida. A leitura do dossiê deixava evidente o faro de Edgar. Sua montagem tivera o mote de simples premonição sobre as ambições de Kennedy, personagem ativo. E ele não se enganara ao se concentrar nesse trecho revelador da entrevista de Kennedy com Krock, cujas confissões justificavam o longo trabalho de investigação empreendido pelo Bureau já fazia alguns anos. Mas Edgar inquietava-se com o sucesso de Kennedy, cujo histórico de erros deveria ter sido decisivo por tornar a comissão de bolsa um paraíso da prevaricação para si e para seus aliados. Em vez disso, surpreendeu a todos com a implantação de um regulamento, tanto os especuladores quanto aqueles que pensavam que a era de ouro da especulação sem risco ia continuar indefinidamente — prova de que o irlandês era mais sutil do que parecia. Mas essa renúncia a ganhos importantes de curto prazo apenas confirmava as ambições de um homem que se submetia a um longo jejum de lucros contestáveis: aos olhos de Edgar, isso o tornava ainda mais perigoso, pois era a prova de que Kennedy estava disposto a tudo, inclusive à honestidade, para chegar à magistratura suprema, enfeitando-se de idéias liberais como os brancos se enfeitam de bijuterias para melhor engambelar os índios. Estava convencido de que Kennedy se disporia até a caminhar junto com o socialismo se as circunstâncias se precipitassem. E isso, com todas as armas que vinham juntas: o direito das mulheres, das minorias como os católicos e os judeus, e os direitos civis para os negros.

O restante do dossiê, com informações detalhadas e precisas, confirmava que Edgar havia posto o dossiê Kennedy em alerta vermelho.

•

Participa ativamente da vida mundana da capital. Aluga uma mansão de 25 aposentos chamada "Marwood". A mulher e os filhos só aparecem de vez em quando. Nela acolhe um bando de velhos amigos irlandeses, dentre eles Eddie Moore. Levanta-se todas as manhãs por volta das cinco e meia. Anda a cavalo na propriedade e mergulha na piscina, quase sempre nu. Chega ao escritório antes de todos. De noite, escuta Beethoven, bem alto. Torna-se a coqueluche dos jornalistas. Esse hipócrita nato se faz passar pelo sujeito mais franco de Washington. Duas matérias de capa para a revista *Time*. Um artigo de glamour para a *Fortune*. Seu credo: "Um homem tão rico quanto eu nada mais tem a esperar senão ser reconhecido como um ideal servidor de seu país."

Visitas freqüentes de Roosevelt a Marwood. Kennedy mandou instalar um elevador para levar o "Imperador" em sua cadeira de rodas. Come-se lagosta trazida de avião de Boston e bebe-se scotch fornecido pela casa. Krock costuma ser convidado para mostrar amizade a Roosevelt e ao usurpador. Kennedy é várias vezes convidado à Casa Branca com toda a família (mulher e filhos). Lá brincam com o Ford azul do presidente, cuja adaptação para paralíticos (comandos manuais) deixa maravilhados os garotos Kennedy. Anna Roosevelt, filha do presidente, escapa por pouco ao ardor de Kennedy durante uma brincadeira de corrida após um almoço no Ritz-Carlton. Viagens sem conta pelos Estados Unidos, 100 mil quilômetros por ano de avião. Demite-se da presidência da comissão das operações de bolsa no verão de 1935, como se quisesse tomar a distância necessária ao cumprimento de seu destino. Faz em seguida visitas ao exterior onde se permite reflexões acerca da diplomacia americana. À proposta de Churchill sobre a idéia de um bloqueio da Alemanha nazista pela Grã-Bretanha e os Estados Unidos, ele replica: "Isso nunca vai dar certo; na América, há muitos irlandeses que detestam os ingleses." Põe-se a escrever o livro *Sou a favor de Roosevelt*. Krock lhe serve de ghost-writer por 1.000 dólares por semana. Uma apologia de Roosevelt e sua política, em que confessa ser desprovido de qualquer ambição tanto para si quanto para a família. Considerável gasto de energia e dinheiro para a campanha de 1936. Roosevelt o afasta do Ministério das Finanças que ele mais uma vez disputava. Nomeia-o presidente da comissão marítima na primavera de 1937. Ele abandona esse posto após difíceis negociações com sindicatos e um patronato que ele não entende. Início de 1938. É nomeado embaixador dos Estados Unidos na Grã-Bretanha.

O dossiê de Kennedy parava ali. A recente partida do irlandês não permitira que Edgar coletasse novos elementos, mas ele confiava no efervescente arrivista para que consistentes indiscrições viessem à tona de sua atividade na Grã-Bretanha, onde os ingleses não iam demorar a se dar conta de que Roosevelt lhes havia enviado o mais imprevisível e o mais trapalhão de seus emissários.

2

Sabendo que eu escrupulosamente tomara conhecimento do dossiê Kennedy, Edgar o evocou durante nosso jantar *tête-à-tête*, no Harvey:

— Então, Junior, não fiz bem em me interessar por aquele escroque?

— Estou persuadido.

— Acho que ele está decidido a se candidatar nas eleições de 1940.

— É o que todo o comportamento dele leva a crer.

— Esse sujeito não tem fé nem lei, é a própria expressão do oportunismo. Finge que é liberal porque está na moda. Se a moda mudar, ele também muda. Mas se não mudar, ele é capaz de defender uma política social subversiva e fazer-se a voz de todos os que envenenam este país. Não consigo ficar indiferente à possibilidade de meios tão consideráveis como os dele postos a serviço do mal.

— Entrevejo uma excelente solução, Edgar — lancei.

— Qual?

— Que você se candidate às próximas eleições presidenciais.

Um sorriso infantil iluminou-lhe o rosto por um curto instante, satisfeito que a pertinência de seu raciocínio tivesse me levado a tal evidência, depois ficou sombrio, pensativo.

— Não acho que seja a hora. Para ser sincero com você, Clyde, e você sabe que é o único com quem me abro, não pensei nisso. Sei que um dia, talvez, poderia se tratar de uma hipótese realista, mas ainda estamos longe disso. Ainda não tenho a base, nem a influência e ainda menos os meios financeiros para me tornar presidente. Mas há um poder que aceito que me dêem: é o de eventualmente acabar com um presidente ou de prejudicar sua reeleição, de barrar o caminho de um candidato que me parecesse inadequado para o país. Todos esses políticos de meia-tigela subestimam meu poder de prejudicar. Veja, na vida, existem aqueles que avançam e aqueles que obstruem. É deste último lado que as coisas são julgadas com mais serenidade, para não dizer objetividade. O poder de obstruir nunca obriga a prestar contas, ao passo que o de fazer requer justificações permanentes. Não serei candidato em 1940, meu caro Clyde, mas uma coisa é certa: impedirei Kennedy de suceder Roosevelt. Roosevelt é um elefante sentado, mas pelo menos tem classe, uma certa *finesse* aristocrática. Existe uma vantagem incontestável em não se ter pernas: o centro de gravidade é mais embaixo, a gente tem mais equilíbrio. É algo que Kennedy deveria cogitar. Ele não passa de um novo-rico com suco de cenoura fervendo, abençoado pelo papa. Nunca tivemos um presidente católico e estou disposto a apostar, se o futuro quiser me guardar onde estou, que nunca teremos. Está tão fora de cogitação quanto uma mulher, um judeu, um índio ou um negro. Mas o povo é capaz de tamanhas maluquices que é preciso uma autoridade moral como a nossa para evitar que essas infantilidades se transformem em drama. Além disso, estou persuadido de uma coisa: a primeira decisão que ele tomaria, como presidente, seria a de nos enxotar. E isso, meu caro Clyde, a simples evocação dessa possibilidade me é insuportável. Não sei se me engano, mas acho que o orgulho desmedido de Joe fez com que ele cometesse um grave erro. Ontem ainda, eu me perguntava como Roosevelt pudera enviar esse irlandês grosseirão para representá-lo na corte da Inglaterra. Agora me parece evidente que ele não só se livra da agitação que Kennedy criava à sua volta, mas, além disso, o outro vai estar bem longe quando começarem as intrigas para as presidenciais. Ele não deveria ter ido. Foi deportado com toda a elegância do mundo.

Edgar interrompeu-se por um tempo no avanço de seu pensamento. Depois, como se voltasse de muito longe:

— Além disso, tenho uma séria deficiência para me apresentar nas presidenciais. Kennedy tem como mulher a insuportável Rose, com sua voz esganiçada. Roosevelt tem essa esquerdista meio lésbica por esposa. E eu, quem eu tomaria como primeira-dama? Você, Clyde?

Depois começou a rir com a exuberância de um homem que descobre que tem humor.

Ao chegar em casa, fechou-se num longo silêncio. Estávamos um diante do outro no salão de sua casa em sofás profundos que praticamente só serviram para nós, e ainda assim em raras ocasiões. À exceção das corridas de cavalos, Edgar passava a maior parte de suas horas de lazer caçando velharias. Gostava de antigüidades, estátuas, litografias de homens e mulheres que exaltassem a masculinidade ou a feminidade sem jamais cruzar a fronteira da crueza. Tinha a síndrome do colecionador cuja explicação encontrei no livro de um autor francês, um certo Montaigu, parece-me, que observava "que a alma descarrega as suas paixões sobre objetos falsos, quando os verdadeiros lhe faltam". Embora não partilhasse nem um pouco esse gosto por antigüidades, que aos poucos transformavam sua casa em museu, eu tinha prazer em acompanhá-lo nessa busca pelo objeto raro que fazia passar por seu rosto uma expressão de alegria profunda ainda que fugidia. Ia com freqüência à casa dele ainda que não vivêssemos juntos. Ano após ano, as coisas lá tomavam mais importância que a vida, a imobilidade mais que o movimento. O salão, em particular, oferecido ao olhar de raríssimos visitantes, encolhia sob o afluxo de novas peças, cada dia mais numerosas. Uma estante comprida de mogno, toda de vidro, com a parte de baixo cheia, guardava coleções comprimidas de livros impressos em papel-bíblia, edições numeradas em couro cru incrustadas de filamentos dourados. Edgar às vezes tirava um ao acaso a fim de encontrar uma frase ou um dito espirituoso que poderia usar para fingir ser culto, uma vez que não se abria serenamente à mensagem dos outros. Era impedido pela trepidação permanente que o animava.

Eu, por minha vez, tinha paixão por inventos. Gostava de aperfeiçoar as pequenas mecânicas que encontramos na vida cotidiana. Creio poder dizer que a minha qualidade de inventor foi reconhecida por várias patentes, das quais uma que autorizava a abertura e o fechamento das janelas, mecanismo adotado para todo o prédio do FBI. Embora não tivesse o mesmo gosto que Edgar pela arte, eu dedicava mais tempo que ele a ler e a me interessar pela evolução do mundo. Sem exagerar, no entanto: somos mais felizes quando não pensamos muito. Para além de um certo nível, o conhecimento se torna uma punição, é preciso saber resolver certas evidências definitivas e universais e se conformar com elas. Não escrevo isso para me passar por um intelectual. Simplesmente gostaria que não se lembrassem apenas do homem brutal e ativo que às vezes pareci ser, para o bem de minha missão.

À exceção de mim, Edgar só recebia em casa relações úteis. Aproveitava-se do efeito de mal-estar que seu cenário doméstico tinha sobre os interlocutores para se impor. Só passou a morar ali depois que a mãe morreu, mas a troca de casas nada tinha mudado: ela ainda parecia reinar sobre essa nova morada. Como se tivesse lido meus pensamentos, ele me disse com voz de criança:

— Sinto falta dela, Clyde.

Estava com lágrimas nos olhos.

— Acho que ela teria ficado orgulhosa de mim. De você também. Ela gostava muito de você, gostava de saber que você era um bom filho. Sem ela, eu não teria chegado aonde cheguei.

Servi uma boa dose de uísque aos dois e, enquanto acrescentava água de Seltz no copo dele, lancei-lhe, para alegrar o ambiente:

— Agora é a sua vez de ser nostálgico.

— Nós dois juntos estamos sempre nos sobrepondo ao tempo — respondeu ele se aprumando. — Enquanto você se comove com a passagem dele, eu estou sempre preparando o futuro, que é uma noção tão estranha a você quanto o dinheiro para um filho de rico. O que você teria se tornado sem mim? Nunca se perguntou? Certamente ainda seria secretário particular do ministro da Guerra como quando o recrutei em 1928. Em vez disso, você hoje é o segundo, o alter ego do diretor do FBI. Não sei se você se dá conta.

— Alguma vez lhe disse o contrário? Mas você esquece que não pode viver sem mim. Ao lado de um homem vociferante, sempre despejando palavras a toda velocidade, como uma mangueira de incêndio, é preciso um personagem mais calmo, que transmita moderação e equilíbrio.

— Vai nessa! Dizem que você é o mais sádico de nós dois, com esse seu jeito de deixar o interlocutor esperando longos minutos pela resposta a uma pergunta, enfeitando a expectativa com um sorriso mórbido.

— Quem disse isso?

— Ninguém em particular, é o que murmuram. Quanto à minha forma de falar... como é que você disse? Como uma metralhadora com esteira de munição...

— Como uma mangueira de incêndio.

— Ou isso. Pois então, saiba que, se falo nessa velocidade, é por um hábito que adquiri para evitar que os jornalistas intercalassem as perguntas entre duas respirações. Nesse ritmo, nenhum estenógrafo pode mais anotar as minhas intervenções públicas. Meu sistema os obriga a me pedirem cópia do discurso. Ninguém mais pode truncar as minhas declarações. Falar sem parar é uma excelente maneira de desestabilizar os adversários.

Em público, a linguagem de Edgar não conhecia velocidade de cruzeiro. Ou ele se precipitava numa corrida desenfreada de palavras, sem pontuação nem respiração, numa apnéia digna de um exímio mergulhador, ou se calava. Seu mutismo não era um repouso para as pessoas à volta. Nunca era a expressão da serenidade. Na melhor das hipóteses, transferia a expressão de sua raiva e de um profundo rancor para a imperfeição do mundo.

Como com freqüência ao voltarmos do Harvey, o restaurante onde jantávamos juntos quase todas as noites havia uns dez anos quando estávamos em Washington, lado a lado, de costas para a parede a fim de passar a sensação de que éramos ameaçados, Edgar ficou sombrio. Ele às vezes tinha bruscos momentos de alegria que celebrava com risadas guturais bem parecidas com aquelas que sucedem ao medo numa criança que se alarmou por nada. Mas não acredito que jamais tenha tido um verdadeiro sentimento de felicidade. Ele prosseguia na vida, como que descalço sobre a lâmina de uma faca, com os pés lacerados, não sabendo nunca de que lado cair para aliviar seus sofrimentos. Toda noite, ficava assim, por um bom momento com os olhos no vazio, sem falar nada. Dava a sensação de que passava para si um filme, sempre o mesmo, em preto-e-branco, mudo. O dos anos de agonia do pai, que sofria do que então chamavam melancolia. Uma longa depressão, entrecortada de meses de internação, para acabar numa anorexia fatal em que a mente pune o corpo até que este desapareça. Edgar nunca falava disso. Eu sabia por sua mãe, Annie Hoover. Da mesma forma que a morte da irmã mais velha, levada por uma doença na infância. Edgar tomara então o lugar da defunta no coração de Annie que, por sua vez, se substituíra ao marido no papel de pai.

Edgar amava obsessivamente a ordem, para expulsar do espírito a alteração das faculdades mentais do pai. Sublimara a desordem de suas aspirações sensíveis num formidável sentido do método. Quando a mãe ainda era viva, ele acrescentava à sua assiduidade filial episódios de cólera por insignificantes incidentes domésticos, com os quais se mostrava intransigente. De manhã, no café, Edgar comia um ovo frito cuja gema devia vir inteira. Caso se espalhasse no prato, ele o mandava de volta para a cozinha, o rosto congestionado de contrariedade contida. Do novo prato dava só uma garfada, passava o resto para os cachorros, sinal de que não havia perdoado. Edgar mostrava-se com eles de uma ternura impressionante. Gostava em particular dos cairns, pequenos terriers escoceses do tamanho de um yorkshire, um nome que lá designa um túmulo de pedra e terra que abriga raposas e furões. Orelhas pontudas cobrem uma cabecinha expressiva. O pêlo é abundante e sedoso. Era uma tragédia para Edgar quando a velhice levava um de seus cães. Após uma verdadeira cerimônia de enterro, ele o substituía por um cãozinho ao qual dava o mesmo nome. A cara feliz desses animaizinhos, dos quais ele cuidava feito um pai, contrastava com a tez pálida dos ocupantes da casa, a governanta em particular, cujo contato Edgar evitava, exigindo ser servido apenas pela mãe.

Edgar abriu os olhos e esboçou um sorriso como que para pedir desculpas por aquela ausência. Senti que tinha algo a me dizer mas que não encontrava as palavras. Enfim, decidiu-se:

— Você acha que eu deveria consultar alguém?

— Alguém? Mas para fazer o quê?

Ele estava pegando um caminho sem saber se queria realmente prosseguir:

— Quero dizer... talvez eu devesse consultar um terapeuta para essas crises de angústia.

— Você quer dizer um psicanalista?

— Algo assim.

— Não acho.

Fortalecido por minha desaprovação, levantou-se, pegou uma pequena escultura de mármore que não lhe parecia no lugar depois recolocou-a onde estava:

— O problema é que esses caras são todos comunistas. São judeus comunistas. Marx era judeu, Freud é judeu. A psicanálise é uma manifestação da arrogância superior dos judeus. Tão imbuídos de si mesmos que são os únicos a nunca terem feito proselitismo religioso. Como se fossem os únicos dignos dessa fé. São como uma gota de chuva paralisada no ar para não se perder num oceano de água salgada. Só eles sabem o que se esconde por trás da aparência das coisas. Lêem através da matéria. A teoria de Freud baseia-se na idéia de que somos vítimas de nós mesmos. Isso é terrivelmente subversivo. Tudo se torna desculpável. Não, não vou consultar ninguém. Não quero cair nas mãos dessa gente, toda Washington ficaria sabendo.

Aquiesci balançando a cabeça, antes de lhe expor meu ponto de vista:

— Você tem razão, Edgar. Esses caras todos trazem a subversão com eles. De mais a mais, nunca vi um único aliviar a dor. Eles não curam nada, são charlatães que se aproveitam de uma ciência inexata para se enriquecer. Sabe, na minha opinião, as suas angústias vêm da bronca que você tem contra todos esses filhos-da-puta que tentam demolir o país. Você carrega coisas demais. Um psicólogo não vai lhe servir para nada. Se você começar a confiar nesse gênero de ilusionistas, vai se ver na situação do homem que tem a barriga aberta por uma apendicite ao qual o cirurgião anuncia que vai ser preciso cortar metros porque, segundo ele, há um cheiro de podridão e morte ali. A psicologia é para os fracos, para bundões que se borram de medo de viver.

Mãos nos bolsos, foi para a frente de um espelho bisotado de dourado folheado. Mirou-se longamente, depois virou-se com um movimento brusco:

— De fato não sei o que é preciso fazer, não posso emagrecer mais. Apesar disso, continuo com uma cara de gordo e um pescoço de touro velho.

Em seguida, tomou a direção das escadas para ir se deitar fazendo-me um sinalzinho com a mão. Fiquei ainda um momento folheando revistas de decoração de interiores. Em seguida, recoloquei-as cuidadosamente no lugar e voltei para casa fechando a porta com minha cópia das chaves.

O desaparecimento de Annie fora uma verdadeira tragédia, mas uma vez passado o luto, sua morte marcara o início do período mais feliz que conhecemos juntos. Edgar, que nunca conseguira convencer a mãe a se mudar para as imediações de

Seward Square, comprou uma casa em Rock Creek Park. Dei tudo de mim para que ele iniciasse essa nova vida como uma libertação, ainda que o termo fosse um pouco brutal e que eu nunca me tivesse permitido pronunciá-lo na frente dele. À exceção de sua dor que já evoquei, ele estava profundamente desorientado pelo vazio que a mãe deixava no uso de seu tempo. Antes da morte dela, ele não passava um dia sem lhe telefonar duas ou três vezes, conversas cuja duração só era no final limitada pela força em declínio da pobre mulher. Mal viajávamos pelo Bureau, quero dizer no interior dos Estados Unidos, pois nunca deixávamos o território, Edgar sempre tirava um tempinho para lhe dar um presente, uma antigüidade ou uma jóia. De noite, jantávamos fora, mas ele dava um jeito para que não voltássemos tarde demais a fim de poder beijá-la antes que ela fosse dormir.

Depois que Annie morreu, Edgar e eu nunca mais passamos o Natal em Washington. O Natal é uma festa para as crianças. Nada nos era mais estranho que as crianças. Por isso é que nessa época do ano, longe do cintilar das coníferas nevadas do Norte, fugíamos para a Flórida.

Creio que só o profundo desamparo em que se encontrava Edgar permitiu as mudanças em nossa vida. O escritório de Nova York tornara-se o primeiro pelo tamanho, o que nos dava uma boa razão para irmos lá todos os fins de semana. A vida lá era menos austera que em Washington, e se não era pensável ir incógnito, pelo menos as pessoas com quem arriscávamos cruzar não pertenciam unicamente à sufocante esfera político-administrativa que nos cercava na capital. Chegávamos no trem de sexta à noite, como dois executivos de uma grande firma em viagem, felizes por encontrar a família após uma semana de trabalho pesado. Passávamos a noite no Waldorf, onde de uma semana a outra duas suítes contíguas nos eram reservadas. De manhã, tomávamos o café-da-manhã juntos. Edgar, em regra geral, estava de humor alegre. Percorríamos os jornais rapidamente, depois vinha a hora de irmos às corridas, sós ou acompanhados de relações nova-iorquinas. Edgar e eu tínhamos em comum a paixão por corridas. Partilhávamos a mesma fascinação estética pelos cavalos, esses animais de extrema elegância que atraíam toda a boa sociedade de Nova York. Os hipódromos davam então um espetáculo único. Mulheres de rara beleza vagueavam nas tribunas reservadas às personalidades, no meio de homens enfatiotados que com um olho as admiravam, com o outro vigiavam as corridas, tentando identificar conhecidos, relações de negócios. Todo esse mundinho agia conforme este adágio ao qual um e outro sempre subscrevemos: "As mulheres gostam de dinheiro e os homens gostam das mulheres; isto basta para compreender o mundo." Edgar e eu não passávamos despercebidos. Desde o início dos anos Roosevelt, a foto do diretor do FBI fora publicada com freqüência nas primeiras páginas dos jornais e revistas, o suficiente para que ele se tornasse uma dessas personalidades que têm o privilégio de ser reconhecidas por muito mais gente do que elas próprias conhecem. Minha presença sistemática a seu lado dava a nossa vinda um caráter um pouco formal e para alguns inquietante. O diretor do FBI vinha aos hipódromos a título privado ou por obscuras razões profissionais? Com o passar dos meses, tornou-se evidente para todos que estávamos ali apenas para satisfazer um verdadeiro hobby. Tínhamos o hábito de jogar a dinheiro, é claro, somas bem razoáveis pois nenhum dos dois era jogador capaz de se arruinar por um capricho. Além disso, devíamos dar o exemplo com nossa temperança. Eu tinha pelo acaso uma aversão que pode parecer contraditória para um jogador. Evitava as corridas com obstáculos, mais aleatórias que as rasas, e devo confessar que adquirira com os anos uma certa perícia nas provas de trote.

Costumávamos almoçar no local, numa mesa que oferecia ampla vista para o hipódromo. De noite, íamos jantar no Gallagher, Maxims ou Soulé, boas casas que não eram sujeitas à infidelidade de uma clientela reputada versátil. Éramos tão regulares em nossas freqüências que, em certos lugares como o Gallagher's, tinham acabado por pendurar na parede um retrato de Edgar, o que tornava ainda mais impressionantes as nossas entradas diante de clientes de cabelos em pé ao verem aparecer o "original". Em seguida, acabávamos a noitada no Winchell's Table, depois, às vezes, de uma breve incursão no "21" ou no Toots Shor's. Lá encontrávamos personalidades não só da política, mas também da música, que vinham direto da Broadway, ou figuras do cinema, que viviam na Costa Oeste mas nunca perdiam uma oportunidade de fazer um tour por Nova York para mudar dos hábitos de Los Angeles. Depois de uma da madrugada, o ambiente se tornava particularmente cordial. Um dos privilégios do álcool é saber quebrar em poucas horas o gelo que caracteriza as personalidades mais imbuídas da posição que ocupam na sociedade. Sempre assisti com prazer a esse espetáculo. Edgar, que nessas circunstâncias podia beber quantidades espantosas, nunca ultrapassava a fase de uma alegria que o tornava cordial e até afável. Ao longo das semanas, eu descobria nele uma verdadeira aptidão para aproveitar a vida, e desde que cumprira o luto da mãe, achava-o mais aberto para os outros, às vezes espantosamente festivo, embora ele nunca esquecesse que o homem mais simpático não pode prejudicar a função que encarna. Um número impressionante de pessoas se juntava espontaneamente à nossa mesa. Mas mais espetaculares ainda eram as pessoas que encontrávamos pela primeira vez e sobre as quais ele sabia tudo.

3

Desde a chegada de Roosevelt ao poder, Edgar se comportava como um escrupuloso chefe de polícia. Dirigia todos os seus meios e toda a sua atenção para o combate ao crime, e seu sucesso no desmantelamento de bandos organizados que desafiavam a ordem pública consistia sobretudo em ter atraído para os "G men" ("homens do governo") as simpatias anteriormente dedicadas aos assaltantes de banco, famosos por se aproveitarem de seus crimes para destruir fichários de hipotecas e livrar pequenos agricultores do Meio-Oeste de uma insolvência que costumava levá-los ao suicídio. Agora conhecidos e apreciados, os homens do FBI, de terno impecável e chapéu colocado ligeiramente de lado, eram solicitados para se pavonear nas revistas, inspiravam filmes e quadrinhos. Os fatos costumam não ser nada sem os enfeites da representação. Edgar entendera isso e, embora continuassem a ser praticados, os assaltos a bancos tinham perdido a simpatia dos meninos da classe média, que agora brigavam para brincar de federais na rua, deixando aos imigrantes da última geração o papel dos bandidos que sempre deviam morrer no final. Esse êxito certamente explica por quê, de todos os presidentes com os quais Edgar conviveu durante a sua longa carreira, Roosevelt foi aquele com o qual ele teceu os laços mais estreitos. Não no plano pessoal, em que um e outro teriam sido incapazes, mas numa relação de trabalho que superou todas as expectativas de Edgar. Por mais democrata que fosse, o presidente se preocupava com os riscos de infiltração da sociedade americana por pessoas favoráveis ao pacto germano-soviético ou a um dos dois protagonistas. Que o presidente resolvesse estabelecer uma relação direta com o chefe do FBI, passando por cima do ministro da Justiça, já era uma novidade. Que lhe pedisse para transformar seu escritório em organização de contra-espionagem foi uma verdadeira inovação, embora soubesse que Edgar, durante o conflito precedente, já havia mostrado vontade de vigiar o povo americano em período de guerra. Teria Roosevelt considerado que o limite com a espionagem política era tão tênue que Edgar não deixaria de ultrapassá-lo? É evidente, mas o presidente estava antes de tudo preocupado com a ameaça de infiltração estrangeira. Convocou-o à Casa Branca:

— Chamei-o aqui porque gostaria que o senhor fizesse para mim um trabalho confidencial.

— Será um prazer, senhor presidente.

— Quero obter informações confiáveis sobre as atividades fascistas e comunistas em nosso país. A assinatura do pacto germano-soviético conjuga esses dois males e nos impõe uma extrema vigilância. É algo que está dentro da sua área?

— Certamente. Temos os meios técnicos e humanos mas...

— Mas?

— Quero dizer que essas atribuições não costumam ser do âmbito da polícia. Legalmente, para que sejam da competência do Bureau, seria preciso que o pedido viesse do Departamento de Estado.

— Direi a Cordell Hull que os Estados Unidos estão sob ameaça dos serviços secretos soviéticos e alemães, e eu ficaria muito surpreso se ele criasse qualquer problema com isso. Não acho que seja necessário informar o Congresso. Quanto ao ministro da Justiça, vai ser preciso ter uma conversinha com ele, mas nada urgente.

— O senhor entende essa vigilância no sentido mais amplo do termo?

— O que o senhor quer dizer?

— Acho que não poderemos nos privar de vigiar os sindicatos, as associações culturais, as associações de defesa dos direitos civis. Também é patente que esse trabalho deve ser levado a cabo com o máximo sigilo, a fim de evitar críticas e objeções por parte de pessoas mal informadas ou mal-intencionadas.

— Temos escolha?

— Temo que não. Isto também implica, com o tempo, estabelecer meticulosamente uma lista de pessoas a serem encarceradas em caso de guerra?

— Deixo-o livre quanto a seus métodos.

— Quanto a métodos, senhor presidente, há um detalhe técnico que eu gostaria de submeter à sua reflexão, digo à sua reflexão porque não se trata de modo algum, nesta fase, de aprovação. Quero falar das escutas telefônicas. A legislação de 1934 as afastou do perímetro da lei. O senhor há de notar que, em 1928, eu tomei a iniciativa sobre o primeiro manual para nossos agentes, que estipula que o grampeamento clandestino de uma linha telefônica é "desonesto, ilegal e imoral". Continuo persuadido disso, mas o senhor me permitirá questionar essa regra, uma vez que os interesses superiores da nação estão colocados em perigo por forças inspiradas a partir do exterior.

— Uma decisão do ministro da Justiça não autoriza as escutas telefônicas quando a vida de uma pessoa está ameaçada, como no caso de um seqüestro?

— O senhor tem toda a razão, mas aí não passa de uma utilização muito restritiva.

— Se eu lhe obtiver uma autorização sob uma forma ou outra, fará bom uso dela?

— O que o senhor entende por bom uso, senhor presidente?

— Entendo por aí que o senhor me comunicará todas as informações colhidas nessa oportunidade, inclusive aquelas que não estariam diretamente ligadas ao assunto de suas investigações.

— O senhor quer dizer aquilo que eu chamaria informações colaterais que, eventualmente, permitiriam saber um pouco mais sobre certos atores da vida política americana sem que sejam, é claro, alvo de investigações voluntárias?

— Por exemplo.

— É inteiramente possível. Basta estarmos de acordo.

— É o que estamos fazendo, parece-me. Inclusive o que o senhor colheu antes de ser autorizado a fazer isso.

— Não penso que haja grande coisa que possa aguçar a sua curiosidade, mas é claro que posso olhar.

— Digamos, Sr. Hoover, que vou procurar, de uma maneira ou de outra, mandar autorizar as escutas das conversas das pessoas subversivas. Deixo à sua consciência determinar a partir de que momento um indivíduo pode ser considerado subversivo. Mas o senhor deverá me prestar contas disso. O senhor permanece, evidentemente, submetido à tutela do ministro da Justiça mas, para os aspectos mais delicados de seu trabalho, dou-lhe inteira liberdade, com a obrigação, no entanto, de me comunicar as suas informações, se elas apresentarem um interesse para a nação ou para mim mesmo.

— Acho que nos entendemos perfeitamente, senhor presidente.

"Aquele sujeito tem complexo de imperador." Era assim que Edgar descrevia Roosevelt. Provavelmente porque sempre recebia os visitantes numa poltrona larga, sem nunca se levantar, por causa de uma poliomielite que lhe fulminara as pernas fazendo dele uma majestade sentada. Roosevelt confiava em Edgar. Edgar, em troca, não gostava dele. A estima, a consideração e, no pior dos casos, a afeição eram sentimentos que o punham num estado de dependência para com o outro que ele julgava intolerável, *a fortiori* ao se tratar de seus superiores diretos. Mas gostava ainda menos de Eleanor, a mulher de Roosevelt, que mantinha à sua volta uma corte de espíritos liberais, e tentava informar o presidente sobre cada idéia sustentada pela primeira-dama da América que julgasse contrária ao interesse do Estado, uma maneira de mostrar que ele mesmo não era tão inocente quanto à propagação de teorias no mínimo fora de lugar. Roosevelt não levava as mudanças de humor de Edgar muito a sério, como mostra a resposta dada a um poderoso dirigente sindical que veio queixar-se de que o escritório federal o estava investigando: "Não é nada ao lado do que Hoover espalha sobre a minha mulher", respondera-lhe. Roosevelt, o liberal, sabia que Edgar, com suas idéias radicais, era um cão de guarda bem melhor que qualquer liberal que houvesse desposado suas próprias idéias. Edgar era alvo constante dos democratas e, várias vezes, teve que se explicar perante comissões senatoriais que lhe reprovavam a volubilidade na mídia, a falta de rigor orçamentário, mas que, no fundo, buscavam todos os meios para inquietar um homem que, sob a proteção de uma presidência fora de suspeita de abonar tais métodos, esmerava-se em construir um sistema implacável de vigilância da classe política americana. Diante de tais ataques, Roosevelt nunca abandonou Edgar, dando-lhe em público, em todas as oportunidades, amistosos sinais de incentivo. Roosevelt estava persuadido de que sua política era a melhor para levantar o povo americano derrubado pela Grande Depressão e não hesitava em recorrer ao FBI para pressionar a imprensa que lhe era desfavorável. Ao autorizar as escutas telefônicas de pessoas suspeitas de atividades subversivas contra os Estados Unidos na primavera de 1940, o presidente não podia ignorar que Edgar ia fazer disso um uso extensivo. Este considerava que, por trás de todo indivíduo que lhe era hostil, escondia-se um ser subversivo. Todo indivíduo que exibisse idéias liberais também o era. Enfim, critério que ganhou considerável importância com os anos, toda pessoa que mostrasse sinais de fraqueza na vida privada, praticando o adultério ou a homossexualidade, era uma pessoa depravada. Ela podia, em momentos de perda de controle, revelar segredos de Estado, ou ser mais facilmente vítima de chantagem. Mas como saber se um membro do Congresso ou qualquer outro sindicalista estava nessa situação se não fosse previamente vigiado, num vasto movimento de investigações preventivas tanto sobre homens quanto mulheres que escondiam sua duplicidade do povo americano? A descoberta do aparelho de grampeamento por Harry Bridges, secretário do sindicato dos estivadores, provocou um estardalhaço enorme no Senado, que fez questão de ouvir o ministro da Justiça. Os acontecimentos tomaram tal dimensão que o ministro decidiu visitar o presidente acompanhado de Edgar. O presidente recebeu este último com um forte tapa nos ombros, lançando-lhe: "Meu Deus, Edgar, é a primeira vez que você é pego com a boca na botija!" Em nenhum momento Roosevelt o desaprovou e, durante a eleição de 1944, o Bureau lhe forneceu as fichas de escutas de políticos do partido republicano.

Edgar passara a ser o homem que espia o jogo do adversário, uma velha tradição dos saloons americanos, o que o tornava intocável. O único que, para não lhe dever nada e afastá-lo, quis criar o próprio sistema foi o imbecil do Nixon. O resultado é conhecido: foi pego com a boca na botija e despedido feito um empregado de banco que teria subtraído do caixa duas notas para a cerveja do sábado à noite.

No pôquer, olhar o jogo do adversário no reflexo do vidro atrás dele é trapacear. Em política, é antecipar.

Escutar é uma ciência. Para ser bom nisso, é preciso gostar de ficar de pé, discretamente, por trás do espelho sem aço e saber deleitar-se com essa luz sobre as facetas mais obscuras e mais bem dissimuladas do indivíduo observado. Edgar e eu raramente nos contentávamos com as fichas de resumo de escutas. Nosso prazer era penetrar nesses recônditos violados por nobres razões e assistir, um colado no outro, à defloração da intimidade. Costumávamos passar horas à noite escutando fitas numa área técnica do FBI, como dois amantes de filme de autor freqüentando um cinema de bairro. A escuta agia como um raio X que revela a mínima mancha suspeita. Tínhamos uma estranha sensação de força ao fazer ceder essa barreira da mentira que todos gostam de instalar para delimitar seus territórios. Sentíamos como uma espécie de poder absoluto o fato de saber mais sobre um indivíduo do que ele está disposto a nos dizer, de ouvi-lo pela própria voz abandonar-se à verdade daquilo que ele é, agarrado por seus sentidos e a inestimável ditadura destes. Preso na rede de nossas escutas, ninguém podia mais afirmar ser dono de si mesmo. O caminho da submissão dos indivíduos ao serviço do bem da nação estava para nós totalmente livre.

Num quebra-cabeça, há sempre aquele bendito momento em que vemos surgir, ainda fragmentada, a imagem que constitui seu tema central. Foi o que aconteceu com Edgar no início dos anos 1940. Ele tomou a verdadeira dimensão de seu poder. Edgar amava o poder, mas detestava seus imprevistos. Teria achado humilhante dever recolocá-lo em jogo a intervalos regulares diante de eleitores que não tinham o milésimo de sua capacidade de raciocínio. E tampouco admitia que os homens eleitos por aquele rebanho sem educação nem classe pudessem ameaçar a sua posição, que deveria ser estável em nome do próprio interesse do país. À sua maneira, tornara-se cônsul vitalício. Soubera criar o vínculo direto com o presidente, o que o tornava inatacável. Nenhum ministro da Justiça poderia, dali por diante, comportar-se com ele com a atitude de um superior hierárquico. Ele se tornava a única medida da pertinência moral e política.

4

Além de Kennedy, cujo dossiê ele acabava de me confiar com a missão de vigiá-lo na Inglaterra a partir de Washington, Edgar se concentrava numa mulher que também lhe parecia perigosa à sua maneira.

Edgar falava de modo bem aberto de seu celibato e das mulheres que eram a causa disso. Não por reticência quanto a elas, mas por considerar que eram, na maioria, seres complexos, imprevisíveis e de temível perversidade. Edgar só amara uma única mulher, Annie Hoover, sua mãe. Lembro-me de algumas frases que ficaram na minha memória, vestígios de conversas improvisadas sobre o assunto, em torno do qual volitávamos em vez de abordá-lo francamente. "Eu lhe asseguro, Junior. Nenhuma mulher poderá jamais se alçar a meu nível. Encontrei pouquíssimas mulheres que merecessem o que eu podia lhes dar. Sinto-me feliz por não ter ido mais longe com essas. Posso assim conservar num cantinho da minha mente a imagem da mulher ideal. Para a grande maioria delas, só vejo cálculo e desvio. Esse vício lhes proíbe um amor absoluto e imaterial. São tão poucas a se investir dessa sede de perfeição que me anima, que há muito tempo renunciei a conviver com elas." Essa antipatia inicial com os anos se transformou em ódio pelo lote comum das mulheres. "Se um crime pede inteligência, você pode de cara excluir que se trata de um crioulo. Se pedir perversidade, vício e uma violência fria, então você saberá que o culpado não pode ser um homem." Era sua teoria, que ele difundia amplamente aos investigadores federais.

Sua vida amorosa chegara ao fim em 11 de novembro de 1918, dia de alegria imensa para todos os que haviam lutado contra os alemães durante a Grande Guerra. Nesse dia, no restaurante Harvey's, em Washington, Edgar estava convidado junto com Alice para o noivado de um amigo em comum. Edgar decidira anunciar lá também seu compromisso com essa jovem, filha de um importante advogado de Washington, cujo escritório poderia ter sido uma porta de saída muito honrada caso o Ministério da Justiça tivesse decidido pôr fim às suas funções. A noite acabou sem que a jovem aparecesse. Ela escolhera, deixando-o só com sua humilhação, casar-se com um oficial que voltava de uma guerra longínqua à qual Edgar escapara. A perda de confiança nesse sexo de implacável volatilidade foi definitiva. Com freqüência questionado sobre seu celibato, Edgar deu esta explicação única em 1939: "Sempre pus as jovens e as mulheres num pedestal. Eis algo que os homens sempre deveriam fazer: honrar e respeitar a companheira. Se o fizessem, a vida dos casais só seria melhor. É a concepção das mulheres que tive a vida inteira." Depois acrescentou: "Vou lhes confessar uma coisa. Se eu me casar com uma mulher e ela me trair, se ela deixar de me amar e nos divorciarmos, será o meu fim", antes de murmurar esta frase suprimida na publicação: "Meu estado mental não suportaria isso, e eu não seria mais responsável por meus atos." Ainda que mais tarde o tivesse desejado, a mãe teria sido contrária, convencida de que nenhuma mulher o merecia ao ponto de dar uma boa esposa para seu filho.

Uma de suas brincadeiras favoritas era: "Vocês nunca adivinharão por que fiquei solteiro. Simplesmente porque Deus fez uma mulher como Eleanor Roosevelt." Devo reconhecer que ela representava para nós tudo o que execrávamos. Aquela que Edgar chamava publicamente "a velha coruja ululante", por causa de um timbre de voz estridente, era o arquétipo da grande burguesa que traía o mundo a que pertencia cercando-se de uma corte de livres-pensadores irresponsáveis. Esse gênero de embuste deixava Edgar fora de si. Além da influência que exercia sobre o marido, ela se inebriava em relações passionais com parasitas liberais. "Aquela tarada por crioulos", como ele a apelidara, fazia uma campanha permanente em favor de um tratamento decente aos negros, para que morassem em melhores condições, para que pudessem se exprimir livremente e ter acesso em plena liberdade aos lugares públicos reservados aos brancos. Tinha a leviandade criminosa dos privilegiados que, para ficarem com a consciência em paz, são capazes de se desfazer de partes inteiras de nossa organização social. De fato é preciso não sofrer para se afligir com o pretenso sofrimento dos outros. A compaixão é o modesto preço a ser pago para se livrar da infelicidade alheia.

Sempre odiei essa forma de aflição calculada, e Eleanor Roosevelt com sua conversa mole tinha isso de sobra.

•

O fato de que a mulher de um presidente pudesse intervir no debate público, para o qual não foi chamada, deixava Edgar furioso. Mandou que a vigiassem como se fosse uma mulher a soldo do estrangeiro. O dossiê constituído sobre ela foi um dos mais volumosos, mais de quatrocentas páginas, mas também um dos mais complexos. Ela denunciou nossos métodos ao presidente comparando-os aos da Gestapo, mas a presença à sua volta de pessoas ligadas à defesa nacional os justificava amplamente. Suspeitávamos de que tivesse amantes, homens e mulheres. Disso tivemos prova quando Eleanor se apaixonou por um homem de 30 anos, ela que tinha 58. Sem ser comunista, o jovem homem era abertamente liberal, visitas à União Soviética e à Espanha mostravam isso. Lash era um dos líderes da "Juventude americana". Foi providenciada uma revista sem mandado à sede da organização, onde nossos agentes encontraram uma abundante correspondência entre seus membros dirigentes e a mulher do presidente. Incorporado ao Exército, Lash prosseguiu sua repugnante relação com Eleanor. Edgar não se sentia à vontade para informar diretamente o presidente, conhecendo a sorte ancestral reservada aos portadores de más notícias. Comunicou então à contra-espionagem do Exército a presença em seu seio de um agitador perigoso, freqüentador constante da Casa Branca a despeito de sua patente inferior. A contra-espionagem investigou a ponto de colocar um microfone no quarto de hotel onde a mulher do presidente recebia seu amante. Os registros do quarto 330 do Hotel Lincoln em Urbana foram entregues para serem ouvidos pelo presidente, que entrou numa cólera negra. No dia seguinte, tanto Lash quanto todas as pessoas que se haviam aproximado de perto ou de longe da investigação foram enviados por ordem do Estado-Maior a uma zona de combate intenso contra os japoneses da qual, dizia-se, tinham poucas chances de voltar. Lash sobreviveu e sempre negou ter sido amante da harpia. O presidente, pode-se entender, ficou terrivelmente afetado com esse caso. Indiscrições chegaram a nosso conhecimento que relatavam um profundo ressentimento de Roosevelt para conosco, amplificado pelos resultados de uma investigação sobre a homossexualidade do secretário de Estado Sumner Welles, seu amigo pessoal, que o obrigou a se separar dele. Roosevelt, apesar do imenso trabalho realizado pelo Bureau para sua presidência, não fazia mais mistério de que o fim da guerra ia anunciar o fim das funções de Edgar. Tal injustiça nos foi evitada: a saúde do presidente não lhe permitiu viver até ali.

5

A chegada da família Kennedy a Londres fez tanto barulho quanto a de uma família imperial. A imprensa inglesa logo se tomou de amores por aquele milionário turbulento, caricatura do americano voluntário e desajeitado. Bonachão, sem cerimônia, grosseiro e às vezes engraçado na maneira de sacudir uma sociedade orgulhosa de possuir um impressionante novelo de tradições. A veneração dos jornais por Kennedy foi uma fonte preciosa de informação, pois o menor dos seus gestos era relatado imediatamente. Nosso escritório de Londres também nos informava. Eu no entanto o utilizava com prudência. Se tivesse obtido uma prova formal de nossa vigilância, Kennedy teria feito um escândalo antes de fazer disso um excelente argumento eleitoral contra Roosevelt.

Assim, fiquei sabendo sem esforço que Rose e cinco de seus filhos o haviam acompanhado em sua residência londrina. Os dois mais velhos tinham ficado nos Estados Unidos para continuar os estudos superiores em Harvard. Joe Kennedy Jr., o mais velho, era a cópia fiel do pai. O segundo, John, tomara a forma de rosto um pouco larga dos Fitzgerald: queixos largos que contrastavam com uma magreza de intocável hindu. Restava ainda em nosso território Eunice, que cuidava de Rosemary, uma filha vítima de profunda deficiência mental. Na Inglaterra, os Kennedy viviam luxuosamente. O orgulhoso irlandês não queria aceitar os meios limitados de uma embaixada e não hesitava em meter a mão no bolso para melhorar o dia-a-dia. Uma vez mais, uma maneira de se distinguir dos diplomatas que ele considerava "um bando de confeiteiros".

Com a distância, não é inexato dizer que, quando Kennedy caminhava, o mundo se curvava a ele. Logo se mostrou favorável à política de conciliação que o primeiro-ministro inglês Chamberlain conduzia em relação à Alemanha. O fato de os nazistas terem invadido a Áustria na semana em que ele assumiu o posto não o impediu de encontrar o embaixador da Alemanha em Londres. Falou-lhe de sua simpatia pelo regime de Hitler, "benéfico para o povo alemão", e deplorou que sua imagem estivesse manchada nos Estados Unidos por um lobby judeu que influenciava o governo e a imprensa. O embaixador alemão se declarou satisfeito com essa entrevista e pôs a clarividência de Joe na conta de sua origem bostoniana, uma cidade onde os clubes mais importantes eram fechados aos judeus havia cinqüenta anos. No verão, estava de volta ao país, de repente consciente da dificuldade de defender seus interesses eleitorais do outro lado do Atlântico. Ali mediu sua popularidade crescente, que deixou Roosevelt com ciúmes, uma vez que o presidente tinha certeza de que Kennedy usava o posto como trampolim para se opor a ele nas eleições de 1940. De volta a Londres, Joe deixou o filho mais velho de permanência em Nova York. Este último herdara do pai um gosto mecânico pelas mulheres, o que fazia dele um pilar do Stork Club, do El Marocco e de outros lugares na moda. Recentemente saído de Harvard, não escondia a ambição de um dia se tornar o primeiro presidente católico do país caso seu pai não o fosse antes dele, o que então julgava mais que provável. Diferentemente do genitor, ele havia professado idéias abertamente socialistas e uma espécie de reconhecimento frio daquilo que os comunistas faziam para o bem de seu povo. Embora esse ardor desordenado tivesse desaparecido, Edgar me pediu para vigiá-lo, menos por suas próprias idéias que pela ajuda que ia dar ao pai. Não era raro encontrar o outro irmão, abaixo dele, nos mesmos lugares pelas mesmas razões. John estava longe de ter a mesma força física que Joe, mas apesar de frágil era dotado de espantosa energia que se misturava a uma indolência sarcástica, pretexto para afirmar sua distância em relação às ambições familiares de que Joe era o único herdeiro. Na época, é certo que os irmãos disputavam mulheres, mas não o futuro. Quando perguntei a Edgar se julgava útil ficar de olho em John, ele me respondeu: "O jovem Joe já dá muito trabalho. Não vamos abrir um jardim-de-infância."

O acordo de Munique perturbou Roosevelt, que hesitava entre o isolacionismo e a tentação de reagir ao movimento tentacular do Reich. Deve-se reconhecer que a opção por cuidar só dos assuntos internos tinha o apoio do país inteiro. Os americanos se preocupavam mais com os resultados de suas equipes de futebol e de beisebol que com a política internacional, que em nada era problema deles. Dar vidas sem ser ameaçado era uma experiência que muitas famílias haviam conhecido em 1917, e não estava em questão recomeçar uma aventura tão funesta. Roosevelt desconfiava de Chamberlain que ele achava tão difícil de segurar quanto uma bola de bilhar encharcada de óleo. Mas gostava de Churchill. Kennedy, cujo temperamento pretensamente direto deveria ter aproximado os dois, considerava-o um bêbado autoritário. Enalteceu os acordos de Munique como um modelo de compromisso com uma ditadura expansionista. Quando lhe falavam das críticas cada vez mais numerosas à sua visão dos assuntos europeus, ele varria as censuras com um revés de mão: "Com exceção dos judeus e de antifascistas primários, não vejo quem, no país do bom senso, poderia me censurar o que quer que fosse." Acho que Roosevelt entendeu, então, que o terreno da política internacional era o único em que podia se distinguir de seu concorrente à candidatura democrata. Mas fez isso sobretudo por convicção, desaprovando o irlandês: "Não pode haver paz se o reinado da lei for substituído por uma santificação reiterada da força; não pode haver paz se as ameaças de guerra forem deliberadamente colocadas a serviço de uma política nacional."

Nessa época, Edgar fizera de Roosevelt seu favorito. Os atritos devidos à vigilância de sua mulher ainda não haviam estragado as relações entre os dois, e embora Edgar o considerasse um imperador esquerdizante, era certo que Roosevelt o conservaria no posto após as eleições. De minha parte, sem abusar do recuo que me é hoje dado, nunca acreditei que Kennedy pudesse ganhar em 1940. Enquanto isso, observava divertido a evolução da política internacional dos Estados Unidos sujeita à rivalidade entre os dois homens. O paroxismo da loucura foi atingido após a Noite de Cristal. Num impulso de caridade católica, Kennedy tomou a iniciativa de um plano anglo-americano de salvamento das populações judias, um acordo com Chamberlain que consistia em encaminhar os judeus alemães, pelo menos os que restavam, por barco, para a África ou para países ocidentais fora do alcance dos nazistas. A idéia foi enterrada pelo Departamento de Estado. Os próprios judeus americanos, além da pouca confiança que depositavam no anti-semita notório, viram naquilo apenas um plano bastardo que se afastava da idéia que tinham de fazer convergir aquelas populações para a Palestina. Roosevelt pressentiu uma manobra do embaixador e deixou sua iniciativa se atolar nas areias da indiferença. Kennedy investiu furioso contra o presidente em suas declarações à imprensa britânica. Edgar enviou a Roosevelt o semanário de esquerda *Week* no qual Kennedy acusava Roosevelt de ser o pau-mandado do lobby judeu e assegurava seus interlocutores de sua próxima derrota nas eleições. A invasão da Polônia e a declaração de guerra pela Grã-Bretanha e a França à Alemanha o puseram num estado de pânico indescritível. A nomeação de Churchill à frente do governo britânico significou um golpe fatal à sua embaixada. Churchill não queria tratar nada com ele e se comunicava diretamente com Roosevelt. O próprio isolacionista foi isolado pelo Ministério das Relações Exteriores. Lord Halifax se referiu a ele em nota como "um espécimen fétido, trapaceiro e derrotista". Kennedy, que pregara a negociação com a Alemanha para uma partilha do mundo em zonas de influências, conheceu os primeiros bombardeios alemães em Londres num terror absoluto enquanto Roosevelt, divertido por vê-lo no fogo, demorava a chamá-lo de volta. Quando voltou no fim de setembro de 1940, a algumas semanas das eleições, Kennedy, borrando-se de medo retrospectivo, só tinha uma frase nos lábios: "Roosevelt e a judeuzada estão nos levando direto para a guerra."

Kennedy tinha se mostrado tal como era de fato: um guerreiro dos tempos de paz. A guerra lhe dava um medo visceral, e ele estava disposto a tudo para lhe dar as costas. Faltou muito pouco para que apoiasse o candidato republicano contra Roosevelt. A idéia de que seus filhos, em particular os dois mais velhos, pudessem morrer num conflito que não dizia respeito à América o revoltava. Sabia que Roosevelt era um isolacionista de fachada. Também entendera que seus sorrisos eram apenas a máscara do desprezo. Afinal juntou-se a ele num discurso solene, acreditando manter uma carreira política que já se acabara. Com freqüência me perguntei, já que nos preparávamos para isso, por que ele afinal não se apresentara. Parece-me que teve uma espécie de premonição de que ia ficar contra a história. Nossa vigilância não fora inútil. Tivemos apenas aquela leve amargura de ganhar um jogo por WO.

Joe Kennedy Jr., cópia fiel do pai, cismara de seguir os passos deste na arte de exprimir com vigor idéias irrefletidas. Ambos alardeavam, com uma veemência toda irlandesa, um isolacionismo que, à exceção dos judeus, era uma quase unanimidade no país. Os poucos belicistas julgavam que era cedo demais para se revelarem. Não se manobra o imobilismo americano como um barco de regata. Roosevelt, embora colaborasse estreitamente com Churchill, não cessava de repetir "que não enviaria os garotos americanos para a morte numa guerra estrangeira". Como toda vez que o peso o tornava indesejável na política, Kennedy retomara o trabalho nos negócios. Foi à Califórnia para negociar sua entrada no capital do grupo Hearst. Era fácil colher informações sobre ele, de tão tagarela que era. Nosso escritório de Los Angeles relatou que lá ele se encontrou com os produtores, pedindo-lhes que "cessassem de ofender Hitler em seus filmes. Aquela cabala poderia convencê-lo de que o lobby judeu procurava influenciar a política americana através do cinema". E continuou: "Seria mais razoável fazer comércio com os nazistas que enviar à Inglaterra aviões pilotados por americanos, ou comboiar pela Marinha americana material destinado aos ingleses. Os Estados Unidos fariam melhor negócio aceitando a dominação nazista no continente europeu do que se lançando numa guerra que esgotaria a economia americana além de suas possibilidades e prepararia a vinda dos extremistas de esquerda."

"Um Kennedy sempre pode esconder outro", lançou-me Edgar depois de percorrer o resumo da intervenção de Joe Kennedy Jr. no Ford Hall de Boston. Sem julgamentos, como toda vez em que não se sentia diretamente ameaçado em suas convicções ou em sua carreira, limitou-se a acrescentar: "Eles podem dizer qualquer coisa. Verdade ou mentira, sempre dão a impressão de falar antes de pensar. Com um filho como esse, agora entendo por que o pai está tirando o pé do acelerador."

Como fazem os jogadores que deram tudo numa carreira curta e difícil sem chegar ao nível de excelência, Joe Kennedy se preparava para sentar no banco de reservas e se dedicar ao papel de treinador, aquele que morde os lábios vendo desfilar os ponteiros do relógio do estádio. Mas tinha o tempo a seu favor: o mais velho do time tinha apenas 25 anos e o segundo, 23. Ia depositar todas as suas esperanças em Joe Kennedy Jr., que acumulava a vantagem de ser o mais velho, o mais brigão e o que mais se parecia com ele. John não fazia mistério: seu temperamento e sua constituição frágil lhe proibiam o terreno. Até se permitia ter idéias próprias sobre a crise internacional, relativizadas quanto à posição familiar dominante, ao escrever um livro, *Por que a Inglaterra adormeceu*, que se tornou um best-seller em poucas semanas. "Um trabalho enorme que não prova nada." Foi a análise feita por Joe Kennedy Jr. ao pai. Kennedy não ficou incomodado com as teses de John que faziam de Churchill um verdadeiro herói. O importante era que falassem de seu filho. Krock, o velho amigo, se ofereceu para prefaciar o livro. Joe preferiu Henry Luce, muito mais famoso, e o impôs a John. No fim de 1940, em acordo com Edgar, coloquei a vigilância de Kennedy em banho-maria. Ele descera bem baixo no quadro de nossas preocupações. O dossiê voltou a seu lugar no armário situado atrás da Srta. Gandy.

6

Desde a reeleição de Roosevelt pela terceira vez, o que havíamos desejado, as peripécias de Joe Kennedy não passavam de um ruído de fundo que não conseguia mais cobrir um rumor que nos preocupava muito mais. Depois de alguns meses em que eu pudera ficar feliz por perceber no rosto de Edgar sinais de uma relativa tranqüilidade, sua expressão voltara a ficar preocupada. Quando havia um problema importante, Edgar precisava de vários dias de recolhimento numa maturação ácida antes de se abrir comigo. Eu nunca tentava invadir essa parte de seu espírito em que suas inquietudes se concentravam. Sabia que ele estava contrariado pela iminência daquela guerra que todos se esmeravam em negar. Não pela guerra em si, mas pelo risco que eu corria de ser convocado. Essa preocupação só o deixou quando teve a garantia da Marinha, da qual eu era reservista, de que eu não seria chamado. A razão alegada por Edgar para obter a minha isenção era o papel estratégico que eu representava no dispositivo de defesa do território. Edgar levara adiante esse assunto sem me falar dele, sem me consultar. Não podia conceber que eu sequer imaginasse deixá-lo para cumprir meu dever de americano. Quando lhe observei isso brincando, ele me olhou com olhos esbugalhados:

— Mas Clyde, você não estava achando que eu ia deixá-lo partir e correr o risco de perder o único membro da minha família. No meu lugar, você certamente teria feito a mesma coisa, não é?

Restava um verdadeiro assunto de preocupação. Roosevelt, preparando-se para a eventualidade de uma guerra, pensava em coordenar os diferentes serviços de informação civis e militares, e não evocava o nome de Hoover como seu candidato para fazê-lo. Falava-se do coronel William Donovan para tomar a frente de todos os serviços de informação. Uma maneira de nos mandar à caça dos crimes comuns. William Donovan estava sendo sondado para se tornar o chefe hegemônico da informação. Durante a Primeira Guerra, comportara-se como um herói. Era jurista reconhecido e personalidade política de tal envergadura que o próprio Roosevelt, embora Donovan fosse republicano, o via como presidenciável. Donovan, vice-ministro da Justiça em 1924, favorecera a nomeação de Edgar à frente do FBI, mas declarara publicamente que o lamentava e que ia fazer tudo para mandá-lo embora caso os republicanos voltassem ao poder.

Edgar costumava me dizer:

— Está vendo, Clyde, o momento em que devemos ficar de olho bem aberto é o do último mandato de um presidente. No anterior, eles só pensam em se reeleger e não é difícil se entender com eles. Mas, quando o fim está programado, cismam de querer entrar para a história, suas convicções profundas voltam à tona e são então capazes de fazer qualquer babaquice, de tomar a defesa de uma causa de interesse geral de cuja existência até aqui não suspeitavam.

Éramos um bom exemplo disso. E à exceção das cascas de banana deixadas sob os sapatos envernizados dos sujeitos da espionagem militar, como no caso daquela coruja gorda da Eleanor Roosevelt, não tínhamos muita coisa a fazer a não ser esperar. Foi por isso que, quando Roosevelt e Churchill, que ainda não era primeiro-ministro, criaram uma rede própria de comunicação entre os dois nas costas de Chamberlain, em toda ilegalidade, Edgar não hesitou em intervir usando um método já conhecido: ocupar o terreno e esconder informações comprometedoras. Edgar prestou-se a essa colaboração com os serviços britânicos porque era de seu interesse. Mas, visceralmente, não gostava de estrangeiros. Ainda que fossem ingleses, ele não os compreendia.

Bem no início de 1940, Edgar ficou surpreso ao receber uma carta de Gene Tunney, um boxeador aposentado que ele assistira admirado destruir seu adversário pelo título de campeão mundial de pesos pesados nos anos 1920. Edgar sempre tinha um a priori favorável por aqueles que têm sucesso em seu campo sem lhe fazer sombra. Essa carta lhe recomendava receber um agente do serviço secreto britânico, um certo Stephenson, que Churchill designara para representá-lo pessoalmente nos Estados Unidos. Edgar o recebeu em casa, o que era uma honra de que o homem não se deu conta, pois, em vez de sentir-se reconhecido, comentou mais tarde a visita descrevendo Edgar como uma pessoa fria e aparentemente complicada. Falou também de sua surpresa diante da decoração particularmente refinada do interior da casa e do número impressionante de fotos tanto de Edgar quanto de homens nus, o que o levou a concluir que Edgar devia ser homossexual. Só me falaram de seu relatório muitos anos mais tarde e não creio que Edgar jamais tenha tomado conhecimento dele. O sentido da história certamente teria sido mudado em suas horas mais dramáticas se Edgar tivesse sabido naquele momento como Stephenson o considerava. Acrescento que, após ter-me encontrado, ele foi ainda mais longe afirmando que éramos um casal. Prudente, Edgar respondeu a seu pedido de colaboração dizendo-lhe que se tratava ali de um assunto que podia acarretar acusações ao presidente no Congresso, com um risco evidente de destituição, e que, por conseguinte, tinha que conversar com ele. O presidente quis encontrar Stephenson e deu seu aval para uma cooperação entre o Bureau e o Serviço de Inteligência. Estamos em dívida com Churchill por nos ter escolhido. Bem informado sobre Edgar e sua discrição em intrigas, ele dera preferência a nós em vez dos serviços militares de informação antes que Roosevelt decidisse de outro jeito. Essa análise deixou Edgar em melhor disposição para com o ministro da Marinha da Grã-Bretanha, que não ia demorar a se tornar primeiro-ministro. Tornou-se para os ingleses um impressionante combatente da sombra como eles gostam ao ponto de fazer dele uma parte não desprezível da mitologia britânica. Nossa cooperação foi de fato eficiente, em particular na abertura das correspondências, uma prática explicitamente proibida em tempos de paz. Roosevelt, que sentia a guerra se aproximar, colocou secretamente Donovan a par de tudo. Este logo se ligou a Stephenson, que não dissimulava que o preferia a Edgar, pelo qual tinha uma repulsa quase física. Donovan apreciava a longa experiência da informação de que os britânicos eram peritos. Edgar, por sua vez, considerava que nada tínhamos a aprender com eles. Mas os ingleses tinham então uma dose de autoconfiança que só os alemães conseguiam igualar. Enviaram com presteza simplesmente o chefe da informação da Marinha britânica acompanhado de um capitão-de-fragata para nos convencer de que Donovan e Hoover deviam dirigir em conjunto todas as atividades de espionagem. O capitão-de-fragata pareceu ter ficado muito impressionado com a acolhida glacial de Edgar, que bateu palmas para indicar o fim da entrevista. Chamava-se Fleming. Ganhou depois certa notoriedade ao escrever romances ligeiros de espionagem. Seu herói chamava-se James Bond. Donovan foi promovido a coordenador dos serviços de informação em 1941, o que desencadeou uma incrível cólera em Edgar e uma animosidade contra os ingleses, que, devo confessar, certamente tem muito a ver com a origem de Pearl Harbor, embora eu garanta que Edgar não foi responsável por aquilo.

7

— Senhor diretor, tomei a liberdade de contatá-lo, pois fui procurado por um homem que se diz enviado pelo MI-6 com sua permissão e que gostaria de encontrá-lo. Sei que o senhor virá a Nova York neste fim de semana mas achei que seria bom informá-lo desde já.

— Boa iniciativa, Foxworth. Surpreende-me que os ingleses não me tenham contatado diretamente, através de Robertson, por exemplo. Como é o interessado?

— É um iugoslavo que chegou há pouco a Nova York, um certo Dusan Popov.

— Você está dizendo Popov? Um verdadeiro nome de revista em quadrinhos. E o que esse homem quer de nós?

— Ele se diz agente duplo, trabalhando ao mesmo tempo para os ingleses e os alemães.

— E sabemos para quem ele trabalha realmente?

— Na realidade, ele afirma ser um agente aliado infiltrado na Abwehr.

— E o que ele quer?

— Ele afirma que os alemães o enviaram aqui para nos espionar, que ele preveniu o serviço secreto inglês dessa missão e que este lhe recomendou que nos procurasse assim que chegasse.

— E por que não Donovan?

— Sei lá, chefe. Eles o orientaram para o Bureau do FBI de Nova York.

— O que os alemães o encarregaram de fazer em nosso solo?

— A missão dele compreende uma lista de 97 linhas das quais um bom terço se refere ao Havaí assim como perguntas muito precisas sobre Pearl Harbor.

— Sobre Pearl Harbor. Que idéia esquisita! E o que em particular?

— A posição exata dos depósitos de munição e de petróleo, dos hangares, das bases submarinas, do ancoradouro dos navios, com ordem de para lá se dirigir o mais rápido possível.

— Esses alemães acreditam em tudo: enviar um iugoslavo, imagino que com um sotaque fortíssimo, espionar nossas posições. É de morrer de rir, você não acha?

— Claro, chefe.

— E como se explica esse pedido?

— Ele diz que os japoneses insistiram junto aos alemães para conhecer em detalhe a maneira como os ingleses procederam para bombardear a base aérea italiana de Tarento a partir de um porta-aviões. Segundo esse Popov, um adido alemão lhe teria relatado que estava esperando um ataque desse tipo para o fim do ano. Ele sustenta que outro agente duplo lhe teria confiado que os japoneses estariam se preparando para atacar os Estados Unidos.

— Tudo isso me parece um pouco exagerado, Foxworth, e como dizer, um pouco espontâneo demais, você não acha?

— Concordo com o senhor. No entanto...

— No entanto?

— No entanto, ele não veio de mãos vazias.

— Como assim?

— Ele nos mostrou a técnica alemã de transmissão de mensagens.

— Continue.

— É uma técnica que permite reduzir fotos a micropontos que passam totalmente despercebidos numa carta comum. Ele aliás nos mostrou o questionário sobre micropontos.

— Apaixonante, mas parece que temos aí todos os ingredientes de uma armadilha. E o que ele espera de nós?

— Esse Popov gostaria de marcar uma reunião com o senhor o mais rápido possível.

— Compreendo o pedido dele, mas vou tirar férias. Diga-lhe que o verei dentro de uns 15 dias. Além do fato de que não tenho intenção alguma de adiar esse repouso, acho que não perdemos nada deixando-o de molho um pouco, para ver como a mosca se debate no bocal. Ele tem outros objetivos de visita além do Havaí?

— Os alemães desejam que ele se informe sobre as nossas instalações militares na Flórida.

— Que ele vá para lá sob a nossa vigilância, que lhe dêem o mínimo de matéria para que seja confiável junto aos alemães e o verei dentro de 15 dias.

Edgar me relatou com deleite sua conversa telefônica com o chefe do Bureau de Nova York enquanto nos preparávamos para partir. Ria imaginando a cara de Foxworth quando lhe dissera que não estava informado da chegada desse Popov. Uma técnica bem desenvolvida em Edgar consistia em fazer uma cara de abobalhado diante de notícias pouco comuns que poderiam se afigurar comprometedoras com o tempo. Depois, uma nuvem pareceu passar sobre sua fronte. Disse-me, enquanto procurava não esquecer nada:

— Curioso. Os ingleses recentemente me falaram de uma carta interceptada vinda de um espião alemão. Um relatório sobre a defesa da ilha, com cartas e fotos, bem concentrado sobre Pearl Harbor. O relatório concluía: "Isto vai interessar muito aos nossos aliados amarelos." Poderíamos ver nisso uma confirmação, Clyde. Ao mesmo tempo, não vejo a necessidade que teriam de enviar um segundo observador se não fosse para nos fazer cair na conversa. Mas não quero importuná-lo com isso, vamos deixar o assunto para quando voltarmos de férias.

As informações que nos chegaram do Bureau durante esses 15 dias confirmaram que Popov de fato descera para a Flórida. Em compensação, o agente especial encarregado de sua vigilância nos relatou certas observações que chocaram consideravelmente Edgar. O denominado Popov vivia num ritmo surpreendente para um espião cuja imagem para Edgar era a de um homem por definição discreto. Mas havia motivo mais grave. Esse sujeito violava deliberadamente a lei, andava acompanhado de uma mulher provavelmente prostituta que ele levava de um estado a outro. Aliás, essa infração ao Mann Act era da alçada do FBI, já que se tratava de um delito federal.

Assisti ao encontro entre Edgar e Popov ao voltarmos de férias. O homem estava em apuros, pois desde que chegara não lhe havíamos fornecido informação alguma para alimentar a confiança que os alemães depositavam nele, já que a regra para um agente duplo era manter em permanência sua credibilidade para com a parte que ele trai. Mas Edgar não se importava com isso, Popov era um agente duplo que supostamente, no melhor dos casos, trabalhava para a Grã-Bretanha. Além disso, não estávamos em guerra. Edgar chegou para o encontro com um mau humor incomum. Estendeu-lhe uma mão mole, resmungou um bom-dia inaudível e foi sentar-se atrás da escrivaninha de seu chefe de agência. Não lhe deu tempo de falar:

— Saiba que meus homens me falaram de seu comportamento grosseiro na Flórida, em violação à lei federal. Parece que o senhor gosta de belos carros e putas, um comportamento que contradiz a missão discreta que o senhor alega estar cumprindo. O senhor não é um espião, Sr. Popov, o senhor é um porco.

Popov ficou de queixo caído.

— Mas, Sr. Hoover, os alemães me pagam muito generosamente e sempre vivi no luxo. Se a minha atitude não fosse a que observo habitualmente, eu temeria despertar as suspeitas deles.

— Sr. Popov, vou falar sem rodeios. Para mim, o senhor é um espião fajuto e estou decidido a nunca mais revê-lo.

Edgar levantou-se e virou-lhe os calcanhares sem cumprimentá-lo enquanto o chefe de agência o acompanhava até a saída. Ao voltar, disse duas palavras:

— Boa limpeza!

Só bem depois é que me foi confirmado que esse misterioso Popov fora de fato um dos mais importantes agentes duplos a serviço da Inglaterra. Era tido em alta conta por Ian Fleming, que nele se inspirou para seu personagem James Bond, e pelo escritor Graham Greene, que operava então para o MI-6.

Em 20 de outubro de 1941, para nossa consciência tranqüila, transmitimos ao serviço de informação da Marinha uma versão sintética do questionário entregue pelos alemães a Popov. Parece-me que não deram mais atenção a isso do que nós.

Edgar e eu ficamos muito afastados das polêmicas suscitadas pelo ataque a Pearl Harbor em 7 de dezembro às 13h25, hora de Nova York. Fez-se uma busca aos culpados. Era a primeira e certamente a última vez que a América era ferida em seu solo. Se Stephenson estivera ele mesmo convencido das informações veiculadas por Popov, por que, já que Donovan e ele tinham tanto em comum, não o informou dos planos japoneses sobre Pearl Harbor?

Em todo caso, essa história não prejudicou Donovan, que foi promovido a general para assumir as funções de chefe da Informação em tempos de guerra na Agência de Serviços Estratégicos, futura CIA. Roosevelt limitava as nossas atividades aos problemas de segurança interna e nos confiara, como se se tratasse de uma promoção, a espionagem na América Latina. Na certa achava que os americanos lá estavam em casa.

8

Embora eu sempre tenha tido os favores da imprensa, mais por minha proximidade com Edgar que por mim mesmo, nunca tive a menor ilusão quanto a esse assunto, mas devo confessar que estava muito excitado com a idéia de dar uma entrevista a uma jornalista do *Washington Times Herald*. Não me teria permitido aceitá-la sem um acordo expresso de Edgar, que me deu mais para me agradar que por outra coisa. Edgar achava que era melhor para o Bureau que ele fosse o único a representá-lo aos olhos do mundo. Mas, como tinha prazer em dar recompensas, às vezes permitia que um agente falasse na imprensa, autorização que ele outorgava como um doce a uma criança. Ainda mais que a jornalista era uma das mais belas mulheres à vista em Washington nesse outono de 1941. Edgar ouvira falar dela e, sem se mostrar ciumento, deixou que eu entendesse que isso o irritava um pouco. Uma beleza nórdica de rara perfeição com uma pele firme e suave que ela devia às suas origens dinamarquesas. O encontro aconteceu em fins de outubro para uma publicação no dia

30, e devo reconhecer que essa mulher me intimidou bastante, tanto sua beleza combinava com sua fama. Sem vigiá-la particularmente, sabíamos que chegara aos Estados Unidos em 1940 para fazer os cursos da escola de jornalismo de Columbia. Foi em seguida enviada a Arthur Krock, o velho amigo judeu de Joe Kennedy. O *New York Times* não devia ter posto a ser preenchido em Washington DC, pois Krock, apesar de seu apetite pelas mulheres, tivera de afastá-la dele e enviá-la a Waldrop, o diretor executivo do *Times Herald*. Minha modéstia sofreria horrivelmente se eu relatasse a entrevista em sua integralidade, mas devo dizer que suas palavras foram deliciosas. Ela me descrevia como "um homem particularmente afável com olhos de uma inteligência rara" e "um físico esplêndido". Não se podia sonhar melhor. Edgar me felicitou da boca para fora. Devia ser uma de minhas últimas entrevistas dadas à imprensa.

Fiquei ainda mais impressionado quando Waldrop, seu patrão, que pedira para me encontrar, revelou-me que uma de suas colaboradoras, em quem tinha toda confiança, o assegurara de que a fascinante jornalista, Inga Arvad, era agente dos serviços de informação alemães — o que explicava por que viera trabalhar em Washington, mais perto do centro de comando que Nova York. Minha primeira reação foi varrer a idéia com um gesto, pondo essas afirmações na conta de um ciúme bem compreensível entre duas mulheres de um mesmo jornal, imaginando sem dificuldades que a acusadora devia ter perdido seu lugar ao sol. Transmiti, no entanto, a informação de Waldrop a Edgar, nela acrescentando as maiores reservas. Não sei o que da consciência profissional ou de uma pequena vingança pessoal prevaleceu nele naquele dia, mas ele decidiu abrir uma investigação. Bem rápido ficou claro que essa mulher de 28 anos já tinha uma vida bem cheia. Eleita Miss Dinamarca e depois Miss Europa, coroa que recebera das próprias mãos do *chansonnier* francês Maurice Chevalier, fora casada — depois divorciada — com uma espécie de príncipe egípcio, o que não quer dizer muita coisa nesses países, onde parece haver tantos príncipes quanto pobres. Foi contratada como correspondente de um jornal dinamarquês em Berlim onde realizou várias entrevistas com Göring. Esteve entre os poucos convidados a seu casamento, durante o qual foi apresentada a um Hitler subjugado por aquele modelo perfeito de beleza ariana. Ele lhe concedeu três entrevistas antes de convidá-la para assistir a seu lado aos Jogos Olímpicos de 1936 que deviam consagrar a superioridade física dessa raça de que ela era um notável embaixador. De volta à Dinamarca, essa mulher apressada arrumou ao mesmo tempo um marido e um amante.

É evidente que sua amizade com Göring e Hitler logo chamou a atenção da Agência. Essa suspeita foi reforçada por sua relação com Wenner-Gren a respeito do qual uma dupla investigação estava sendo feita pelo FBI e o ONI, o serviço de informação da Marinha, pois parecia quase certo que esse homem usava seu iate de 320 pés para transportar combustível para os submarinos alemães.

Não cuidei da investigação no início. Primeiro porque, na qualidade de número dois do FBI, não era meu papel. Tampouco desejei supervisionar essa investigação, já que sentia uma certa amargura de ver violada a imagem daquela mulher que eu achava tão bela. Edgar, que não perdia de vista o desenrolar da vigilância, tampouco me falava dela. Essa mulher estava um pouco entre nós dois.

9

O agente especial Frederick Ayer Jr. tinha sido recrutado recentemente quando foi designado para uma operação de escuta num hotel previamente blindado à nossa maneira. Estava ali ajudando um agente mais experiente que, sem lhe dizer quem era vigiado, lhe pôs os fones nos ouvidos e lhe pediu para passar para o papel o que estava ouvindo.

Uma primeira escuta sempre é um momento excitante numa carreira de agente federal. É preciso reconhecer que essa incursão na vida dos outros sem ser convidado tem um sabor muito particular. Ayer ficou muito surpreso ao ouvir uma conversa banal entre um homem e uma mulher. A mulher, que tinha um sotaque estrangeiro, lhe fora apresentada como uma espiã nazista. Nada em suas palavras deixava pressagiar uma troca de informações confidenciais. O homem não dizia muita coisa. A mulher murmurava. Depois silêncio. Um silêncio que bem rápido se transformou em gemidos depois em gritos pontuados por um urro final que cedeu lugar a sufocações. Tudo durara um minuto e 35 segundos. Depois, silêncio de novo. A conversa foi retomada ao fim de uns vinte segundos. A mulher soltou, com uma voz um pouco cansada:

— Meu Deus, como você é rápido. Parece que quer acabar antes de começar. Sorte sua que eu gosto de um amasso furtivo. Não sei se todas as mulheres iriam se contentar com um vaivém relâmpago com alguém que só conhece a posição do veleiro, de costas com o mastro para cima.

— Desculpe — respondeu o homem. — Espero que as coisas melhorem com os anos.

— Cuidado. Se você fizer a mesma coisa com as suas outras conquistas, vai acabar com fama de "ejaculador precoce".

— Sempre melhor que "difícil de gozar". Desculpe mesmo, Inga, mas essa merda de dor nas costas me proíbe qualquer esforço prolongado. Deus teve de ser bem cruel para me impor um calvário como este num momento assim.

— Você é punido onde peca.

— Eu gostaria muito de acreditar nesse tipo de babaquices, mas não tenho nem a força.

Segundo o colega dele que me contou, Ayer tirou os fones dos ouvidos. Estava com os olhos arregalados como se acabasse de ver um fantasma:

— Santo Deus, chefe, não consigo acreditar!

— Em quê? — perguntou o colega experiente que não se impressionava com nada. — Você ouviu o Abraham Lincoln?

— Não, chefe, mas é incrível! Na minha primeira escuta clandestina, dou com um colega de sala de Harvard. Não acredito no que estou ouvindo. Reconheci a voz dele e o sotaque de Boston; asseguro que é ele, chefe.

— É quem, então?

— John Fitzgerald Kennedy.

O chefe lhe fez uma careta divertida.

— Escute, meu chapa, foi ótimo você ter reconhecido ele, mas a gente já está sabendo disso há várias semanas. É o filho do magnata de Boston. Ele está na Marinha, tem acesso a documentos secretos e trepa com essa nazista. Por isso é que a gente está aqui, meu chapa.

Edgar convocou uma reunião com o chefe dos serviços de informação da Marinha, Wilkinson, seu adjunto Kingman e Hunter, o superior imediato de John Kennedy. Expôs os fatos, apresentou uma transcrição da fita e abriu toda uma parte do espesso dossiê constituído sobre Inga Arvad sob forma de síntese.

— Vamos simplesmente botá-lo para fora da Marinha. O que acha, Kingman? — começou Wilkinson.

— Concordo.

— E você, Hunter?

— Acho que é um pouco delicado politicamente. O pai dele é uma personalidade influente e muito visado. Ele não pode ser pura e simplesmente riscado da Marinha. É melhor transferi-lo para uma base operacional onde não fique em contato com documentos confidenciais. O que acha, Sr. Hoover?

— Não tenho por hábito pensar em coisas que não me dizem respeito. Fizemos a investigação, com uma celeridade que ninguém pode criticar, espero. Cabe a vocês tirarem as conclusões.

— Mas — retomou Hunter — o senhor não acha que uma decisão um pouco radical demais poderia nos meter em complicações políticas que poderiam estar acima da nossa competência?

— E sobretudo voltar na nossa cabeça feito um bumerangue — acrescentou Wilkinson, que se tornara mais prudente.

— Devo dizer que conheço bem o Sr. Kennedy pai — retomou Edgar. — Pretendo organizar um encontro com ele para lhe falar do filho e lhe comunicar o resultado de nossas investigações. Não quero pegá-lo à traição. Não está nos nossos hábitos.

— Mas, até agora, o senhor só tem suspeitas sobre essa mulher, não é?

— É verdade, capitão Wilkinson, só temos suspeitas, mas acho que estão bem escoradas. Mas o problema não é só esse. Esse rapaz está tendo relações com uma mulher casada cinco anos mais velha que ele.

— Entendo — respondeu Wilkinson baixando os olhos.

O encontro com Joe Kennedy também aconteceu na minha presença. Edgar sempre tivera por ele uma certa amizade em público porque era difícil fazer de outro jeito com um homem que sabia se comportar de modo tão caloroso conosco. No Natal, enviara uma caixa de Jack Daniel's Black Label para Edgar e, o que mostrava que não era inimigo da sutileza quando queria, mandara me entregar uma caixa de scotch Haig and Haig.

Edgar organizara essa entrevista, que havia motivado por razões de pura amizade, num grande hotel da cidade na hora do aperitivo. O grande Joe chegou com uns 15 minutos de atraso. Certamente teria sido capaz de nos fazer esperar muito mais se não tivesse tido o pressentimento da importância daquele encontro.

— Muito contente em revê-los, senhores.

Tinha quase a expressão sincera quando lançava aquele gênero de frases no ar. Joe na certa não sabia que a preparação das eleições do ano precedente nos obrigara, em acordo com o presidente, a constituir quase duzentos dossiês de pessoas suscetíveis de contrariar seus projetos. Quero dizer que, ainda que imaginasse, jamais teria pensado que havia um tal número de suspeitos e era arrogante demais para não acreditar que seu dossiê estivesse em cima da pilha.

— Feliz em vê-lo, Joe — respondeu-lhe Edgar com um largo sorriso.

Fizemos o pedido ao garçom, bebidas sem álcool, pois Edgar havia um ano decidira não beber mais em público. Joe estava às voltas com suas úlceras, e eu por minha vez os acompanhava.

— Fiz tudo o que pude para evitar essa guerra, vocês sabem, e me dou conta de que não adiantou nada. Tomo-a como uma tragédia pessoal. Acho que vai ser assustador. Tenho nove filhos, Edgar, e por definição mais chances de perder um na porra dessa catástrofe que a maioria das pessoas. E um filho sempre pesa mais numa família grande. De modo algum lamento ter defendido a unhas e dentes que ficássemos fora desse cataclismo. Lindbergh tinha razão, estamos por natureza muito mais próximos das forças do Eixo que dessas democracias decrépitas que nem mesmo pensaram em se dotar de uma defesa considerável. E você, Edgar, o que acha disso?

— Não tenho a mesma posição. Não temos filhos. Ehh... quero dizer, que nem Clyde Tolson nem eu mesmo temos filhos, mas tenho os mesmos temores que você; nessa guerra arrisca-se a causar duras perdas. Mas, Joe, fora do prazer em vê-lo, que permanece intacto sejam quais forem as circunstâncias, desejei aproveitar esse momento de amizade para lhe falar de certas preocupações que nos dão seu filho.

— Qual filho? Joe Kennedy Jr.?

— Não, Joe, o irmão mais próximo, John.

— John, Santo Deus, o que ele fez?

— O seu filho está tendo uma ligação com uma mulher, uma certa Inga Arvad, jornalista do *Times Herald*. Acontece que há fortes suspeitas sobre essa mulher de ser espiã a soldo dos alemães. Ora, a inteligência de John, suas capacidades e a mui honrada família à qual pertence lhe valem uma grande confiança de seus superiores e lhe dão portanto acesso a informações "classificadas". Nesse contexto, a posição ocupada por seu filho na Marinha nos coloca um grande problema, compreende?

Joe absorveu o golpe, depois retomou:

— Entendo muito bem. John corre atrás de tudo o que usa saia, não sei mesmo a quem puxou. Puta que pariu, eu deveria tê-lo castrado quando era pequeno!

— Não faço juízo das farras dele, Joe, ainda que ache um pouco inconveniente essa relação com uma mulher cinco anos mais velha e, além do mais, casada. Minha preocupação se refere a essa proximidade inoportuna com uma pessoa suspeita de ser espiã nazista quando a posição que ele ocupa faz dele alguém vulnerável. De mais a mais, se isso viesse a transpirar e se certos espíritos de porco viessem a estabelecer um vínculo entre essa relação e as idéias bem pró-alemãs que você professou em certa época, o que entendo muito bem no contexto, ele poderia ser acusado não simplesmente de ter caído na armadilha de uma relação amorosa com uma espiã, mas de colaboração direta com o inimigo. O prejuízo seria considerável.

— O presidente está informado disso?

— Joe, apesar de toda a amizade que tenho por você, é difícil para mim, considerando as responsabilidades que são as minhas, não manter o presidente informado. A sua sorte, neste caso específico, é que nem o presidente nem eu mesmo desejamos que esse assunto transpire. O presidente, porque não apreciaria que o escândalo respingasse nele de tabela, e eu, você sabe bem, porque tenho uma enorme estima pela sua família.

— Mas, Edgar, como você tem certeza de que...

— Joe, vou interrompê-lo imediatamente. Temos gravações de conversas. Se não o tivéssemos feito, a Marinha teria se encarregado disso. Fico um pouco sem jeito para acrescentar que essas escutas não deixam dúvida alguma quanto ao caráter amoroso e eminentemente carnal da relação do seu filho com essa mulher. A Marinha queria simplesmente botá-lo para fora. Intervim com muita insistência para que, em vez disso, ele fosse transferido para uma base onde não haverá conexão alguma com documentos que comprometam a segurança do Estado. Penso, Joe, se todavia eu puder me permitir, que você deveria falar com o seu filho, para que ele se mostre mais prudente em suas relações com o belo sexo e um pouco mais respeitoso com a moral. É a reputação da sua família que está em jogo.

* * *

O grande (pelo tamanho) Kennedy foi embora muito contrariado. Depois que saiu, Edgar me disse com satisfação:

— Acho que fui muito justo com ele.

Saímos para a rua onde soprava uma brisa fresca e até um pouco cortante. Edgar despediu com um gesto o chofer que nos esperava de motor ligado, como toda vez que estávamos fora do escritório, e tomamos a pé a direção de sua casa. No caminho que levava até essa mansão onde ele fora morar depois da morte da mãe, Washington tinha curiosamente um ar de festa. Em suas largas avenidas arejadas, passavam magníficas limusines. Edgar tinha um sorriso nos lábios:

— Vivemos num país magnífico, não é, Clyde? Pena que tenhamos o tempo todo que nos precaver contra esses filhos-da-puta que querem foder com ele, com a falta de moral que têm.

Respondi balançando a cabeça. Pouco depois, ele retomou:

— A guerra é uma oportunidade. Ela permite afastar os indesejáveis e lhes dar uma chance de morrer com dignidade. Acho que devemos fazer o máximo para que esse filho do Kennedy parta em operações.

Joe telefonou dias mais tarde para informar Edgar de que conversara com o filho. John lhe falara da vontade que tinha de se casar com Inga Arvad. É evidente que Joe se opusera violentamente, por causa, dizia ele, das suspeitas que pesavam sobre ela e porque não podia se tratar de um casamento conveniente para um católico. Acrescentou que tivera o trabalho de encontrar a jovem mulher a sós para lhe dizer a mesma coisa. O que não disse mas que soubemos muito mais tarde é que, durante essa entrevista, enquanto o filho esperava numa sala ao lado, ele lhe propusera uma relação sexual relâmpago que ela recusara.

John Fitzgerald Kennedy foi enviado para a base naval de Charleston na Carolina do Sul. Mas não desistiu. Por duas vezes, durante o mês de fevereiro de 1942, Inga Arvad veio se encontrar com ele sob o falso nome de Barbara White no hotel Fort Summer, onde o casal não conseguiu evitar a vigilância do Bureau, que instalou microfones no quarto. Além dos habituais ruídos ligados aos embates amorosos, nenhuma discussão reteve nossa atenção. O jovem Kennedy não conversou com a amante sobre qualquer assunto militar e ela só fez contar fofocas velhas vindas dos corredores do poder em Washington. O tempo médio de suas relações sexuais permaneceu constante. Mas ele compensava essa brevidade com um fervor notável em repetir a dose. A investigação sobre Inga Arvad nos levou à conclusão que nada permitia acusá-la de espionagem, mas seu volumoso dossiê, quase quinhentas páginas, nem por isso foi encerrado. Ela ficou ofendida com o tratamento que lhe fora infligido pelo Bureau, uma vez que Joe lhe indicou que ela e John estavam sob escuta. Edgar sequer se preocupou.

Esse acontecimento foi a oportunidade de um primeiro encontro entre Edgar e John Kennedy, que solicitou a entrevista por intermédio do pai. Edgar o descreveu como um rapaz que mostrava a consciência que tinha de suas origens sem no entanto ter a rudeza do genitor. Sua segurança se traduzia por ares sarcásticos que ele usava para pôr distância entre ele e os acontecimentos, como se recusasse deixar-se alcançar logo de primeira. Senão, tinha a espessura de um espantalho de pardais como vemos nos campos há pouco semeados. O gênero de filho de rico no qual encontramos mais estofo que carne. Segundo Edgar, ele precisara de todo o apoio do pai para ser incorporado na Marinha, tanto parecia espontaneamente inapto a qualquer forma de serviço no exército. John foi direto ao assunto, espantando-se que tivessem podido espioná-lo em sua vida privada. Edgar quis lhe fazer um discurso sobre os riscos que ele correra para a carreira, mas John cortou rápido, pois queria saber se, sim ou não, aquela mulher era uma espiã.

— No estado atual das investigações, essa mulher parece fora de questão — contentou-se ele em responder.

John, então, não se impressionou e lhe pediu que escrevesse isso. Edgar lhe respondeu que teria ficado muito feliz de ajudá-lo mas que, enquanto a guerra não tivesse acabado, para ele era impossível ter certeza da inocência dela, pois ainda haveria um longo tempo pela frente para que ela mudasse de idéia.

10

Apagar-se em suas funções sem que a violência seja a causa da morte é uma maneira bem rara de se aposentar em pleno mandato da presidência dos Estados Unidos da América. Foi no entanto o que aconteceu com Franklin D. Roosevelt. Em 12 de abril de 1945, enquanto a natureza renascia para a vida, a algumas semanas do fim da Segunda Guerra Mundial, como se tivesse querido escapar à pesada responsabilidade pela iminente destruição de Hiroshima, o presidente foi levado por uma hemorragia cerebral. Seu cérebro fora vítima de 12 anos de trabalho intenso no topo do Estado em circunstâncias históricas bastante agitadas. A morte de Roosevelt não afetou Edgar. A tristeza que sentira durante o desaparecimento da mãe parecia tê-lo imunizado para sempre contra o desgosto pelo falecimento dos outros. Para ele, essa impermeabilidade era uma força. Seu lado afetivo havia muito tempo não estava autorizado a perturbar seu rigor intelectual. A morte do "Imperador" apenas o inquietou. Faltavam três longos anos antes de novas eleições durante os quais o vice-presidente ia sucedê-lo.

Edgar se apressou em prestar fidelidade a Truman, que parecia quase contrariado e de mau humor por ter de assumir essas novas funções. Mandou dizer por um emissário que o Bureau e ele mesmo estavam à sua total disposição. A resposta que lhe enviou Truman deu o tom dos sete anos em que teríamos de nos alinhar a esse homem que, retomando por sua conta o estilo da "grande coruja", mulher do falecido presidente, nos considerava a "Gestapo americana". Respondeu que, "se precisasse do FBI, se dirigiria diretamente ao ministro da Justiça". Era uma maneira de nos dizer que deveríamos nos ater a nosso escalão administrativo. Roosevelt, atingido por uma morte súbita, certamente não tivera a idéia de esvaziar suas gavetas para seu sucessor, que descobriu que o falecido presidente se servira do FBI para escutas políticas. Ele reagiu com o temperamento que era o seu: conciso, seco e facilmente vituperador. "Que babaquice é essa? Não quero mais ouvir falar disso. Digam ao FBI que não tenho tempo a perder com essas merdas!"

Mas a chegada de Truman à presidência de modo algum pegou Edgar desprevenido. Ele havia investigado o antigo vice-presidente. O bastante para saber que devia sua carreira no Senado a um certo Pendergast, um líder político de Kansas City, Missouri, conhecido por seus laços com o mundo do crime e severamente condenado por fraude fiscal por falta de provas. Sabia que Truman era o broto de um chão fétido, o do partido democrata, naquela cidade onde ele fora discretamente investigar alguns anos antes. Com outros homens políticos, essas informações não teriam bastado. Sabíamos que Truman, em si, não era corrupto, mas tinha indiretamente lucrado com a generosidade de um sistema político local incontornável. Mas tinha a fraqueza dos homens honestos que não o foram o bastante para simplesmente renunciar. Esse episódio de sua carreira lhe roía a alma. Tinha medo de que suas ligações do passado saíssem da sombra por causa dessa presidência inesperada. Edgar mostrou-se de uma feroz habilidade para deixar que o presidente soubesse que só ele conhecia o detalhe de seu passado e que, exceto ele, ninguém podia protegê-lo disso. O método consistiu em transmitir ao presidente uma informação segundo a qual, após escutas telefônicas (sabíamos que ele rejeitava o princípio para fins políticos), estávamos em condição de preveni-lo de que certos jornais preparavam um escândalo sob forma de artigos "muito bem informados do nosso ponto de vista" sobre certos episódios passados de sua carreira política. Acho que Truman nunca teve a menor dúvida quanto ao fato de que éramos os únicos a deter essas informações, e de que as transmitiríamos aos jornais se necessário. Finalmente, Truman mostrou-se mais conciliador quanto à prática das escutas para fins políticos, e contentou-se com vagas exigências quanto ao fato de que tais escutas não deviam constituir um atentado aos direitos civis. Mas, sobretudo, nunca chegou aos nossos ouvidos atentos que Truman tivesse expressado a idéia de se livrar de Edgar.

Edgar jurara nunca mais reviver os momentos de terror que se seguiram à eleição de Roosevelt quando este andou sondando Tom Walsh para ministro da Justiça. O senador de Montana fora o inspirador da comissão de investigação sobre Palmer e Burns, antigos chefes de Edgar no início dos anos 1920, que, embora não tivessem sido condenados, nem por isso ficaram limpos de diversos atos de prevaricação. Walsh não podia ter esquecido as incessantes atenções do Bureau da época, que enviara agentes ao longínquo estado de Montana para fuçar sua vida privada, tentar descreditá-lo remexendo em seu lixo, para finalmente nada encontrar de comprometedor.

Mal ouviu o boato, Edgar se enclausurou. Emparedou-se num silêncio tão profundo que poderia ser confundido com a meditação de um condenado à morte que repassa o filme de uma vida curta demais. O boato dera lugar em 22 de fevereiro de 1933 a um anúncio oficial da nomeação de Walsh por Roosevelt. Walsh, que se achava em Daytona Beach, na Flórida, apressou-se em confirmar ao *New York Times* que aceitava o posto e que ia desde já reorganizar a administração que lhe davam a honra de confiar, "com uma provável renovação de todos os diretores administrativos". A missa estava encomendada, e Edgar a ouvira bem demais. Nove anos após ser nomeado para o comando do FBI, ia ser mandado embora. O apego que eu tinha por ele na época, que já ia bem além da admiração pelo grande profissional que ele era, fez com que eu temesse um ataque cerebral ou cardíaco. Da mesma forma que outros se vestem de preto nos grandes lutos, Edgar se paramentara do vermelho que deixava seu rosto feito púrpura. O sangue lá se refugiara como se buscasse uma porta para fugir da humilhação de sua próxima destituição.

Em 3 de março do mesmo ano, apenas dez dias mais tarde, Edgar se levantou bem cedo com a contrariedade de uma criança que se lembra de que, na véspera, alguém quebrou seu brinquedo preferido. Não o mais caro nem o mais complicado, mas um brinquedo especial, vindo do universo dos pais. Lembro-me de que, na minha infância no Missouri, um único objeto bastava para animar todos os meus sonhos e para me ocupar dias inteiros, embora ninguém à minha volta entendesse sua significação. O objeto era um fuzil de amolar facas e todas as ferramentas cortantes que meu pai usava em seu ofício de trabalhador rural, como a podadeira e a foice. Esse fuzil, que de fuzil não tinha nada, parecia uma adaga, uma espada curta que existia na Europa nos tempos antigos. Era muito pesado para uma criança da minha idade, mas tinha uma linha que lhe dava uma nobreza que eu não vira em nenhum objeto que enfeitava o nosso mundo. Um dia me tomaram o brinquedo. Meu pai deve tê-lo vendido pelo peso do metal, que valia bem mais que a vulgar pedra de amolar que o sucedeu. Ninguém nunca soube a que ponto aquele objeto tornara a minha vida aceitável. Eu lia no olhar de Edgar o mesmo desamparo, o de um homem solitário que entende o que está perdendo. Antevia a exoneração.

Naquele dia, Edgar me pedira que passasse para pegá-lo. Cedo de manhã, encontrei-o de terno, com um guardanapo branco em volta do pescoço, as mangas arregaçadas para não sujar. Cumprimentei sua mãe, que fez apenas uma breve aparição na sala de jantar. Um estranho rito instituído entre eles fazia com que muito raramente se sentassem à mesma mesa durante as refeições. No início porque Edgar não respeitava horário algum. Em seguida porque tinham adquirido o hábito de deixar que a Sra. Hoover vigiasse o bom desenrolar da refeição do filho em vez de tomar parte dela. Annie sempre me recebia calorosamente. Durante as poucas conversas particulares que tínhamos, ela me confessava que minha presença ao lado de seu filho a tranqüilizava. Pedia-me regularmente notícias de minha mãe à qual ela sabia que eu devotava um cuidado particular. Às vezes aproveitava a minha presença para ousar fazer censuras a Edgar que ela teria sido incapaz de formular frente à frente. Suas críticas nunca eram aceitas, Annie não podia nunca censurar aquele que ela considerava "sua obra". Ela apenas revelava suas inquietudes, sobre a alimentação desregrada do filho, da gulodice ao jejum sem transição, o excesso de trabalho que o levava a ir dormir tarde da noite diante de uma pilha enorme de documentos, os furores compulsivos. Às vezes me murmurava ao ouvido: "Fico muito satisfeita por ele ter como amigo um belo rapaz tão calmo como você!"

Edgar mandou-me sentar sem dizer uma palavra. Com o olhar fixo no prato, continuou a comer o ovo frito, só largando a faca para acariciar a cabeça do cachorro que ficava para lá e para cá entre nós dois até entender que eu não estava comendo. Diante do silêncio um pouco pesado que se instalara na sala, perturbado apenas pelo ruído úmido dos beiços do animal, sem abrir a camisa que lhe apertava o pescoço, Edgar se levantou para ligar um enorme rádio de mogno.

Não tinha pelos jornalistas mais consideração que pelos políticos. Para ele, eram "cães sarnentos", "plumitivos ignaros" sempre dispostos a abusar do poder que exerciam sem seriedade nem discernimento. Nunca vi Edgar mergulhar tão profundamente num jornal. A seu ver, nenhum tinha interesse desde que, já no início da carreira, tivera uma briga violenta com o *New York Times* e o *Washington Post*. Limitava-se a sobrevoar com desdém os títulos e a escarafunchar informações interessantes com a rapidez de um pica-pau-verde bicando insetos num tronco. Aliás, estava persuadido de que a apresentação que fora feita pelo *New York Times* da aceitação por Walsh de suas funções à frente do Ministério da Justiça lhe era destinada. As letras grossas, a paginação eram as de um aviso de falecimento. Nas entrelinhas se lia toda a jubilação que sentiam em ver destituído o inimigo.

Na hora em que deveríamos estar no escritório havia um bom tempo, só se ouviam no rádio propagandas entrecortadas daquilo que Edgar chamava de música de negro. Para ele, os negros não eram um problema desde que se contentassem em servir aos brancos. Às críticas por não recrutar negros para o FBI, ele respondia que seu chofer, um dos agentes com os quais passava mais tempo, era negro.

As informações começaram na hora precisa. Lembro-me da voz do locutor como se fosse ontem. Uma bela voz grave numa época em que se preferiam mais os timbres agudos. A entonação de um sujeito sério que não procura forçar no espetacular. A notícia que nos dizia respeito veio em primeiro lugar e nos colheu a frio:

> Esta manhã, às sete horas, hora da Costa Leste, o senador Tom Walsh, consultado há cerca de dez dias para ser o ministro da Justiça do presidente Roosevelt, foi encontrado morto pela esposa, de rosto no chão, dentro do trem que o conduzia a Washington, onde se preparava para assumir o posto. O corpo

> foi descoberto em Rocky Mount, Carolina do Norte. Segundo informações exclusivas de nossa equipe, que chegou ao local duas horas após o drama, o senador Walsh, de 72 anos, acabara de consultar um médico por distúrbios digestivos. O laudo de falecimento comunicado por um eminente legista de Rocky Mount atesta que a morte teve motivo incerto, muito provavelmente uma trombose coronariana.

Depois de pintar um retrato elogioso de Walsh, o jornalista teve de se render à evidência de que não havia mais como enrolar o assunto e passou a outro tema. Edgar se levantou para desligar o aparelho e, sem o menor tremor, voltou à mesa para engolir o último bocado da clara do ovo após ter hesitado por um breve momento em dá-lo ao cachorro. Mas a boa notícia lhe abrira o apetite.

Rompendo a regra, fui o primeiro a iniciar a conversa:

— Acho que não ficaria bem que o agente especial do Bureau que embarcou no trem ao mesmo tempo que Walsh fosse identificado. Criaria uma certa confusão, você não acha, Eddie?

Edgar, sem dissimular a alegria, não respondeu de imediato.

— Você sabe de que morreu o velho Walsh? — retomou ele após um momento de deleite.

— Estão falando de trombose coronariana, não é?

— Você está por fora, Junior. Isso é a conseqüência. O velho Walsh, tão verdade quanto me chamo John Edgar Hoover, morreu de uma overdose de trepada.

Olhei-o, surpreso. Ele prosseguiu lentamente:

— Walsh era viúvo desde 1917, o que explica por que, na primeira vez em que enviei uns caras a Montana para pegá-lo numa armadilha, não se encontrou nada sobre ele. Walsh tinha acabado de se casar novamente com uma jovem cubana da melhor sociedade. Pense um pouco. O motor enferrujado há 16 anos, e ele com 72; uma jovem hispânica, temperamento de fogo. Bum! O senador explodiu. Vou pedir ao agente especial Conray para acompanhar a viúva e os despojos de nosso falecido inimigo até Washington, aonde irei pessoalmente manifestar minhas condolências à jovem senhora.

— Você não tem medo de que fiquem especulando sobre a presença de um agente nosso no trem?

— Se eu não tivesse feito isso, teria sido censurado por deixar meu futuro ministro sem vigilância. Medo de que o boato venha a levantar suspeita sobre o Bureau por ter abreviado a existência dele? Melhor ainda! Seriam todas as vantagens de um assassinato sem os inconvenientes. Que pensem que mandei apagá-lo, que a dúvida se instale e nunca mais vamos encontrar um filho-da-puta para aceitar ser nomeado ministro da Justiça tendo por segunda intenção me afastar do Bureau.

Interrompeu-se por um momento antes de retomar, feliz:

— É o milagre da vida. O dia se abre para um céu baixo e ameaçador para prosseguir sob céus encantadores. Uma boa estrela vela por nós, Junior!

Saímos em seguida de sua casa para ir a pé até o escritório. Não que o tempo estivesse particularmente propício à caminhada, mas não chovia e Edgar queria saborear suas pazes com a sorte. Tomou-me pelo braço como fazem dois velhos confidentes, antes de me soltar na esquina da rua, onde o chofer se juntou a nós com a limusine, para nos seguir ao longo da avenida que nos levava às responsabilidades. Roosevelt nomeou finalmente para a Justiça um homem que confirmou Edgar em seu posto.

Mas Truman era melhor jogador de xadrez do que pensávamos. Ele imaginava que, uma vez assegurada a perenidade de sua função, Edgar baixaria a guarda, nunca ameaçando um presidente que acabara de renovar sua confiança nele. Truman, como deveríamos ter imaginado, guardava forte rancor. Este se revelou por sua oposição em ver Edgar federar o conjunto dos serviços de espionagem. Roosevelt pedira a Donovan, o chefe da OSS, para pensar na instalação de uma estrutura destinada a centralizar a espionagem em tempos de paz. Edgar era violentamente contra essa idéia, que relegava o FBI a um papel de simples polícia federal. Já em novembro de 1944, ele militara por um retorno ao tipo de organização que prevalecera antes da guerra. Mas o conceito novo seguia o seu caminho. Edgar falou-me de sua irredutível vontade de sabotá-lo. Primeiro alertando a opinião pública, através dos jornais amigos, de que a ameaça de um sistema doméstico de espionagem pairava sobre a América. E se isso não bastasse, poderia decretar que essa central de inteligência estava sob influência comunista, demonstrando que a OSS já era uma corja de bolcheviques. O presidente mostrava sérias reticências em receber Edgar pessoalmente. Uma maneira de deixar claro a ele que, apesar de seu poder, seu escalão no governo não lhe dava acesso direto ao topo do Estado. Edgar, de tanto insistir, acabou obtendo uma entrevista com o presidente, que se mostrou glacial.

— Ele fingia não me ver, o olhar dele passava da janela aos documentos cuidadosamente alinhados e ele fazia tudo para que eu sentisse a que ponto aquela entrevista era contrária a seus princípios e à idéia que ele fazia do funcionamento vertical de seu governo. Não fazia mistério de que julgava usurpado o meu lugar naquele salão oval, sentado na frente dele. Truman recusou-se a argumentar comigo. O FBI devia no máximo ser reduzido aos poderes que eram os seus antes da guerra. Acabada a América Latina, acabada a vigilância no exterior.

Eu não soube o que fora dito em seguida. A mera evocação desse diálogo deixava Edgar numa raiva que o fazia beirar a embolia. Só conheci a conclusão. Truman lhe lançara:

— Você está ultrapassando os limites, Hoover!

A CIA foi criada em seguida. Dependia diretamente do presidente por intermédio do Conselho Nacional de Segurança. Devo reconhecer que foi para nós o início de um longo período de resistência que sucedia a uma derrota-relâmpago. A criação foi motivada pela necessidade de cortar pela raiz a ameaça de subversão comunista, idéia que havia saído de nossas cacholas. Aquela gente pegava as nossas idéias para nos afastar.

Ninguém resistia a Edgar quando ele soltava as suas estatísticas numa época em que essa abordagem metódica ainda não estava na moda. Ele tinha uma maneira única de deixar o auditório de cabelos em pé com a apresentação de números que traduziam o trabalho do Bureau em todos os compartimentos de sua atividade. Logo, não podia ignorar que, no auge das relações entre os Estados Unidos e a União Soviética, quando éramos aliados para acabar com o nazismo, nossas estatísticas mencionavam 80 mil membros do partido comunista para uma população de 150 milhões de indivíduos. Parecia pouco, e nossos detratores usaram isso para nos acusar de delírio paranóico. Seria esquecer o trabalho de terror cumprido pelo Bureau desde a Primeira Guerra, que dissuadira muita gente de pegar a carteirinha do partido. Seria omitir igualmente que essa ideologia era proporcionalmente mais bem representada em meios poderosos que nas camadas pobres da nação. Ao contrário do que foi afirmado por nossos inimigos, nós sabíamos que o comunismo enquanto tal não ameaçava diretamente as nossas instituições. Mas estávamos entrando no período da guerra fria, da primeira bomba atômica soviética e de uma longa corrida entre dois modos de vida dominantes, um coletivo, o outro individual. E Edgar e eu sabíamos de que lado nos encontrávamos. Entre simpatia e colaboração existe um espaço indefinido que alguns atravessam até sem se dar conta. Éramos os únicos a saber velar por essa zona e queriam nos retirar essa prerrogativa que se devia unicamente à nossa competência. Ninguém além de nós sabia ler as pessoas e perseguir esses detalhes que às vezes se revelam de importância crucial. Aquilo de que éramos capazes de fazer no território, por que retirá-lo de nós no exterior?

A devoção de Truman por sua família era rara num político, o que não o tornava suspeito quando dizia: "Não quero saber o que um homem faz depois do trabalho. É da ordem da vida privada e a vida privada das pessoas não me interessa." No entanto, ficou muito chocado de saber por nosso intermédio que Donovan, o chefe da OSS, tinha uma vida turbulenta à margem do casamento. Truman não se livrou dele por essa razão, ainda que não tenhamos deixado de insistir, em particular junto a seu adido militar, no fato de que uma vida privada não conforme à moral era a melhor maneira de se expor a uma chantagem, situação dramática para um chefe dos serviços de informação. Esse acontecimento aparentemente anódino assumiu uma importância insuspeita. Na mesma época, Truman recebeu um dossiê sem origem específica que relatava uma pretensa homossexualidade do diretor do FBI. O presidente deixou o boato correr até ele, sem nunca dar a isso a menor importância. Truman tinha essa qualidade: não era homem de fofocas. Era a segunda vez que atacavam Edgar por esse viés abjeto.

A primeira ofensiva caluniosa datava do início dos anos 1930. Veio da revista *Collier's*. Difícil dizer o que mais afetou Edgar. O próprio conteúdo do artigo ou o fato de que, para lançar uma reportagem daquelas, eles não tinham o menor medo do diretor da polícia federal.

Ele ficou andando à minha volta com a revista nas mãos. Enrolava-a, jogava-a sobre a mesa, pegava-a de novo sem conseguir me dizer o que ela continha para lhe queimar os dedos a tal ponto. Não conseguia nem se sentar nem ficar de pé, como se a lembrança do que lera o propulsasse para outro lugar. Os ataques que choviam sobre nós nessa época estavam se tornando quase cotidianos, sinal de que nossa notoriedade só fazia aumentar.

— Você pode imaginar o que eles escreveram sobre mim?

— A mesma coisa que de hábito, suponho. Eu pensava que tudo tivesse sido dito até aqui e não vejo o que poderiam encontrar de novo. Os fundamentos da crítica são como as matérias-primas, não são inesgotáveis.

— Ah é, você acha isso. A Srta. Gandy não ousou juntá-lo ao dossiê da imprensa. Levou dois dias para me entregar. Quer que eu leia para você?

Ele desdobrou o jornal que amassara de tanto crispar-se em cima. Releu-o para si mesmo antes de prosseguir, sacudido por espasmos que oscilavam entre furor e desamparo:

— É isto aqui: "O apetite do diretor pela publicidade que anima todas as conversas em Washington é muito estranho para o Bureau, que, pela natureza de seu trabalho, precisa operar em segredo. Embora o Sr. Hoover tenha ditado regras muito estritas para seus agentes, ele mesmo não se submeteu a elas..."

— Não vejo...

— Espere, é agora. "Na aparência, o Sr. Hoover é o oposto do que imaginamos de um detetive. Veste-se com luxo, de azul, sua cor favorita para combinar com a de suas gravatas, lenços e meias. É baixinho, gordo, veste-se feito um homem de negócios, e seu andar é afetado."

Depois olhou-me fixamente, confiando-se a mim.

— Não vejo realmente nada de muito... — murmurei, para subestimar o assunto.

— Como, nada de muito...

Seu rosto se deformou como se fosse explodir:

— Um andar afetado! Quero que grampeiem esse Tucker.

No mês seguinte, outra grande revista nacional publicou um artigo sobre Edgar que o descrevia "com um corpo compacto, os ombros de um boxeador peso pesado, nem um grama a mais, 80 quilos de masculinidade viril".

11

Falo de um acontecimento importante porque marca o início de uma nova época. Logo ficou claro para mim que Edgar não me contava tudo, que as confidências que ele de bom grado me fazia em nossos *tête-à-tête* diariamente renovados revelavam muito do que ele sabia, mas guardava para si uma parte de sombra que, a partir de então, não cessou de me intrigar. Uma surda inquietude tomou conta dele sem que nunca a evocasse. Girava em círculos, dormia cada vez menos, era cada vez mais impiedoso com os agentes subalternos. Adotava uma espécie de sadismo que eu nunca o vira exprimir com tanto vigor. Lembro-me de um dia em que eu lhe falava de minha falta de brio:

— Não sei o que está acontecendo, Edgar, sinto-me deprimido.

Ele me respondeu com uma luzinha um pouco assustadora no olhar:

— Você deveria escolher um dos seus empregados e mandá-lo para o olho da rua. Escolha um que não mereça. Vai sentir ainda mais prazer.

A cumplicidade que se instaurara entre nós ao longo dos anos era uma coisa absolutamente única entre dois seres. Ainda mais rara quando essas duas pessoas trabalham no mesmo lugar. E raríssima se esse lugar for uma polícia federal e se as duas pessoas em questão forem os dois dirigentes. Eu era mais que amigo, principal colaborador, eu era seu alter ego. O único exemplar de seu apego durável a alguém. Ele não se privava de me dizer isso nos momentos tranqüilos que passávamos juntos em hotéis refinados na Flórida e na Califórnia. Costumávamos nos instalar no terraço do quarto, pois ali ninguém nos via. Edgar, que nutria uma aversão pela água como só os gatos podem ter, não suportava a proximidade da piscina do hotel. Em geral pegávamos um quarto num andar ou, se ficássemos no térreo, o quarto tinha que dar para um grande jardim fechado e afastado do olhar dos curiosos. Ao longo dos anos, saíamos cada vez menos de noite em lugares públicos, preferindo noitadas privadas num círculo de amigos de convicções sólidas. Curiosamente, no momento em que eu sentia que ele me escondia algo, ele nos ligou a novas pessoas. Texanos, na maioria, proibidos de jogar nas corridas no estado, que se juntavam a nós para longas estadas na Califórnia. Estranhos feixes de acontecimentos vieram se cruzar.

Tudo começara com Donovan. Com a luta pela supremacia da informação. Uma batalha que havíamos perdido, tanto ele como nós. Nós, porque Truman decidira criar, fora de nossas competências, uma central de espionagem ainda que na época não se falasse de vigilância. Embora estivesse presente na origem do processo, Donovan não fora nomeado por

Truman para o comando da nova estrutura e o presidente simplesmente o ejetara. O combate que tínhamos travado a golpes de mexericos, sem pensar que o austero e vingativo Truman seria o único ganhador, deixara rastros. A troca de documentos difamatórios sobre a mesa do presidente modificara alguma coisa na segurança de Edgar. Pela primeira vez, alguém se permitira recorrer a nossos próprios métodos. Além disso, Edgar descobria repentinas afinidades com homens vindos do mundo dos negócios, do qual sempre ficara a distância para não ficar lhes devendo nada. O que nunca fizera até ali passava a ser moeda corrente: éramos convidados, para não dizer bajulados, pelo bando texano que nos regalava em Del Mare. Tanto Edgar como eu nunca fomos inimigos do luxo, desde que nunca nos pudessem reprová-lo. Vivíamos à custa do Bureau em limites razoáveis. Ninguém poderia ter-nos censurado, haja vista a imensa devoção que era a nossa por aquela instituição que nos habitava. Mas aproveitar a generosidade de magnatas texanos do petróleo era outra história. Eu não era contra. Os cemitérios estão cheios de gente de princípios, mortos como os outros sem jamais serem reconhecidos. Mas eu queria entender aquela brusca virada, aquela repentina exposição à crítica de um ritmo de vida exuberante, aquela brutal mudança de estratégia. Devo no entanto reconhecer que conviver com eles me encantava. É preciso ter conhecido os texanos de perto para entender que são a virilidade em pessoa. Eu gostava do machismo deles, o jeito binário de ver o mundo, de afastar com um gesto todas as bobagens de ambições coletivas que não passam da expressão de chorões deprimidos. A brutalidade deles, garantia da eficiência que demonstravam, me fascinava. Os texanos não conheciam problemas em suspenso. Encontravam a solução. Tinham no fundo da memória a lembrança dos dias sem alegria, da miséria árida que precedeu a descoberta do petróleo, e não estavam dispostos a esquecê-la. Quem sabe o quanto custou chegar lá nunca dá ouvidos a lorotas vomitórias de liberais bem-pensantes. Eu tinha isso em comum com eles. Nasci, com o século, em uma família em que a prosperidade sempre foi proibida. Meu pai tinha sido trabalhador rural antes de conseguir um posto na estrada de ferro. Do Missouri onde vi o dia partimos para o Iowa, mas sempre guardei o espírito do Sul que eu partilhava com Edgar, que dele também tinha todas as maneiras.

Houve outro indício de uma transformação em profundidade. Em todas as declarações à imprensa, Edgar esmeravase em negar com uma virulência surpreendente a existência do crime organizado no território dos Estados Unidos. Eu achava essa abnegação desnorteante e perturbadora, assim como a inflexibilidade de Edgar quanto ao assunto. Nós dois sabíamos que *mobsters* eram presença constante na história de nosso país. Edgar achava que os crimes da Máfia eram raramente de nossa competência pois as infrações às leis federais não eram flagrantes. Da década de 1920 à de 1940, Edgar considerara que o crime organizado era complexo demais em seu funcionamento para que o Bureau se ocupasse com ele. Reconhecer a existência desse tipo de criminalidade sem poder atacá-la era correr o risco de diminuir dramaticamente nossas estatísticas de sucesso. Também dizia que muitos políticos estavam ligados à Máfia para que nos interessássemos por ela. Já tínhamos bastante trabalho com o esquerdismo e os desvios sexuais de certos membros do Congresso para nos prendermos a laços que pareciam os fios de um enorme novelo que, quanto mais mexido, mais se embola. Edgar preferia deixar à Divisão de Narcóticos e à Receita Federal o cuidado de ir em cima dos que agiam em vastos bandos organizados. Embora entendesse bem as suas reticências quanto ao assunto, eu achava que essa maneira chata que ele tinha de negar a existência da Máfia tornava-nos suspeitos de colusão com o mundo do crime e que isso abria uma ampla frente de ofensiva contra nós. É claro que eu nunca teria desmentido Edgar quanto ao assunto. Só queria entender. Minha preocupação nos valeu uma explicação, numa noite em que eu o acompanhava até sua casa em Washington. Foi logo depois do jantar. Eu o estava prevenindo de que um jornalista me abordara sobre o assunto, confiando-me seu espanto diante da obstinação do diretor em negar a existência de uma organização ativa desde sempre e particularmente desde a Lei Seca.

Como a cada vez que eu emitia uma reserva sobre sua maneira de ser, iniciei a conversa com a prudência de um jovem lobo que acabava de ser convidado para se juntar à matilha pelo macho dominante.

— Não estou inteiramente de acordo com a sua estratégia, Edgar. A gente não vai poder fugir indefinidamente à evidência. Espanto-me que um ser tão prudente quanto você assuma tantos riscos para negar essa realidade. Temo que, um dia, um ministro da Justiça mal-intencionado use isso para nos afastar. Essa atitude nos fragiliza.

Edgar não respondeu de imediato. Entendera que eu acabava de pôr o dedo num ponto que merecia uma explicação um pouco elaborada. Lançou-se com uma voz suave e bem relaxada:

— Veja, Junior, o tempo todo precisamos nos equilibrar entre nossas forças e nossas fraquezas. Não temos meios de combater a Máfia. Truman ainda vai roer o nosso orçamento. É verdade que eu poderia reconhecer a existência do crime organizado e não fazer nada, não é? Mas se eu tivesse a idéia de fazer a menor declaração, no rádio ou num jornal, que desse crédito à realidade da Máfia, os chefes a tomariam como uma declaração de guerra. Você e eu passaríamos a ser animais caçados, objetos de perseguição. Corremos mais riscos com a própria Máfia do que com aqueles que querem nos linchar porque ignoramos a Máfia. Se estamos neste ponto, Clyde, é porque sempre me proibi abrir duas frentes ao mesmo tempo. Napoleão e Hitler quebraram os dentes aí. O crime organizado em nada nos prejudica. Quando vão longe demais, as polícias estaduais cuidam deles. No limite de suas competências territoriais. Estou de acordo com você, ninguém está mais bem localizado que eu para conhecer a existência deles. Mas em que nos incomodam? A Máfia está aí desde que esta terra foi povoada por italianos, judeus e irlandeses. Todas essas minorias que sufocam sob o pretenso jugo da sociedade protestante precisam criar suas próprias regras para respirar. Mas essas organizações alguma vez ameaçaram os fundamentos da nossa sociedade? Não. Até nos apoiaram durante a guerra na Sicília. Prefiro que dediquemos nossos meios a lutar contra a esquerda americana. Entre sindicatos enfeudados na Máfia e sindicatos infiltrados de comunistas, não precisamos pensar muito para saber onde está o interesse do país.

Como sempre, Edgar acabara me convencendo da justeza de seu raciocínio. Mas o fato é que a nossa posição continuava nos criando um terrível desconforto.

Porém não pude me impedir de lhe dizer o que sentia:

— Você está me escondendo algo, Edgar. Você deve ter boas razões para fazer isso, mas reconheço que está me escondendo algo.

Ele assumiu, para me responder, um tom de extrema suavidade:

— Se por acaso eu lhe esconder algo, subtraindo ao seu conhecimento fatos que chegaram ao meu, quero que saiba que faço isso para o seu bem, Clyde, para protegê-lo.

Foi assim que, em 1946, decidimos de comum acordo enterrar a investigação sobre a morte de Ragen. Nos anos 1920, Moses "Moe" Annenberg havia desenvolvido o maior sistema de transmissão de apostas e resultados de corridas de cavalos através dos Estados Unidos. A ele estavam ligadas 223 cidades, assim como o Canadá, Cuba e o México. Era um monopólio que ele dividia com Ragen, um sócio que o sucedeu à frente da Continental depois que um controle fiscal enviou Moe para a prisão em 1940, um verdadeiro maná de milhões de dólares. Em 1946, agindo sob o impulso de Gusik, um antigo lugar-tenente de Al Capone, "Bugsy" Spiegel, decidiu montar um serviço concorrente. Com os meios que eram os seus, Spiegel conseguiu convencer cerca de 2.300 bookmakers da Costa Oeste a se juntarem a ele. Gusk fez uma oferta a Ragen para retomar a Continental por 100 mil dólares. Ragen recusou, mas não demorou muito para entender que essa recusa valia sua condenação à morte e se abriu com Leibowitz, um judeu que militava em Chicago numa associação de direitos civis para limpar a cidade do mundo do crime. Ragen, segundo ele, estava disposto a nos falar em troca de uma proteção do FBI. A proposta chegou ao mesmo tempo à mesa do ministro da Justiça e à nossa. Edgar mandou enviar uma equipe para interrogar Ragen duas semanas depois de seu pedido. Em seguida decidiu não protegê-lo, considerando que não havia perigo imediato algum. Proteger Ragen era admitir que ele estava sendo ameaçado, e teríamos que conduzir uma investigação revelando a existência de criminosos organizados, ocupados em retomar a atividade das corridas. A Máfia devia ter um correspondente dentro do Ministério da Justiça, pois logo ficaram sabendo que Ragen viera chorar junto aos federais e que Edgar não ia protegê-lo. Um mês depois, Ragen foi abatido por três pistoleiros numa esquina em Chicago. Sobreviveu milagrosamente aos impactos das balas. A polícia estadual designou um agente para sua proteção no hospital, mas ele morreu seis semanas mais tarde de horríveis convulsões. Alguém derramara mercúrio em sua Coca-Cola.

— É uma peripécia justa — comentou Edgar ao perceber, talvez, uma suspeita de censura em meu olhar. — A Máfia está em plena reestruturação. Eles estão decididos a pôr termo na guerra das famílias outorgando-se territórios bem definidos. Como há muitas famílias, é preciso expandir os negócios para outras áreas além dos narcóticos, do jogo, da bebida, das mulheres. A Máfia está ficando civilizada, acaba de assumir um novo mercado. Ragen deveria ter entendido isso. Aquele palerma estava pensando o quê, que ia continuar controlando sozinho o negócio das corridas? Não percebeu que o mundo gira. O que acabou de acontecer é um bom sinal. Dentro em breve o sangue não vai mais correr entre *mobsters*. Cada um vai ter encontrado seu lugar, os negócios vão prosseguir na calma. E, se não houver mais crimes, ninguém mais vai falar deles e você verá, Clyde, vão aparecer centenas de jornalistas para dizer que eu tinha razão.

Edgar sabia que a crítica não podia surgir de Truman, tomado pela vergonha de ter-se aproveitado, num momento de sua carreira, do apoio do sindicato do crime. Era evidente que Clark, o ministro da Justiça, interviera para a libertação de quatro notórios mafiosos, Ricca, D'Andréa, Campagna e Gioe, após terem purgado um terço da pena. O Congresso nomeara um comitê para investigar, mas Clark se safara brandindo a separação dos poderes para não testemunhar. Edgar havia feito sua própria investigação, que deixava poucas dúvidas quanto ao fato de que Clark recebera propina para facilitar a saída dos quatro homens. Nada comunicara ao Congresso, pela simples razão de que as provas tinham sido obtidas por escutas ilegais, de um microfone oculto. Mas, sobretudo, não era possível atacar Clark sem que isso afetasse o Bureau. Edgar também sabia que, em 1936, os maiores estúdios de cinema — Twentieth Century Fox, Metro Goldwin Mayer, Loew's, Paramount, RKO e Warner Brothers — tinham aceitado pagar dois milhões de dólares aos bandidos que acabavam de assumir, através de um George Browne legalmente eleito, o controle da Aliança Internacional dos empregados de teatro e dos projetistas de cinema. Schenk, então presidente da Twentieth Century Fox, fez seu depósito com um cheque do próprio talonário, o que lhe valeu a atenção do fisco. Em troca do abandono das acusações que pesavam contra ele, aceitou testemunhar revelando toda a operação de extorsão. Browne foi preso e implicou os quatro homens que estavam para ser libertados graças à benevolência de nosso ministro de tutela. Como para Al Capone em 1931, era o fisco que fizera todo o trabalho. Quando não era a receita federal, eram os "Narcóticos" que se metiam. Desde que a administração fiscal nos roubara a cena na solução do seqüestro do filho de Lindbergh, Edgar se mantinha afastado do assunto. De fato, éramos os únicos a não irritar a bandidagem, e um dia acabaríamos tirando benefício disso. No final das contas, Edgar me convenceu de que a nossa posição de espera e observação era a melhor. Enquanto os jornais enchiam a bola de Anslinger, chefe da Divisão Federal de Narcóticos, em seu combate contra a Máfia, nós em nada mudávamos nossos métodos. Não se cutuca onça com vara curta. Sempre achamos que a melhor arma, antes de sacar a pistola, é um dossiê sólido, e nunca deixamos de constituir um sobre quem quer que fosse. Sabíamos que Nova York era dominada por Costello, Genovese, Moretti, Adonis, Miranda, Anastasia, Profaci, Bonanno, Luchese e Magiocco. Giancana, Accardo, Rocco e Fischetti controlavam Chicago. Dalitz, Cleveland. Marcello, Nova Orleans; Trafficante Tampa e Meyer Lansky, Havana e Miami. Conhecíamos todo o jogo de "Lucky" Luciano, que voltara a Havana apenas um ano depois de ter sido deportado para a Sicília. Não ignorávamos nada da colossal captação de recursos empreendida por Siegel junto a todos esses grandes nomes do crime para parir um incrível projeto como só a América sabe sustentar: fazer de um canto árido e desesperador de Nevada a capital mundial do jogo. Siegel se aposentara por ordem do mundo das corridas após o assassinato de Ragen e se lançara nesse projeto faraônico que precisou de mais de seis milhões de dólares de investimento. Ninguém deve lembrar que a abertura desse santuário do jogo e da diversão foi um desastre. Nem mesmo Siegel, que cometera a indelicadeza de desviar parte dos fundos para a Suíça, o que lhe valeu ser abatido na noite de 20 de junho de 1947 em sua casa de Beverly Hills com quatro balas vindas da janela de seu salão. Provavelmente pelos três caras que tinham liquidado Ragen a seu pedido. Era em todo caso o sentimento do ex-chefe de polícia de Chicago, que foi ele mesmo fuzilado antes de testemunhar perante a comissão de investigação do Senado sobre a ligação do comércio entre estados e o crime organizado.

Nesse mesmo ano, Edgar tomou a decisão de abrir um dossiê sobre Albert Francis Sinatra, uma introdução de quatro páginas sobre seu percurso e alguns artigos de imprensa recortados sobre suas relações com certos nomes do mundo do crime.

Freqüentar as pistas de corridas em Nova York, na Flórida e na Costa Oeste nos dava a oportunidade de cruzar com os grandes nomes do crime. Edgar nunca se proibiu de falar com eles. As conversas sempre assumiam um tom de brincadeira, como se dois boxeadores que nunca se enfrentaram mas que sabem que, talvez um dia, tenham de passar por isso para obter o título mundial. Quando íamos aos lugares da moda na Flórida, na Califórnia e em Nova York, sabíamos muito bem que esses lugares pertenciam ao mundo do crime. O Stork Club era o mais belo exemplo disso, e, entre os jornalistas, membros do Congresso e altos funcionários de Washington que freqüentavam o lugar, todos sabiam que a bandidagem era a nossa anfitriã. Estava presente por toda parte onde era possível se divertir, do Atlântico ao Pacífico, e só se podiam evitar lugares que pertencessem a eles ficando enclausurado em casa. Quando Edgar e eu cruzávamos com Meyer Lansky, os dois homens davam testemunho de uma deferência recíproca. A conversa nunca durava mais de um ou dois minutos e eles sempre se afastavam para falar. Lansky não teria apreciado uma conversa a três mas sempre me tratava com extrema educação. Assim, nessa época, nunca pude ouvi-los, e Edgar nunca me contava nada. Sempre voltava com um ar alegre como se tivesse acabado de encontrar um velho amigo bem-educado. Uma única vez o ouvi dizer a Lansky quando se afastava: "Diga a eles para não falarem essas coisas; não é nada gentil." Não ousei perguntar a Edgar do que se tratava, mas notei que ele estava com as mãos úmidas.

Lansky nunca abordava Edgar sem nos dar uma pista. Era sempre assim. Ele se aproximava e nos lançava: "Então, senhores, em que cavalo apostaram as suas economias hoje?" Quando tinha a resposta, olhava-nos sorrindo antes de responder: "Não acho que seja uma boa escolha. Se estivesse no lugar dos senhores, jogaria de preferência no..." O cavalo que devia ganhar era evidentemente um bastardo no qual ninguém havia apostado e que tinha uma pule de cinqüenta. Ou então, caso estivesse ocupado, Lansky nos enviava um rapaz que vinha correndo ao nosso encontro na fila dos apostadores para nos dizer: "O Sr. Lansky acha que os senhores deveriam apostar no...", e virava as costas com um: "Bom dia, senhores." Nunca consideramos esses pequenos favores uma forma de corrupção. Lansky agia conosco como um produtor de vinho do Napa Valley que se despede de nós após uma visita à sua propriedade e nos oferece uma garrafa de seu *cru*, evitando-nos seu pior *millésime*. Nunca prestávamos serviço aos bandidos. De nós só recebiam a neutralidade. Eu me aliara sem dificuldades à posição de Edgar: enquanto estivessem se matando, não tínhamos interesse algum em concentrar nossos efetivos sobre eles, uma vez que a dieta orçamentária que nos impunham Truman e o Congresso mal permitia que combatêssemos os verdadeiros inimigos internos.

12

Em 1947, Edgar assumiu a frente da grande cruzada contra o comunismo. Essa iniciativa espetacular fez dele um verdadeiro herói nacional. Truman foi pego de surpresa diante desse fascínio popular por aquele que durante muito tempo simbolizou a luta contra as atividades antiamericanas. Ao ponto que o presidente foi obrigado a ordenar que todo novo funcionário do governo federal deveria passar por um exame sobre sua lealdade. A luta contra o comunismo assumiu proporções que jamais havíamos ousado esperar. Truman logo foi forçado a bandear-se para o nosso lado se não quisesse perder as eleições de 1952, uma vez que a opinião pública estava cada vez mais favorável aos republicanos e à extrema direita. Esta última florescia desde o desmoronamento da Alemanha. Não podia mais ser suspeita de simpatia por uma potência estrangeira. Tínhamos conseguido o prodígio de nunca definir com precisão o que era o comunismo. Tratava-se de um termo genérico em que nos apoiávamos para denunciar todo comportamento, toda atitude, todo pensamento, toda intenção desviante. Agrupava todas as formas de ações políticas e sociais que iam contra a América e que, de um jeito ou de outro, incitavam à subversão. Definia toda atitude desnaturada em que o indivíduo se abandonava a pulsões nocivas à sociedade, tentando justificar esse abandono de si através de um discurso liberal sem outro objetivo que legitimar suas próprias torpezas. Não definir limites para nós era o único meio de fazer entrar quem desejávamos nesse espectro moralizador e de marginalizar os recalcitrantes. O comunismo era tudo aquilo que não respeitava a crença num Deus único e branco velando por um Estado fiador da livre empresa, oferecendo o êxito social a toda pessoa que valesse a pena. Nação recente povoada de imigrantes de todas as origens, não podíamos, menos ainda que qualquer outra, tolerar que minassem uma moral fundadora que era nossa única base.

Truman deveria em toda lógica ter confiado ao FBI o trabalho de investigação contra atividades subversivas, mas preferiu criar uma comissão no Congresso encarregada das atividades antiamericanas. A reação mais freqüente de Edgar, quando lhe roubavam o que considerava ser suas prerrogativas, foi boicotar o causador de distúrbios e, se possível, sabotar seu trabalho. Ele era muito experiente nisso. Mas, nessa circunstância, mostrou sua formidável capacidade de adaptação. Edgar simbolizava a luta contra os desvios esquerdistas e ninguém podia lhe roubar a cena. Em vez de cansar a comissão com um trabalho de guerrilha, fez-se convidar para lá pronunciar um discurso o qual por muito tempo ele pensou ser o mais belo de sua carreira. Lá falou de complô, de maquinação diabólica, de conjuração, de intrigas fomentadas por autênticos inimigos da nação. A alocução fez o maior efeito sobre os membros do Congresso, que decidiram confiar ao Bureau a autoridade absoluta sobre as investigações de lealdade. Se alguns membros do Congresso permaneciam céticos quanto ao interesse dessa verdadeira inquisição, outros aderiram ao procedimento com um entusiasmo sem reserva. Foi o caso de um jovem recentemente eleito à câmara dos representantes. Edgar já ouvira falar dele porque, alguns anos antes, ele postulara sem sucesso um posto no FBI. Desta vez, murmurava-se com razão que ele fraudara sua eleição. Pouco importava, já que o jovem eleito, que se chamava Richard Nixon, engajava-se resolutamente ao nosso lado.

"Hollywood fede a comunismo." Edgar sempre desconfiara daquela cambada de intelectuais que monopolizava as visões de mundo no cinema americano. De longa data tínhamos mandado preparar uma lista de dossiês prioritários por nosso chefe de agência em Los Angeles. O desafio dessa primeira onda de investigações não escapou a ninguém e, segundo um maniqueísmo eficaz, o pequeno mundo deles logo rachou em dois blocos consistentes: os que viam com simpatia se desenrolarem os trabalhos da comissão e os que viram nela uma enorme máquina repressora. Gary Cooper, Robert Taylor e Elia Kazan passaram para o nosso lado. Walt Disney confirmou que os comunistas de seus estúdios, se pudessem, teriam associado Mickey à propaganda deles. Do outro lado, John Huston, Katharine Hepburn, Lauren Bacall e Humphrey Bogart ergueram-se contra os trabalhos da comissão. Os que recusaram confessar que pertenciam ao partido comunista foram presos por ultraje ao Congresso. Os grandes proprietários de estúdios se alinharam conosco, arruinando a carreira de todo ator que tivesse mostrado simpatias pelos comunistas. Tivemos até delatores. Como Sterling Hayden, que confessou seu arrependimento perante a comissão. Representantes sindicais não demoraram a virar a casaca. Em particular um dos responsáveis pelo Comitê dos Cidadãos pelas Artes, um ator de segundo time que só conseguia papéis de caubói bocó. Agia como informante confidencial do FBI sob o número de código T-10. Chamava-se Ronald. O irmão, Neil Reagan, espionava o comitê por nossa conta. Nossos meios, por mais consideráveis que fossem, não teriam bastado para as nossas ambições sem um movimento espontâneo de delação que não poupou nenhum estado nem nenhuma cidade onde houvesse comitês de proximidade, para que nenhuma fibra da sociedade americana pudesse escapar a esse formidável impulso de purificação.

Fortalecidos pelos resultados animadores no mundo do espetáculo, que oferecia a melhor vitrine à nossa ação, nenhum setor de atividade foi poupado. Investigações foram abertas sobre escritores como a romancista Pearl Buck que, sem ser comunista, se declarava contra o racismo e a segregação. Outro prêmio Nobel, o escritor Thomas Mann, foi objeto de uma investigação particular. Ernest Hemingway foi catalogado como esquerdista, impostor e assediado até ficar paranóico. Para nós, na lista dos mais insuportáveis figurava John Steinbeck e sua literatura de sarjeta que tentava passar uma imagem sórdida da América. Aldous Huxley, Arthur Miller, Tennessee Williams e Truman Capote, homossexual notório que se permitia nos apelidar em particular "Johnny and Clyde", também figuravam em bom lugar. Entre os cientistas, Albert Einstein encabeçava a lista. Seu dossiê remontava aos anos 1940, quando ele deliberadamente tomara o partido dos republicanos espanhóis. O Dr. Jonas Salk, que descobriu a vacina contra a pólio, estava sob vigilância desde que se apresentava como homem de centro-esquerda. Não posso citar todos, a lista seria longa demais, mas nenhum espírito subversivo, qualquer que fosse a sua notoriedade ou seus apoios, pôde escapar ao justo castigo de seu desregramento.

Mas um dos nossos mais belos resultados, todas as categorias misturadas, foi o que levou, em 1952, ao banimento dos Estados Unidos de Charles Chaplin. As provas que reunimos sobre suas simpatias comunistas e seus hábitos dissolutos eram o exemplo daquilo que a América não podia tolerar em seu solo. Para a nossa população, poucos culpados foram excluídos do território. As prisões tampouco foram legião, mas depuramos o serviço público e, em seu rastro, muitas empresas privadas que se puseram no diapasão do governo. Milhares de intelectuais privados de trabalho e reduzidos a tarefas subalternas para sobreviver puderam medir a chance que tinham desperdiçado com a incontinência moral que manifestaram. Lembro-me, em particular, de um cardiologista famoso do hospital de Washington que recusara confessar que pertencera ao partido comunista na juventude. Esse homem, que me examinara por um alerta benigno, acabou vendendo pneus durante meses numa rua de comércio da capital. Topei com ele por acaso, num dia em que meu chofer parara o carro para encher o tanque. Achei-o muito menos seguro de si que no dia em que recusara responder à comissão, que no entanto o interrogava com muita cortesia, apoiando-se na liberdade de pensamento que lhe oferecia a Constituição. Emagrecera no macacão de trabalho com as cores do patrão. Abaixei o vidro. O homem me encarou um momento. Não conseguia lembrar da minha cara. Tinha a sensação de estar tratando com um homem importante mas meu nome lhe escapava:

— Não se lembra de mim? — falei num tom afável. — Sou Clyde Tolson do FBI. O senhor me examinou há uns dois anos.

O médico fez um sinal com a cabeça para me mostrar que a memória clareara, depois ficou sombrio como se meu nome o deixasse triste.

— O senhor não deveria ter-se obstinado, acredite — prossegui —, ainda estaria medicando no hospital, asseguro-lhe. Os seus princípios não convinham, a América perde aí tanto quanto o senhor. Guardei a lembrança de um homem muito competente, um pouco arrogante talvez, mas muito competente. Enfim... compreendo as suas dificuldades, mas veja, entre os nossos inimigos, na União Soviética, há torturas, deportações, execuções. Aqui, estamos longe desses extremos. Um médico do seu nível tem, queira ou não, altas responsabilidades neste país. Ele não pode falhar em seus princípios.

Ele chegou perto com a dureza de um autômato. Na altura da janela, olhou-me com olhos vermelhos e úmidos, depois soltou com uma vozinha:

— O senhor é o diabo.

— Sinto-me lisonjeado — respondi. — Acho que o senhor pensa igual a Stalin. É por isso que está nessa.

Subi o vidro quando ele tentava me dizer alguma coisa, e fomos embora.

•

Edgar deu a prova de que o polvo comunista não era uma invenção. Seus tentáculos tinham se desenvolvido até na esfera governamental. Em julho de 1948, Elizabeth Bentley compareceu perante a comissão de investigação para confessar que trabalhara para os soviéticos. Afirmava ter entregue a eles informações que lhe tinham sido fornecidas por três personalidades do governo. No mesmo momento, o diretor do *Time*, Whitaker Chambers, reconheceu que era um ex-comunista e que participara de uma célula de infiltração do governo. Acusou diretamente Alger Hiss, um colaborador importante do Departamento de Estado. Duas das pessoas incriminadas por Bentley eram importantes personalidades do governo Truman. Deixamos com toda tranqüilidade esse caso decantar-se por si mesmo, discretamente felizes com o constrangimento ocasionado ao presidente Truman. White, antigo vice-ministro do Tesouro, foi vítima de uma crise cardíaca após ser ouvido pela comissão. Remington, ministro do Comércio de Truman, foi espancado até morrer na prisão por outros detentos após ter sido condenado por perjúrio. Duggan, caluniado por Chambers, caiu do décimo sexto andar de um prédio em Nova York. Alger Hiss foi condenado a três anos e meio de prisão por perjúrio. Não faltaram críticas para dizer que tínhamos montado por completo essa operação a partir de um mínimo de provas com a ajuda de representantes zelosos no Congresso, dentre eles o famoso Nixon, que se agitava com a energia dos jovens ambiciosos. O presidente Truman também nunca acreditou nessa história toda. Para ele, era um golpe montado pelos republicanos com o apoio de um Hoover totalmente favorável à causa. Estava convicto de que os republicanos se dispunham a tudo para voltar ao poder depois de terem sido afastados por mais de 15 anos. Em 1948, ano das eleições, sabíamos que, em caso de vitória de Truman, seria difícil ficarmos à frente do FBI. Nenhum apostador o teria dado como vencedor. Mobilizamos o FBI para discretamente fazer campanha para Dewey, o candidato republicano, fornecendo-lhe todos os dossiês necessários à sua eleição. Apesar de toda a aura que o cercava, Edgar julgou que ainda era um pouco prematuro fazer campanha ele mesmo, mas desta vez não ignorava a possibilidade de subir um degrau para se tornar ministro da Justiça à espera das eleições de 1952. Na manhã de 3 de novembro de 1948, o *Chicago Tribune*, seguro de si, punha na primeira página em letras grossas: "Dewey derrota Truman." Durante o dia, o anúncio oficial dos resultados teve sobre nós o efeito de um *uppercut* aplicado por um peso pesado. Truman estava reeleito.

13

— Uma vez no combate, a guerra não está nem aí para os ricos e poderosos, Edgar. Ela os esmaga com a mesma desenvoltura. Ninguém mais bem colocado que eu para conhecer a força destruidora da história em seus períodos de loucura coletiva, como se nada pudesse parar o sangue e a dor.

— Entendo-o muito bem, Joe.

Edgar nada sabia, pois nunca tivera um filho. Eu tampouco. Mas acho que é preciso tê-los visto crescer ano a ano para entender o apego visceral que se cria com essa emanação de si e para sentir a amputação que representa a perda de um filho. Mas Edgar, bem melhor ator que muitos impostores de Hollywood, sabia fingir bem sentimentos que não experimentava. E, entre estes, a compaixão não lhe pedia qualquer esforço particular.

Estávamos no fim da guerra, e a terrível notícia estava na primeira página dos jornais, sempre enamorados pelas atividades dessa grande família tão representativa da excentricidade americana. A relação de Edgar com Joe Kennedy era a de um cão que deixa entrar um estranho, não desgruda de seu pé e lhe mostra os dentes se lhe vem à cabeça a idéia de querer sair. Para surpresa geral, Joe Kennedy fora fiel à nação em 1941, logo após o episódio Inga Arvad, alistando-se no FBI como "contato para serviços especiais" junto ao pequeno escritório de Hyannis Port, um papel de informante voluntário que ele solicitou diretamente no local como um modesto interiorano. O agente responsável pelo recrutamento acrescentou aos documentos uma nota encantadora que em substância dizia: "Em razão de seu passado de diplomata e de suas inumeráveis relações, ele tem seus conhecimentos no mundo do crime e está disposto a usá-los em proveito do Bureau. Na indústria cinematográfica, tem muitos amigos judeus e acredita que estes lhe fornecerão a pedido informações relativas à penetração comunista em Hollywood."

Era bem ele ali. O anti-semita notório se vendia ao Bureau apoiando-se em suas relações com os judeus. Quanto às relações que tinha na diplomacia, sabíamos que embaixador algum queria vê-lo a menos de dez metros. Joe entrara no FBI como se entra no Rotary: na qualidade de voluntário virtuoso. Além disso, mais uma vez escolhera matar o tédio com um frenesi de novos negócios. Consolava-se por não ser mais solicitado para responsabilidades públicas ganhando milhões. Orientou-se para o mercado imobiliário diversificando os investimentos entre a Flórida, a América Latina, alguns terrenos petrolíferos concedidos no Texas, mas sobretudo imóveis residenciais e comerciais em Manhattan. Transferira o domicílio fiscal de Nova York para a Flórida, onde não pagava nem impostos nem direitos de sucessão. O mais espetacular de seus investimentos foi o maior prédio de escritórios da época, o Merchandise Mart em Chicago. Foi o primeiro a utilizar o que posteriormente se chamaria efeito de alavanca. Seu sistema consistia em endividar-se em cada prédio de modo que os reembolsos das dívidas fossem calcados nos aluguéis que ele mantinha na alta em plena guerra. Sua estratégia de bom pai de família fez com que dobrasse a fortuna durante aqueles anos.

— Morrer quando a guerra está a ponto de acabar é um contra-senso terrível. Estamos de todo coração com você, Joe.

— Sabe, Edgar, por uns minutos achei que a história de John no Pacífico estava se repetindo. Considerado desaparecido depois milagrosamente encontrado, mas, no fundo de mim mesmo, pensei que uma sorte como essa nunca acontece duas vezes.

— Ele morreu como herói, não foi?

— Não entendo o que o levou a se apresentar como voluntário. Era uma missão sem volta e ele sabia disso muito bem. Deve ter achado que era invulnerável. Joe Kennedy Jr. era jogador. O avião tinha que derrubar sozinho os bunkers que abrigavam os V1 alemães. Quatro B-17 já tinham sido enviados ao local e nenhum conseguira se aproximar. Eles carregaram o bicho com dez toneladas de TNT. Era para ele se ejetar antes que o comando eletrônico jogasse aquele treco sobre o alvo. E o avião explodiu no ar.

Joe, curvado na cadeira, se interrompeu. Tinha o olhar vago preso à ponta dos sapatos. Depois retomou:

— John acha que Joe Kennedy Jr. sofria porque o irmão John lhe roubara a cena com suas façanhas no Pacífico e ele queria de todo modo também realizar uma façanha antes do fim da guerra. John está muito infeliz com isso. É uma verdadeira tragédia para todos nós.

— Os seus filhos se comportaram como heróis, Joe! Você os criou no puro espírito de competição que prevalece nas grandes famílias do Leste, e eles se superaram.

— Não acho que essa seja a causa, Edgar. John teria aceitado bem o segundo papel. Ele nunca pretendeu superar o irmão mais velho, que tinha uma vantagem de peso sobre ele: uma incrível saúde. Aliás, se meu segundo filho é hoje um herói, é graças a você, Edgar. Sem você, ele teria ficado confinado a guerra inteira na ONI e ainda por cima teria se tornado asmático de tanto respirar documentos velhos e empoeirados. A história dele com Arvad foi um chute na bunda que o lançou sobre um contratorpedeiro em operação onde ele fez maravilhas.

— Em todo caso, a história dele ficou tão célebre quanto a travessia do Delaware por George Washington. De qualquer modo, é preciso uma senhora saúde para conseguir nadar assim durante umas dez horas puxando um companheiro para salvar-lhe a vida.

— Ainda por cima nadava de costas. Ele diz que só pensava numa coisa: deixar os colhões o mais longe possível dos tubarões. Não se deve esquecer que no Pacífico é raro ficar só por muito tempo.

— E o que ele pensa fazer agora?

— Quer ficar bom. E isso está longe de chegar. Deve ser em breve operado nas costas. Meu filho mais velho morreu e o segundo está em sursis, Edgar.

— É o que dá a ele aquela aparência de tranqüilidade, aquela descontração um pouco irônica que vêem nele, não é?

— Não sou a melhor pessoa para falar disso, mas acho que ele tem o sentimento de uma certa precariedade.

— A fé certamente o ajuda muito?

— Ah, meu Deus! Eu queria estar certo disso.

— E há ainda os mais novos atrás?

— Edward só tem 13 anos, ainda brinca com as meninas. Robert, que está entre os dois, quer porque quer tornar-se interessante. Acho que sofre por ser baixinho e não sabe o que fazer para aparecer. Queria que a guerra tivesse durado mais tempo para realizar suas façanhas. Deus nos preservou disso.

— E os negócios, Joe?

— A guerra permitiu que eu ganhasse uma nova nota de cem milhões de dólares, Edgar, mas eu a teria de bom grado trocado por meu filho mais velho de volta, vivo.

— Disso estou persuadido, Joe. Fiquei feliz em vê-lo e você sabe que, em qualquer circunstância, pode contar comigo. Você conhece o meu pudor, Joe, e só ele esconde a imensa compaixão que é a minha.

— Imagino bem, Edgar.

Como das outras vezes, Joe Kennedy não condescendera em me dirigir diretamente a palavra. Para ele, só havia duas categorias de indivíduos nesta terra, os servidores zelosos de seus interesses e de suas ambições, e os inúteis. Eu sentia, de modo bem nítido, que fazia parte dessa segunda categoria. Mas o homem me parecia acabrunhado o bastante para que eu fosse rigoroso com ele dessa vez. Não sei mais quem dizia:

"Sem dinheiro não há felicidade; com dinheiro demais, grandes infelicidades." A segunda parte da frase se aplicava muito bem à sua situação. Um filho, Joe, morto na guerra, um segundo, John, vítima de uma doença nas costas que não deixava muita esperança, à qual se acrescentavam acessos de paludismo que lhe davam uma tez de penico. Uma filha doente mental, lobotomizada por erro a ponto de fazer dela um sorridente legume, essa família da qual ele pensara fazer uma equipe de futebol americano acabava de perder a estrela enquanto os outros se instalavam no banco de reservas perto da saída. Naquele momento, estávamos longe de pensar que a filha Kathleen, que cometera o impensável casando-se com um nobre e rico inglês morto por uma bala alemã no fim da guerra, ia por sua vez desaparecer na França, em 1948, no vale do Ródano, quando seu De Havilland Dove se arrebentou numa montanha perto de Privas. Os supersticiosos diriam que a providência velava pela balança das contas da família Kennedy de tal modo que a vazão fosse sempre igual ao crédito. Quanto mais o velho ficava rico, mais o destino o fazia pagar caro. Uma moral que agrada às pessoas simples às quais pertenço por minhas origens.

Eu tomara a iniciativa de propor a Edgar que, por sondagem, em períodos espaçados, escutássemos alguns de nossos próprios agentes para verificar se não estavam infiltrados por nossos adversários e nos assegurar de que eram leais. Edgar aprovou recomendando-me extrema prudência. Uma pequena célula de vigilância interna foi então criada para logo desaparecer, uma vez terminada a primeira onda de sondagem. Além de uma amostra de agentes especiais, tive a idéia de sondar alguns de nossos informantes voluntários e, em particular, Joe Kennedy. Entre algumas conversas sutilizadas, no meio de outras sem grande interesse, houve alguns diálogos entre Joe Kennedy e o filho John que, com a distância do tempo, me parecem interessantes. Não me lembro o teor exato, mas em substância revelavam que John parecia carregar o fardo das ambições do pai e não manifestava muito apetite pela vida política. Primeiro porque pensava, com razão, que é "uma atividade extenuante, reservada àqueles que são capazes de se livrar da palavra como se livram das cuecas". John parecia muito diferente do pai. Ao inverso deste, tinha um interesse sincero pelos outros, contanto, é claro, que tivessem um mínimo de encanto intelectual. Também preferia debater um assunto em vez de se prender a opiniões sem ter pensado nelas. Era divertida a maneira como o pai tentava motivar o filho, vendendo-lhe uma carreira política como um vendedor de gravatas fora de moda. Joe, que não desconfiava de nada, disse-lhe um dia "que era capaz, com todo o seu dinheiro, de eleger seu chofer presidente dos Estados Unidos se assim quisesse". John nunca batia de frente com ele. Tinha o senso diplomático que o pai jamais possuíra. Limitava-se a dispensá-lo com um humor que não excluía os sarcasmos. Um dia, como Joe insistia para que John entrasse na política, o jovem Kennedy lhe respondera: "Se entendo bem, além de viver a minha vida que não é lá muito engraçada com meus problemas de saúde, você me pede para viver a de Joe. Duas vidas pelo preço de uma. E eu supostamente devo vender o quê a toda essa gente? Uma doença na coluna vertebral contra a qual travo um combate exemplar, a façanha de ter sobrevivido ao naufrágio de um contratorpedeiro partido em dois por um destróier japonês que nem se deu conta porque era noite, uma visão estreita do mundo que se deve ao meio em que fui criado. De qualquer maneira, vai ser preciso um esforço enorme para me engordar o corpo e a mente para que eu fique apresentável."

Pouco tempo após a conversa amigável que tínhamos tido com Joe, Edgar me perguntou se ainda era útil vigiá-lo:

— Acho que o velho Joe teve o que merece — observou ele. — Não vejo o que mais poderia vir de interessante de um sujeito assim. Ele tem a cara paralisada de um garotão de 15 anos que acaba de levar uma surra de uma menina de dez. Tem algo de patético, você não acha? Além de frutificar vergonhosamente a fortuna, ele não sabe fazer outra coisa, e no entanto só há essa outra coisa que o interessa. É uma verdadeira maldição ter a mente torta desse jeito. Ele sequer se dá conta de que todos o consideram, na melhor das hipóteses, um "estorvo". É isso, há anos eu busco este termo; Joe Kennedy "estorva" os outros. E agora quer empurrar o filho para a câmara dos representantes. Que tome cuidado para não empurrar forte demais pois vai parti-lo em dois. Você viu o terno dele? Não dá para saber quem carrega quem. É de dar pena. E pensar que houve uma época em que a gente esquentou a cabeça por causa desse energúmeno!

Naquele dia, enquanto conversava comigo, Edgar estava radiante. Estávamos em sua casa antes de sair para jantar no Harvey como todos os dias e ele sorria virando em todos os sentidos uma estatueta dele mesmo que lhe fora ofertada por uma associação de luta contra a delinqüência juvenil, o que era, é preciso dizer, a última de nossas preocupações. Mas a estatueta era parecida o bastante para não alterar seu bom humor. Ele retomou:

— Tudo isso não deveria ir muito longe. Esse John está perto de voltar ao pó. Deixe para lá a vigilância do velho e se interesse distraidamente pelo jovem estropiado.

Depois concluiu, cheio de derrisão sobre o pai:

— Agora que ele está neutralizado, só faltava nós virarmos amigos desse grande priápico!

Nunca relaxei na vigilância sobre John. Embora Edgar o considerasse desprovido de grandes perspectivas, eu não queria me ver um dia em posição de lamentar ter interrompido minha marcação pois, posso bem dizer agora, ao contrário de Edgar, eu achava que aquele rapaz podia fazer uma carreira política conveniente. Além disso, seu começo em fanfarra nos braços, senão de uma espiã, pelo menos de uma conselheira nazista, nos levara a abrir um dossiê que eu achava uma pena deixar adormecido. É o tipo de coisa que a gente um dia lamenta: as carreiras conhecem súbitas acelerações e é preciso estar preparado em qualquer ocasião. Havia igualmente uma conversa gravada entre John e o pai que me estimulava a prosseguir, tanto por certos termos que me excitaram quanto pelas perspectivas entreabertas:

— Em todo caso, se tenho de fazer uma carreira política, acho indispensável recuperarmos as fitas do FBI que eles gravaram quando eu estava na cama com Inga Arvad. Você, que conhece esse filho-da-puta do Hoover, poderia cuidar disso.

— Não adiantaria nada, John.

— Por quê?

— Porque Hoover pode muito bem lhe entregar as fitas depois de ter guardado uma cópia.

— Esse sujeito não vale nada. Acha que tem o direito de guardar as gravações das minhas trepadas com uma mulher contra a qual ele nunca provou nada.

— Ele funciona assim, John.

— É um lixo.

— Você tem que enfiar na cabeça que, se um dia for presidente dos Estados Unidos, o seu primeiro gesto será jogá-lo para fora do FBI.

— Mas isso só em sonhos...

— Não se preocupe, John, esse sujeito junta documentos sobre todo mundo, até sobre o presidente. E isso não o impede de viver. Ele deve ter certas vantagens, já que está lá desde 1924 e nenhum presidente conseguiu se livrar dele.

— Na minha opinião, esse sujeito está se mantendo vivo só porque segura uma boa metade da América pelos colhões.

— Sabe o que dizem dele?

— Não.

— Hoover é um sujeito que tem colhões na bunda, pena que sejam os de Clyde Tolson. De tanto atacar todo mundo, um dia vai aparecer alguém para provar que ele não é o absoluto modelo de moral americana que ele pretende encarnar. Não se preocupe, John, esse sujeito não é irrepreensível o bastante para prejudicar você por muito tempo.

* * *

Com exceção dos boatos bem na moda nessa época, nada de muito alarmante chamou a minha atenção nessa conversa, mas nela era evidente que o jovem John se preparava para estrear na política. Assim, conservei uma vigilância estreita e não leve, como Edgar me havia sugerido. E, ainda que o pai parecesse se resignar a entrar na sombra em proveito apenas do filho, achei que era bom perseverar de seu lado também. Não relatei nada dessa gravação a Edgar. Era inútil contrariá-lo.

Desde que voltara da guerra, John passara por tratamento médico enquanto esperava ser reformado. Uma nova operação da coluna em 1944 fora, segundo seus próprios termos, um desastre. Foi para o Arizona passar o período de Natal no calor seco e, ao voltar, teve sua primeira experiência profissional como correspondente do grupo de imprensa Hearst na Conferência de San Francisco em que foi fundada a ONU. Dali, foi dar uma volta em Hollywood. Essencialmente para lá fazer um percurso de caça, como ele mesmo gostava de designar esses períodos de frenesi sexual em que passava de uma mulher a outra dando a impressão a cada uma de ser a única eleita. Devia acrescentar a um certo encanto físico e intelectual o dos velhos senhores enferrujados que atraem compaixão por suas contorções dolorosas. Mas John não era do gênero a se entregar aos prazeres sem enfeitar sua estada com uma reflexão tingida de intelectualismo. Sua fascinação por Hollywood ia além das facilidades oferecidas por seu rebanho de *starlets* sem miolos em busca de fama. Estava interessado no desenvolvimento da imagem que passava a um número crescente de lares americanos e nas perspectivas que ele oferecia ao mundo político caso este quisesse bem aproveitá-lo. Truman era o exemplo inverso disso. Chegara a hora de utilizar o carisma como vetor de adesão das massas que, segundo ele, buscavam identificar-se com um homem que as fizesse sonhar. O sex appeal aplicado à política era então o assunto preferido de suas conversas, tal como eram relatadas por nossos informantes. No verão de 1945, foi à Inglaterra passar um tempo com a irmã Kathleen, que ele venerava. Aproveitou para impregnar-se com o campo em ruínas que a guerra deixara na Europa, para ser notado como único correspondente de jornal a predizer a derrota de Churchill nas eleições, mostrando que era capaz de antecipar a ingratidão de um eleitorado. Visitou Pat Wilson, uma viúva australiana que fora a última mulher amada por seu irmão. Ela dividiu com ele as lembranças e o leito, numa espécie de homenagem ao desaparecido como só os Kennedy sabiam prestar.

14

— James, disseram-me que você poderia não concorrer para o Congresso este ano a fim de se dedicar mais à prefeitura de Boston? Trata-se de um boato ou é mesmo a sua intenção?

— Não é inteiramente falso, Joe. Sofro de uma diabete aguda e os dois postos me cansam. Mas, para falar a verdade, ainda não tomei decisão alguma.

— Entendo muito bem, James. Mas estamos com pressa. Sei que você tem muitos problemas e... se eu puder ajudá-lo, sabe que pode contar comigo.

— Acho que poderia precisar de você, Joe. Mas no telefone...

— Você não está imaginando que aquele velho tratante do Hoover grampearia duas honradas e inofensivas pessoas como nós. Tenho ligações privilegiadas com o FBI, presto uns serviços a eles de vez em quando. Fique tranqüilo.

— Mas tenho uns probleminhas com a justiça federal a respeito de uma história de abertura ilegal de correspondência.

— Nada grave, James. Mas, diga-me, o seu tratamento para a diabete deve custar uma fortuna?

— Você pode imaginar. Falando sério, não sei mais como agüentar essas despesas.

— Além do mais, você é íntegro demais para encontrar financiamentos ocultos, não é, James?

— Nenhuma dúvida quanto a isso.

— Entendo que você se pergunte como matar dois coelhos de uma só cajadada. Tenho uma proposta de amigo a lhe fazer que poderia resolver todos os seus problemas e permitir que eu realizasse, como dizer... uma ambição. Pois bem, pensei em colocar meu filho John no governo estadual como chefe da casa civil, mas no fundo não acho que seja uma boa solução. Então, pensei que, se você não desejasse continuar no Congresso, seria uma oportunidade formidável para ele. A décima primeira circunscrição conviria maravilhosamente bem a ele.

— Sei que ela cobre Harvard e o Massachusetts Institute of Technology, mas não esqueça que é também o distrito mais pobre da Nova Inglaterra. Mike Neville, prefeito de Cambridge, também tem olhos para o mandato. É um sujeito mais de acordo com o espírito do lugar. Veio do nada. O seu filho tem o *handicap* de ter nascido num berço de seda na traseira de um Rolls-Royce, Joe.

— Mas tem a vantagem de ser um veterano, ao passo que Neville jamais foi à guerra.

— Não há dúvida de que a circunscrição permanecerá nas mãos dos democratas, lá só há irlandeses e italianos pobres. Mas, para as primárias democratas, não está ganho. Neville é muito popular onde mora.

— Cuido disso, James. Tenho uma proposta a lhe fazer. Você me conhece, vou ser direto. Pago integralmente as suas despesas de saúde e financio a sua reeleição para a prefeitura de Boston. Esse *deal* poderia satisfazê-lo?

— Tenho que pensar, Joe. Mas posso lhe dizer que há uma abertura. Só precisamos concordar nesse ponto: não darei o meu apoio oficial à candidatura do seu filho. E acho que os militantes democratas não vão gostar muito da sua intrusão no setor, com os seus meios colossais. Estou mais ou menos seguro de que não vão permitir que John faça campanha nos quartéis de bombeiros, nos postos de polícia e nos lugares municipais.

— Não tem problema, James, vamos nos virar sem isso. Teremos as escolas, o apoio da Igreja e o do *Boston American*, que pertence a Hearst.

— Não quero ser desagradável, Joe, mas no espírito de muita gente, há ainda a idéia de que a sua fortuna vem em grande parte do comércio de bebidas.

— Pensei nisso, James. Já revendi todos os meus interesses no setor.

— Além do mais, John parece muito jovem e meio... convencido.

— Ninguém o achou jovem demais para ir lutar contra os japoneses, então...

— Eu mencionei isso só para marcar os obstáculos que será preciso superar.

Contaram-me que John se comportou durante a campanha como um velho político tarimbado. Atravessou a cidade de *trolley bus*, apertou as mãos das pessoas cada vez mais intrigadas de ver ao vivo aquele cujas façanhas todos os jornais haviam relatado. "Bom dia, sou John Kennedy, como vai?" Apertava mãos com naturalidade enquanto Broderick, um de seus assistentes para a campanha, berrava: "É John Kennedy, senhoras e senhores. Este homem está na corrida para o Congresso."

Acompanhado da mãe, a impenetrável Rose, vinha para conversar com as mães medalha de ouro da cidade de Charleston. Mulheres que tinham todas perdido um filho, às vezes dois, numa parte do mundo cuja existência até então haviam ignorado. Visitou as casas do bairro mais pobre da cidade, ali descobriu que era possível ter banheiro na cozinha, depois fez um discurso em que foi aclamado por ter abraçado a mãe e declarado, com emoção: "Sei o que vocês sentem, minha mãe também é medalha de ouro." Todas viram naquele rapaz longilíneo a ressurreição do filho perdido.

John passou mal várias vezes durante a campanha para as primárias, teve sérios problemas de saúde que escaparam ao público mas não a nossos informantes.

Durante a apuração dos votos, enquanto o pai ainda se agitava feito um beagle em fim de caça, John levou os avós ao cinema para ver *Uma noite em Casablanca*.

Após a vitória confortável nas primárias, a outra contra o candidato republicano nesse feudo democrata foi mera formalidade. Saiu delas esgotado nesse mês de novembro de 1946. Sua única reação que chegou até a mim foi uma confidência feita em voz alta a um dos amigos: "Devo ter algumas qualidades que meu pai, apesar de toda a sua grana, não está em condição de comprar."

* * *

O qüinquagésimo Congresso dos Estados Unidos reunido em janeiro de 1947 consagrou a volta de uma maioria republicana às duas câmaras. John encontrou lá outro jovem eleito no Clube Nacional da Imprensa.

— Então você é o cara que derrotou Voorhis? Como a gente se sente após uma façanha como essa?

— Suponho que morrendo de alegria — respondeu-lhe Richard Nixon.

Havia um contraste enorme entre suas caras de jovens iniciantes — ainda que John fosse quatro anos mais novo que Nixon. Símbolos de uma fascinante limpeza, verdadeiros ícones de embalagem de pasta de dentes, a história da eleição dos dois no entanto exalava o cheiro salobro de pântanos drenados. Mas tanto Edgar como eu sempre fomos bem pouco escrupulosos a esse respeito. Pouco importa como um eleito obteve seu mandato. O que importa é o que faz com ele. Nesse Congresso de maioria desfavorável aos democratas, Kennedy não inspirava temor algum. Bem rápido definiu os assuntos nos quais queria se concentrar: a legislação do trabalho, a moradia e o trabalho dos veteranos, a subversão comunista no território e a expansão da ideologia do mesmo nome no exterior. Embora tivesse se revelado um pouco vago em matéria de política social, uma maneira demagógica de atrair para si a confiança dos líderes sindicais, suas posições anticomunistas pareciam tão firmes quanto as de Nixon.

Curley, que desistira em favor de John na décima primeira circunscrição, fora finalmente condenado a seis meses de prisão fechada por delitos federais. Uma petição por sua graça presidencial circulou imediatamente. Era comandada pelo mais poderoso democrata de Massachusetts, McCormack, e por uma representante republicana de probidade exemplar. Todas as figuras do Estado a assinaram. Joe Kennedy, é claro, num arroubo imprevisto, pagara a sua defesa. O cardeal Cushing também era partidário do perdão. John fez algum suspense e terminou por não assinar, apesar de toda a insistência do pai. Truman não concedeu sua graça. John estava aos poucos vestindo a pele de seu próprio personagem político.

15

— É uma honra ser recebido a sós pelo senhor, presidente.

— Uma honra? Certo que não, Sr. Hoover. O senhor sabe que faço questão que o governo funcione de modo racional. Apesar da importância que o FBI adquiriu no país, sempre achei que não devia passar por cima do ministro da Justiça. Talvez tenha sido um erro, pois os ministros da Justiça passam e o senhor fica.

— Provavelmente porque, ao contrário de outros, não faço carreira e não tenho, propriamente falando, ambições políticas.

— O senhor é sobretudo um homem hábil. Tornou-se presença obrigatória. Nunca lhe escondi que não aprecio particularmente os seus métodos, acho que são com mais freqüência práticas de uma polícia política que de uma polícia federal, mas elas visivelmente têm o apoio do povo e dos parlamentares. Queria lhe dizer que não sou bobo e que não ignoro o papel que o senhor desempenhou para impedir a minha reeleição. Acho que o seu anticomunismo, com o qual aliás concordo, o levou a pensar que os republicanos seriam melhores servidores da sua causa. Tampouco estou de acordo com a sua ética. Essa maneira de dominar as pessoas pelos aspectos mais privados de suas vidas está muito afastada da minha. O senhor sabe que nunca dei a menor atenção às fofocas que o seu Bureau coletou meticulosamente. Digo isto tudo apenas para lhe mostrar que sei que o senador McCarthy é uma das suas criaturas. Como esse sujeito, que não passa de um alcoólatra em busca de notoriedade, pôde conseguir tal massa de informações sem a ajuda do FBI?

— Protesto, senhor presidente...

— Não se engane, Sr. Hoover, não estou aqui para acertar contas, quero apenas preparar o terreno para certas verdades que vão nos ser de grande utilidade para progredir. O senador de Wisconsin declama sobre o tema de minha suposta tolerância com o comunismo. Sabemos todos que não é verdade. Como sabemos todos que o comunismo ameaça menos o nosso país que o crime organizado. Acho que a obstinação mostrada por certos membros republicanos do Congresso, entre os quais o jovem Richard Nixon no caso Alger Hiss, é um pouco excessiva.

— Se me permite, senhor presidente, parece-me que um membro da câmara dos representantes ainda mais jovem, John Kennedy, que figura nas fileiras democratas, não mostrou menos vigor em obter a condenação de Harold Christoffel, o sindicalista da United Auto Workers, como membro secreto e ativo do partido comunista.

— Sou a favor de uma extrema vigilância quanto aos riscos de infiltração do governo por elementos a serviço da União Soviética. Mas não acredito nessa pantomima inquisitorial que consiste em atormentar um astro qualquer de Hollywood.

Dito isto, já que estamos numa conversa privada, estou convencido de que o nosso governo corre um perigo bem maior com a corrupção. Sinto-me muito amargurado por ter nomeado para postos de responsabilidade homens em quem eu tinha toda confiança havia anos, e por vê-los, tão logo instalados, comportarem-se como arrombadores que dispõem de poucos minutos para roubar uma loja antes da chegada da polícia. Aqueles que não instalaram sistemas de propinas tão aperfeiçoados quanto pedágios de auto-estrada tiram proveito da autoridade que têm para não pagar impostos e ajudar os amigos a fazer igual.

— Até Cristo foi traído por um de seus discípulos, senhor presidente.

— Perdoe-me corrigi-lo, Sr. Hoover, Jesus foi traído por Judas mas também por Tomás e Pedro, que negaram conhecê-lo, e Pedro por três vezes.

— Fico um pouco surpreso. Talvez o senhor saiba, presidente, que eu me destinava ao ministério presbiteriano antes de entrar para a polícia e estou mais ou menos certo de que...

— Eu mesmo tenho um bom conhecimento da Bíblia de que me orgulho muito, e insisto nesse ponto. Se no entanto o senhor ainda duvida de que eu tenha razão, deveria abrir uma investigação e pôr alguns agentes especiais em cima. Mas o ponto que eu queria desenvolver não é esse. Sei que, a despeito das regras mais antigas do governo, que querem que não se designe o chefe, o senhor seria muito favorável a que lhe submetessem o nome de seu ministro da Justiça para aprovação. Como costumo ser flexível, vou fazê-lo.

— O senhor quer dizer que McGrath vai deixar o posto?

— Ele ainda não sabe disso. Mas sem dúvida ele está metido em certos casos de indulgência fiscal, o que é um pouco demais para um ministro da Justiça. Eu queria lhe propor um nome.

— Qual?

— O seu mesmo, Sr. Hoover. O senhor me parece espantado. Deve se perguntar: como posso nomear para esse posto alguém de quem acabo de provar que sempre me foi hostil? Mas o senhor pelo menos não me traiu. A sua inimizade foi constante. A limpeza da alta administração pede verdadeiras qualidades de investigação. Só o senhor as tem. Então, o que acha disso?

— Fico muito emocionado com a sua solicitação, senhor presidente.

— Não acredito que nunca lhe tenham feito esta proposta.

— Não, nunca.

— Então?

— Tenho de pensar. Mas a priori acho que não é bom no plano da deontologia, matéria na qual sempre fui intransigente, que eu seja levado a investigar no interior do ministério que vem sendo o meu há tantos anos e *a fortiori* sobre o homem que foi até hoje meu ministro.

— Logo, o senhor declina a minha oferta.

— Temo que sim, senhor presidente.

— Muito bem, fiquemos nisso por enquanto. Mas não esqueça a sua investigação!

— Minha investigação?

— É, a investigação do FBI sobre Jesus Cristo!

* * *

Eu não dava um tostão por nossa pele quando Edgar foi convocado por Truman. Nunca tínhamos firmado tal posição numa campanha presidencial e era de certo modo legítimo que o presidente reeleito decidisse nesse momento de seu mandato punir funcionários que se tinham politicamente engajado contra ele. Eu pensava, ao ver a contrariedade que cortava o rosto de Edgar com um traço oblíquo, que o pior acontecera. Ele se sentou na minha frente sem dizer uma palavra, em estado de decantação. Ousei:

— Problemas?

Ele me olhou com o rosto fechado, o olhar vago e baixo:

— Não, contrariedades.

— Estamos na rua?

— Não, ele me propôs o cargo de ministro da Justiça.

— E aí?

— Recusei. O que ele está pensando? Está me tomando por um coroinha. Quer que eu faça a faxina para pôr todo mundo nas minhas costas, para em seguida me botar na rua na próxima eleição. Se é para chegar ao Ministério da Justiça, eu preferiria que isso acontecesse em outras condições. Enfim...

— É positivo, de qualquer modo, não?

— Não. Aquele sem-vergonha se achou no direito de me contestar um ponto de história bíblica, e é isso que me contraria.

Levantou-se, abriu a porta do meu escritório e pôs-se a gritar:

— Chamem o Sullivan! Quero confiar a ele uma investigação sobre Jesus Cristo.

16

Naquele dia, estávamos caminhando pela esquina da rua 57 com Lexington. Edgar queria passear sozinho, mas eu não queria ficar trancado no hotel. Insisti e ele, preso entre uma curiosa necessidade de sair sozinho e sua inclinação em não me contrariar, acabou cedendo. Quando vi se aproximar Frank Costello, o chefe do crime organizado de Nova York, senti-me feito um vigia que faz seu plantão noturno num navio no Atlântico Norte e vê se desenhar à meia-luz um iceberg que vai afundá-lo. Certas coincidências parecem menos naturais que outras. Logo notei que Costello não estava tão descontraído quanto seu paletó bege claro. De seu maxilar travado e de seu olho negro só emanava uma profunda contrariedade. Mesmo assim, tirou o chapéu para nos cumprimentar, um reflexo de polidez que destoava de seu estado.

— Sr. Hoover, eis um encontro muito improvável e muito providencial.

— Não acredito no que estou vendo, Sr. Costello. Faz muito tempo que não nos encontramos.

— É bastante oportuno, pois preciso falar com o senhor.

— Conhece Clyde Tolson? Além de ser praticamente um segundo eu, é o número 2 do FBI. O senhor pode falar diante dele sem temor, como se estivéssemos sós.

Ele me cumprimentou com um gesto da cabeça, me perscrutou longamente antes de me apertar a mão. Reconhecera-me. Já tínhamos nos cruzado nos hipódromos.

— Estamos com uns probleminhas, Sr. Hoover. A comissão especial do Senado que investiga o crime organizado e suas relações com o comércio entre estados quer nos ouvir. Kefauver e seu bando constituíram um dossiê colossal. O senhor sabe de onde vêm essas informações e por que estão atrás de nós desse jeito?

— Kefauver é democrata. Como os democratas andam por baixo ultimamente, eles montaram essa comissão. Afirmam que a ameaça comunista não é aquela de que falamos e que o crime organizado é um perigo bem maior para o país. Mas nós sempre negamos a existência dele, o senhor sabe.

— Nós quem?

— Nós, os republicanos e o FBI.

— Então, quem fez as investigações que levaram às audiências?

— Com toda certeza não fomos nós, esteja seguro disso. Kefauver me pediu ajuda duas vezes, para a investigação e para a proteção de certas testemunhas. Recusei nos dois casos.

— As testemunhas não estão protegidas?

— Em todo caso, não por nós. Nossos estatutos não prevêem a guarda cerrada de quem quer que seja exceto o nosso ministro e o presidente, caso ele nos peça.

— Então quem os alimenta?

— A Divisão de Narcóticos. É Anslinger quem organiza as diligências e os dossiês.

— Que filho-da-puta!

— Caro Frank, saiba que mandei produzir um bom número de testemunhas de defesa que são amigos meus, dentre os quais muitos texanos influentes.

— Quem, por exemplo?

— Murchison, Joe Kennedy, Winchell, Billingsley, Rosenstiel e Schine.

— E esse Kefauver?

— Ele tenta se fazer notar para as presidenciais, em que gostaria muito de ser nomeado pelos democratas. Mas, como prova da minha boa-fé, posso lhe dizer, confidencialmente, que ele em breve não vai mais estar à frente da comissão.

— E por quê?

— Porque posso dissuadi-lo.

— O senhor me confirma que o FBI não tem nada a ver com esse caso todo?

— Confirmo, Frank, dou-lhe a minha palavra de honra.

— Acho que seria bom ficarmos em contato, Sr. Hoover.

— Não vejo inconveniente nisso, Sr. Costello.

Nunca estive realmente convencido do caráter fortuito do encontro. Edgar não resistira à tentação de me colocar na confidência dessa relação "controlada" que ele mantinha com o mundo do crime, sinal da importância crescente desses contatos nos meses futuros.

Foi a primeira vez na história de nosso país que uma investigação do Congresso foi transmitida pela TV. As audiências da comissão Kefauver foram acompanhadas por mais de vinte milhões de espectadores, fascinados de ver em casa os rostos animados das maiores figuras da Máfia: Luciano, Gambino, Colombo, Lucchese, Trafficante e Marcello. Edgar e eu acompanhamos boa parte das audiências num televisor comprado pelo Bureau. Costello, durante a sua passagem, não permitiu que lhe filmassem o rosto. Viram-se apenas suas mãos agitadas, nodosas, que exprimiram o contrário do que ele dizia. Duas testemunhas foram fuziladas antes do evento. Em maio de 1951, contra todas as expectativas, o senador Kefauver, que dera seu nome a essa primeira grande investigação sobre o crime, demitiu-se alegando um monte de razões que só convenceram a imprensa e os telespectadores. Um gesto tanto mais surpreendente porquanto as oitocentas testemunhas de cinqüenta cidades tinham dado a esse senador desconhecido do Tennessee uma tal notoriedade que ele se tornara o favorito para a candidatura democrata às eleições presidenciais de 1952. Na realidade, três semanas antes, Herbert Brody, um de seus amigos e que contribuíra para sua campanha no Tennessee, tinha sido preso pela polícia em Nashville. A investigação se referia às contas de campanha de Kefauver em 1948 e à concordância entre as somas desaparecidas e cheques de misteriosa proveniência compensados na conta pessoal do candidato. Nada de muito extraordinário quanto aos montantes, mas o caso mostrava um pouco de relaxamento quanto aos princípios. Para nós, por sorte, Kefauver era um personagem corrupto que aceitava que retribuíssem suas intervenções com *cash* ou mulheres. Seu pedido de demissão confirmou o que havíamos dito a Costello, ainda que os processos contra ele não tivessem sido abandonados.

17

Entre as nossas preocupações às vésperas das eleições em que Truman tardiamente anunciou que não seria de novo candidato, John Kennedy não ocupava um lugar primordial e, sem as informações que nos chegavam quase automaticamente pela qualidade de nossas malhas, ele provavelmente teria saído do cenário por completo. É verdade que a imprensa não economizava elogios ao jovem representante cujas posições não colidiam com as nossas. Era um anticomunista fervoroso, ao ponto de incomodar os colegas democratas que temiam as repercussões negativas de seus ataques contra a infiltração do mal nos sindicatos. Nesse campo, não ficava nada a dever a Richard Nixon. John tomara distância da velha-guarda democrata da Nova Inglaterra, recusava a disciplina partidária e forjava para si convicções caso por caso. Empregava uma energia impressionante para esconder a extrema fraqueza física que às vezes dava ares de ancião ao mais jovem dos representantes. Recusava abordar seu estado de saúde, mas quando abria uma exceção, era para considerar a doença uma espécie de bufão do rei com o qual ele mantinha relações cínicas. Ninguém parecia realmente convencido de que seus problemas de vértebras bastassem para explicar sua extrema fraqueza. Essa precariedade física não lhe alterava as qualidades intelectuais que, além da luta contra o comunismo, eram dedicadas aos problemas de moradia dos veteranos. Continuava a multiplicar as conquistas femininas num ritmo surpreendente para um homem que a natureza aparentemente havia fragilizado. Algumas não faziam mistério da mediocridade de suas performances que, segundo elas, lembravam uma precipitação de colegial, agravada por sua falta de mobilidade. Mas nenhuma contestava a delicadeza de seu comportamento. Ele sabia lisonjear as interlocutoras durante as longas conversas que precediam seus embates amorosos. E como último sinal de atenção para com essas mulheres a ele submissas, Kennedy não rompia, limitava-se a deixar a relação se apagar, sem drama. A vulgaridade de seu temperamento de predador só se revelava meses após, anos às vezes, quando abandonava a presa à realidade de uma relação que desde a origem só fora iniciada para seu prazer. Na verdade, comportava-se como um homem de passagem dando a ilusão de perenidade. Recebia em sua casa, colocada à disposição pelo pai, onde reinava a mais absoluta desordem. As jovens conquistas lá cruzavam com os vestígios das ligações anteriores — calcinhas de cetim presas nas dobras do sofá ou restos de refeições inacabadas, hambúrgueres com uma única dentada que apodreciam mofados entre livros de política internacional. Em suas relações com os amigos, ele alternava sem regra um comportamento de condenado que o punha fora do ar e momentos de presença simples durante os quais os fascinava com sua inteligência e seu humor.

Acho que uma parte de mim mesmo poderia ter não digo amado, mas pelo menos apreciado esse homem. Esse Kennedy dava tudo, sem ter total consciência disso, para criar um estilo, mais que um pensamento político compacto. Essa criação poderia ter lhe servido como um verdadeiro cavalo de Tróia. Mas, para a geração que Edgar e eu representávamos, nada do que ele simbolizava era realmente admissível. Rico demais, desenvolto demais, intelectual demais, mulherengo demais e, no fundo, imoral demais.

No fim da sessão do Congresso, se não me falha a memória, ele tomara o caminho da Inglaterra para procurar se informar da situação dos sindicatos europeus, pois ficava cada vez mais evidente a desconfiança dos Estados Unidos sobre uma maciça infiltração comunista nesses grupos. John fez uma parada na Irlanda para visitar a irmã e fazer uma peregrinação familiar, sem esquecer de seduzir uma amiga desta, que ele deixou só para voar para Londres, onde desabou, vítima de um profundo mal-estar. Através do melhor amigo, que se abriu com outros, o boato sobre seu estado se espalhou. "Os médicos enfim diagnosticaram esse mal que me derruba, meu velho. É a doença de Addison. Pelo que entendi, ela age como uma espécie de leucemia lenta. Destrói progressivamente as glândulas supra-renais e, pelo desacerto provocado, atinge os principais músculos, dentre os quais o do coração. A madrinha do clube era Jane Austen. Morreu disso aos 41 anos de idade. O médico foi muito elegante, não me enrolou. Disse-me, no máximo, 45 anos. O que me deixa uns bons 15 anos, se o tratamento com cortisona fizer efeito. Já não é tão ruim, pois nem todos têm essa chance. A única que têm é de não conhecer o termo. O que é engraçado, veja você, é que sempre estive convencido de que ia morrer de morte violenta. Nunca imaginei que me apagaria progressivamente sob o efeito de um amolecimento muscular. Assim sendo, as premonições não passam de babaquices."

John foi embarcado no *Queen Mary* para voltar aos Estados Unidos. No navio, seu estado se agravou e um sacerdote católico lhe deu a extrema-unção.

Quando recebi a informação, estava persuadido de que nunca mais teria que abrir o dossiê dele.

Na opinião geral dos editorialistas, as eleições de 1952 foram as mais sujas da nossa história. Não vejo em quê. Durante um certo tempo, discutiu-se o lançamento da candidatura do general MacArthur pelo lado republicano. Foi finalmente o comandante das tropas aliadas na Europa quem ocupou o seu lugar. Dwight Eisenhower ganhou as primárias republicanas contra Taft e escolheu fazer campanha para a magistratura suprema junto com Richard Nixon. Este não tinha 40 anos mas já se comportava como um político aguerrido. Além disso, a fama que adquirira na luta contra o comunismo lhe conferia bastante autoridade e ele trazia consigo boa parte do voto conservador do Oeste a partir de seu feudo da Califórnia. Edgar via a candidatura de Eisenhower com bons olhos e não escondia sua satisfação de ver o jovem Nixon acompanhá-lo. Este tinha um jeito muito popular de caracterizar os adversários, dando-lhes apelidos ridículos. Enquanto Eisenhower procurava fazer uma campanha decente, Nixon e seus acólitos, McCarthy e Jenners, alimentavam calúnias e insinuações. McCarthy decidira usar a televisão para lançar um ataque definitivo ao candidato democrata Adlai Stevenson, um careca que se exprimia com dificuldade, ainda que se pudesse reconhecer consistência em suas palavras. Esse ataque se baseava em elementos fornecidos pelo FBI, obtidos das polícias locais de Illinois e Maryland. Em duas oportunidades, fora preso por ofensas homossexuais. Nos dois casos, o governador de Illinois fora liberado sem ser processado. Edgar afirmava que o relaxamento devia-se exclusivamente à sua posição de governador. A ex-mulher de Stevenson, embora vítima de graves distúrbios paranóicos, corroborava os fatos afirmando bem alto, em todas as recepções em que era convidada, que seu marido era totalmente homossexual. Acrescentava que seus desvios não o impediam de ter inúmeras aventuras femininas e afirmava até que ele teria matado alguém. Todas essas informações caíram feito sopa no mel para todo o bando de Nixon, que as fez circularem em todas as salas de imprensa do país. Nenhum jornalista as usou mas todos sabem que um boato sempre vale mais que um processo em boa e devida forma. McCarthy afinal não ousou tornar públicas as alegações de homossexualidade relativas a Stevenson. Os democratas fizeram com que soubesse que estavam de posse de uma carta do general Marshall endereçada a Eisenhower em que o censurava por pensar em se divorciar após a guerra para se casar com a ex-motorista dele, Kay Summersby. Esse terror ficou equilibrado até a eleição, quando o velho general obteve um triunfo com 442 votos contra

89 para Stevenson. Ainda que o general devesse naturalmente ter acesso a um poder que os democratas haviam confiscado vinte anos antes, ele estava consciente de que a nossa eficiência em alimentar o boato sobre seu adversário lhe fora útil.

Seu governo foi o mais confortável que tivemos na vida. Além de alguns discursos especiais que consagravam a nossa ação, Eisenhower deu a Edgar uma demonstração de estima que nenhum presidente imaginara antes dele: mandou instalar uma linha telefônica entre a Casa Branca e sua residência. E, uma vez instalada a linha, usou-a, não hesitando em ligar para Edgar quase diariamente. O que não impedia o vice-presidente, Richard Nixon, de também fazê-lo, em média duas vezes por dia. Eisenhower e Nixon não se apreciavam particularmente, Edgar sabia disso, e dava um jeito para que cada um tivesse o sentimento de ter a sua preferência. Por consciência profissional, não deu sua plena e inteira confiança a nenhum dos dois. O sistema de vigilância que instalara no interior da Casa Branca foi facilitado pela multiplicação dos funcionários que lhe eram fiéis, e ele se aproveitou disso para infiltrá-la por completo. Como uma felicidade raramente vem só, Eisenhower nomeou seu ex-chefe de campanha para o posto de ministro da Justiça. Herbert Brownell e William Rogers, seu adjunto que o substituiu em 1957, tinham optado por uma colaboração constante com o Bureau. Agradeceram-nos decretando que as investigações que tínhamos realizado no quadro das pesquisas sobre a lealdade do pessoal administrativo, com tanta freqüência contestadas por Truman, tomavam força de lei. Com base nesses relatórios, Brownell mandou invalidar a nomeação de 33 funcionários do novo governo. A troca de cartas entre o Departamento de Justiça e o FBI foi abolida. Aliás, foi decidido não mais se escrever, sinal da confiança que dali por diante era dada. Nosso entendimento ia muito além das trocas profissionais. Nossas relações pessoais com Rogers eram muito estreitas. Quase todo Natal, passávamos com ele as férias em Miami, junto com o vice-presidente Richard Nixon. A única coisa que Nixon não entendia em Edgar era aquela fobia que ele tinha de água, o que nos obrigava a jantar afastados da piscina. Também foi um período de avanço significativo. Em 1954, a Corte Suprema, no caso Irvine contra a Califórnia, criticara duramente o uso de escutas em lugares privados como um quarto de dormir. A crítica fora apoiada por certos parlamentares, dentre eles John Kennedy, que via nisso uma violação da vida privada em oposição à Constituição. Brownell, comentando a decisão da justiça, declarou que a lei em nada proibia a utilização de escutas de lugares íntimos, já que estava justificada pelo interesse nacional.

Além de nossa função policial, cujos métodos foram apoiados pelo novo governo, Edgar e eu desempenhamos um importante papel de mediação entre o poder político e o poder econômico. Nossos amigos tinham feito muito pelo financiamento da campanha de Eisenhower e era normal que lembrássemos à nova equipe a dívida de honra que tinha com eles. Estávamos ligados em particular a dois bilionários texanos, Murchison e Richardson. Como as apostas nas corridas estavam proibidas no Texas, nós os havíamos convencido a ir conosco a La Jolla, na Califórnia do Sul, um lugar maravilhoso para os verdadeiros amantes de cavalos.

Murchison costumava alugar o andar inteiro de um hotel. Certa ocasião, nenhum hotel pôde nos ceder um andar. Murchison então começou a reclamar e por fim decidiu comprar seu próprio hotel para nele plantar no topo a bandeira texana. O Del Chorro era um pequeno hotel, mas com preço astronômico. Para nós teria sido impossível com nossa remuneração de funcionários pagar um quarto. Murchison sabia disso, mas nos queria por perto, tanto quanto outras celebridades como John Wayne, Zza Zza Gabor, Elizabeth Taylor e tantos outros que ficavam loucos com o lugar. Tínhamos uma suíte à disposição mas sempre consideramos um dever pagar as refeições e as consumações. Não negarei que os dois texanos em questão também permitiram que fizéssemos proveitosos investimentos petrolíferos no estado deles, mas nada de comparável com o que poderia nos ter sido oferecido, fosse de fato uma contrapartida.

Várias vezes quiseram nos responsabilizar por um número. O governo de Eisenhower liberou sessenta concessões petrolíferas de domínio público durante seus dois mandatos, ao passo que apenas 16 tinham sido atribuídas ao longo dos 55 anos que precederam a sua presidência. Também se afirmou que números como esses não teriam sido alcançados se nosso amigo Richardson não tivesse molhado a mão do secretário do Tesouro Federal para favorecer os texanos no seio do governo. Na minha opinião, acreditar que as vantagens dadas aos magnatas do petróleo justificavam-se unicamente por seus próprios interesses é fazer abstração do formidável esforço econômico exigido pela reconversão de nossa economia após a guerra.

Eisenhower não gostava de McCarthy, nem do homem nem de seus métodos, embora reconhecesse que ele sabia atrair para si a simpatia das multidões e utilizar a seu favor a aversão que sentiam pelo comunismo. McCarthy era um falastrão sem método de trabalho. Não era muito rigoroso e costumava se enganar com relação a dados numéricos. Com ele, Edgar se comportava como um treinador que analisa friamente as forças e as fraquezas de seu protegido. McCarthy era alguém que tinha a vantagem, como muitos jovens irlandeses, de inspirar uma simpatia instantânea ao passar a ilusão de retidão. Era preciso conviver um pouco mais com ele para perceber que era uma peça. Tinha o mesmo gosto que nós pelas fraquezas dos outros e considerava-se de alguma forma o filho espiritual de Edgar. Foi assim que Edgar o acolheu no início. Solteiro também, gostava de sair para jantar conosco sempre que vinha a Washington. O modo peculiar com que agredia os adversários era característica do peso das fraquezas que trazia, algo que conhecíamos perfeitamente. Para nós, McCarthy era um homem útil. Um verdadeiro tribuno do anticomunismo, um militante sem falhas de nossa causa. Uma maneira honrosa de compensar seu alcoolismo, que no fim da vida lhe rendeu um hálito de vômito e uma estranha preferência sexual por homens e meninas de menos de dez anos. Ele nos servia sem que ninguém visse o laço transparente que o ligava a nós: o de sua intimidade. Como todos os personagens mais excessivos que a causa que defendem, conheceu uma espécie de apoteose antes de afundar em 1954 sob o gládio de seus pares. Tentou então encontrar Edgar desesperadamente, persuadido de que só ele poderia arrancá-lo do lodo que o sufocava até o pescoço. Edgar sumiu do mapa até que ele sufocasse. Morreu três anos depois de cirrose. Era o tipo de pessoa que prefere morrer jovem para só deixar a marca do melhor de si.

Tenho uma lembrança ainda muito viva de McCarthy. Edgar arrumara para ele um conselheiro principal, um certo Cohn, que fez muito pela perda do tribuno ao tentar pressionar os militares para que impedissem a incorporação de seu namorado. Sentindo o fim da carreira política, cercado por todos os lados, McCarthy queria de todo jeito encontrar Edgar, mas estávamos em La Jolla. Foi para lá de avião com Cohn. A recepcionista nos chamou para nos dizer que um homem importante acompanhado de outro nos chamava no lobby com toda urgência. Mas, quando Cohn deu o nome para se registrar, a jovem se descompôs como se estivesse diante do diabo em pessoa:

— Sr. Cohn, o senhor é judeu, não é?

— Certamente — respondeu Cohn.

Desmanchando-se, a recepcionista dirigiu-se quase em lágrimas a Edgar com um mexer de olhos que mostrava bem seu desamparo:

— Estou desolada, Sr. Hoover. As ordens não podem ser transgredidas. O Sr. Murchison não autoriza nenhum negro nem nenhum judeu no hotel dele.

Cohn quis cuidar do assunto ele mesmo:

— Diga ao Sr. Murchison quem eu sou e lembre a ele em particular que sou filho de um juiz da Corte Suprema do estado de Nova York!

A jovem implorou a Edgar:

— Sr. Hoover, por favor, o senhor conhece o Sr. Murchison e...

— Eu sei — respondeu Edgar bem calmo e divertindo-se muito com a situação. — Ele no entanto abre exceções de vez em quando. Veja o caso dos meus dois cachorrinhos.

— Eu sei, senhor, mas as conseqüências não são as mesmas.

— Sei, senhorita — respondeu ele com um largo sorriso. — Pois bem! Só nos resta então nos despedirmos destes dois senhores.

McCarthy se ergueu feito um dragão e gritou:

— Mas afinal, Edgar, você é o chefe do FBI. Murchison não pode fazer isso com você!

Edgar respondeu sorrindo com muita calma:

— Eu sei, Joseph, mas somos convidados dele. A polidez exige que nos conformemos aos usos de nossos anfitriões.

— Mas trata-se de assuntos nacionais, Edgar!

— Eu sei, Joseph, é o que dá tanto valor ao respeito dos desejos de nosso anfitrião.

Conduzimos McCarthy e Cohn despeitados pelo estacionamento do hotel onde Edgar pediu a seu chofer que os levasse ao aeroporto. Quando Cohn abaixou-se para entrar no carro, Edgar lhe soprou ao ouvido, alto o bastante para que eu ouvisse e participasse da pilhéria:

— Grande Cohn, o seu gosto pelos rapazes não bastava. Precisava também ser judeu!

Bateu vigorosamente a porta da limusine blindada e fez um pequeno sinal afetuoso com a mão, à guisa de adeus.

18

Os anos Eisenhower foram os mais felizes da carreira de Edgar. A relação harmoniosa que prevaleceu com o ministro da Justiça e a presidência foi algo inusitado e nunca mais revivido. Entretanto, esse período abençoado não deixou de abrigar algumas contrariedades.

Uma externa de investigação na área científica nos permitira chegar a um espião de nome Julius Rosenberg, que com toda certeza trabalhava na área nuclear para os soviéticos. O caso começara com a identificação pelo FBI de um agente soviético na Inglaterra de nome Fuchs, por diferentes cruzamentos que compreendiam em particular fontes do KGB, de Israel e dos documentos da Gestapo apreendidos no fim da guerra. O denominado Fuchs confessou que seu contato nos Estados Unidos era Harry Gold. Harry Gold, por sua vez, identificou David Greenglass, que deu o nome do cunhado Julius Rosenberg. Logo ficou claro que esse Rosenberg estava no final da linha. Sua culpa não deixava dúvida alguma. Esse homem havia transmitido informações nucleares militares aos russos. Mas nunca quis entregar os elos da corrente que vinham depois dele. Edgar acompanhou a investigação bem de perto, pois até então nenhum caso tinha fornecido à opinião pública uma representação tão precisa da ameaça que os comunistas faziam pesar sobre nosso país. A mulher de Julius Rosenberg, Ethel, também foi presa. A acusação a essa mãe de duas crianças pequenas foi feita sem evidência de sua culpa e baseada em testemunhos que beiravam a complacência. Seu encarceramento era uma ordem de Edgar, que pensava que, sabendo que a mulher estava presa, Julius Rosenberg poderia se dispor a colaborar. Não aconteceu nada disso. Rosenberg mostrou-se tão loquaz quanto uma pedra sepulcral. O processo foi em seguida orientado de tal maneira que as acusações feitas contra Ethel pudessem lhe valer a pena de morte. Essa ameaça tampouco conseguiu convencer Julius Rosenberg a cooperar. Então, todas as partes que haviam agido na sombra da investigação deram-se conta de que tinham ido longe demais. Os benefícios desse caso podiam ser prejudicados pela condenação à morte de uma mulher que deixava órfãs duas crianças pequenas, uma imagem que não deixaria de chocar a dona-de-casa americana. Edgar apostara que Julius Rosenberg ia ceder antes do fim do processo ou quando fosse declarada a condenação à morte de sua mulher. Nada disso aconteceu. A pena de morte foi pronunciada. Edgar sugeriu que Ethel fosse condenada a trinta anos de prisão mas o magistrado foi impiedoso.

"Ao colocar nas mãos dos russos a bomba A, anos antes de eles conseguirem realizá-la por si mesmos, a senhora permitiu a agressão comunista da Coréia, tendo por conseqüência a morte de mais de cinqüenta mil homens, e quem sabe se amanhã não serão milhões de inocentes que pagarão o preço da sua traição." Não havia prova alguma que permitisse ligar tais conseqüências aos atos cometidos pelos Rosenberg, e Ethel parecia ainda menos culpada que Julius.

Edgar sugeriu que Ethel fosse executada antes do marido para lhe dar essa perspectiva insustentável e que ele enfim se decidisse a falar. Ethel não conseguiu morrer na primeira eletrocussão. A segunda foi a boa.

No dia seguinte, um jornalista interrogou Edgar sobre o caso. Ele respondeu: "Não queríamos que eles morressem."

O segundo acontecimento foi para Edgar uma imprevisível afronta, que se avolumou de modo imprevisto. Nessa oportunidade, Edgar mostrou seus formidáveis recursos interiores para transformar um pesado vexame em vantagem decisiva.

Em 14 de novembro de 1957, um policial do estado de Nova York fazia uma ronda de rotina, enquanto a mulher lhe preparava um almoço caprichado para que sua sesta durasse até a noite desse sábado em que, como de hábito, ele não tinha outra coisa a fazer a não ser tomar cerveja. Não havia televisão: Croswell não tinha meios para isso. Apalachin nunca foi um lugar muito movimentado, mas naquele dia ainda estava mais tranqüilo que o normal. Croswell se plantara numa encruzilhada que levava à mais bela propriedade do lugar, pertencente a Joseph Barbara, um distribuidor de Canada Dry. Croswell entediava-se demais naquele interior perdido e acabava se metendo de vez em quando numa investigação aprofundada, que dava um pouco de sentido à sua função. Partindo da idéia de que os ricos sempre têm mais a esconder que os outros, fizera investigações sobre Barbara, que se justificavam ainda mais pelo fato de que o homem tinha uma permissão para porte de arma. O resultado foi uma folha penal bem fornida na Pensilvânia. Umas 12 prisões, sendo que duas ligadas a uma morte, mas apenas algumas condenações menores já velhas. Mas não era preciso mais que isso para que Croswell se sentisse investido de uma missão de vigilância discreta do indivíduo. E, naquela manhã, arregalou os olhos feito criança diante da vitrine de uma loja de brinquedos ao ver passar compridas limusines pretas, Cadillacs e Lincolns que se esticavam um atrás do outro em direção à propriedade de Barbara. Contou cinco veículos, dos quais nenhum tinha placa do estado. Veio-lhe à memória que, naquela manhã mesmo, ao cumprimentar o açougueiro, achara-o particularmente bem-humorado. Estava preparando a maior encomenda de bifes de primeira qualidade de sua existência. E o destinatário era Barbara. Croswell ficara igualmente intrigado com a pergunta de um representante comercial que se dirigira a ele um pouco despeitado para saber onde podia encontrar um quarto de hotel. "Temos um motel em Apalachin", respondera-lhe Croswell. "Eu sei, mas está cheio", retorquira-lhe o automobilista. O motel de Apalachin nunca ficava cheio. Todos esses indícios concluíam que Barbara ia receber muita gente em casa. Nada havia de delituoso no fato de acolher gente que chegava de limusines, mas Croswell achava que o acontecimento merecia uma investigação maior. Era também uma senhora distração para um sombrio fim de semana de outono no Leste. Como a lei o autorizava a controlar os documentos dos veículos, ele não ia se privar disso quando os convivas de Barbara deixassem o local. Organizou uma pequena barreira na estrada que levava à propriedade após ter chamado três ajudantes e um carro com rádio. Mal se instalara em sua configuração de controle, dezenas de limusines se precipitaram para fora da propriedade. Os convivas fugiam em massa. O empregado do açougue que viera entregar a carne mencionara a instalação de uma barreira policial. Ao ouvirem essas palavras, os visitantes tinham imaginado uma operação de envergadura. Os mais afobados fugiam diretamente pelos campos. Entre as verificações de documentos, os registros do hotel e das locadoras de carros, Croswell conseguiu estabelecer uma lista de 63 pessoas, das quais 62 eram homens de negócios em exercício ou aposentados. Todos de origem italiana. Todos justificaram a presença na casa de Barbara por estarem inquietos com seu estado de saúde.

Croswell transmitiu essas informações à imprensa local, logo substituída pela imprensa nacional, que relatou ao público a maior reunião conhecida dos padrinhos da Máfia. Cada um dos nomes tinha uma história. Mas nunca a oportunidade se apresentara de provar seus laços, seu pertencimento a um grupo estruturado. O caso fez barulho, em particular no comitê McClellan, uma célula montada pelo Senado para investigar os crimes de extorsão. O responsável pela investigação era um rapaz baixinho e nervoso de voz esganiçada cujo comportamento de cãozinho bravo não passava despercebido a ninguém. Era o terceiro filho de Joe Kennedy, o segundo dos sobreviventes. Robert tinha começado sua relação conosco sem modos, acusando-nos de não fazer nada contra o crime organizado. As circunstâncias lhe davam razão. Edgar reagiu com muito mais segurança e fleuma. Para ele era impossível negar por mais tempo a existência de uma organização. Tranqüilizou seus detratores ordenando que o Bureau iniciasse um amplo programa de investigação sobre o crime organizado para tentar apreender seus contornos e sua estrutura operacional.

— O cãozinho quer remexer no monte de lixo. Pois bem! Vamos ajudá-lo. Até que se dê conta de que é com o suco espremido desse lixo que a mãe dele o amamentou. Vamos abrir uma verdadeira investigação, Clyde. Quero saber tudo sobre os *mobsters*. Mas todas essas pessoas que estão me pressionando para isso não sabem onde estão se metendo. Não sabem que você e eu somos campeões mundiais de bumerangue. Você vai ver, não vamos decepcioná-los.

Nossos chefes de agências locais levaram um certo tempo para se mobilizar nessa nova perspectiva. Nós havíamos formado no grupo a impressão de que o crime organizado não passava de ficção. Alguns persistiram em sua reticência. Outros se precipitaram nessa abertura pensando que Edgar de fato estava decidido a fazer uma faxina. Este, pressionado de todas as partes, pedia que a agitação fosse mantida. Mas reservava-se o tratamento dos resultados que daí viriam. O imenso trabalho empreendido pelo FBI para cercar o crime organizado lhe proibia conduzir investigações específicas. Só estávamos começando a entender o mal e seriam necessários muitos anos e meios consideráveis para combatê-lo. E nesse meio tempo, muitas outras eleições podiam mudar o curso das coisas. O responsável por Chicago agiu com um zelo particular sob o controle de Edgar, autorizado a fazer de tudo por suas pesquisas, mas não a divulgá-las. Dois estabelecimentos foram colocados sob escuta com sistemas ultra-aperfeiçoados. O primeiro, o Armory Lounge, era a sede das atividades de Giancana. O segundo, o andar de uma loja de alfaiates em North-Michigan Avenue, era o lugar de reunião diária dos chefes de Chicago. As informações coletadas superaram todas as expectativas razoáveis de um profissional da escuta. Os microfones não só revelaram tudo das atividades que promoviam, mas, ainda mais interessante, ofereceram um verdadeiro catálogo dos laços entre, de um lado, o mundo do crime e, do outro, a classe política e o judiciário. A riqueza das informações recolhidas devia permitir que nos mantivéssemos indefinidamente no comando do FBI, no caso, é claro, de alguém ter a estranha idéia de nos desalojar de lá.

A eleição de 1960 apresentava-se sob os melhores auspícios. De um lado Richard Nixon, nosso preferido, sobre quem sabíamos tudo. Do outro, John Kennedy, filho de um homem que se tornara nosso "amigo" e irmão de um cãozinho ladrador de calças tirolesas, que a falta de experiência tornava inofensivo. Os dois candidatos tinham se apressado em dizer à imprensa que, caso fossem levados à magistratura suprema, o primeiro ato que tomariam seria confirmar J. Edgar Hoover no comando do FBI.

19

Desde que John Fitzgerald Kennedy fora eleito para a câmara dos representantes em 1948, meu dossiê foi se enchendo aos poucos, feito uma velha banheira com a bica pingando. Eu não dava muita atenção à papelada. Primeiro, por causa da saúde debilitada de John, que não lhe dava futuro. Depois, porque nenhuma manifestação de sua parte tornava o personagem digno de muito interesse. Sua vigilância era mantida por informantes zelosos que tinham se rendido à imagem que a família Kennedy atribuía ao jovem político, com uma fascinação idêntica àquela dos fotógrafos de revistas que invadem a vida privada das celebridades. Os funcionários do Congresso tinham se habituado a ver circular sua longa silhueta descarnada pelos corredores do prédio onde seus passos ressoavam como os de um velhinho prudente. Às vezes, quando as costas o faziam sofrer demais, caminhava apoiado em enormes muletas. A morte da irmã lhe assestara um golpe fatal, a que se acrescentava a descoberta do caráter irreversível de sua doença. Kennedy arrastava seu tédio num mundo político que só tinha uma virtude: botar a cabeça para trabalhar fazia com que esquecesse sua enfermidade. Ele não perdia uma oportunidade de confessar sua melancolia com frases amargas e bem-humoradas. Sem as mulheres que derrubava com a regularidade de um lenhador canadense, a vida teria sido ainda mais morosa. O prodígio que tinha sido entrar para a câmara dos representantes aos 29 anos acabava de ser ultrapassado por Smathers e Nixon, dois homens de sua geração eleitos para o Senado. Restava-lhe orgulho o bastante para superar as dores. Lançou-se, também, na campanha das eleições para o Senado de 1952, que coincidiam com a eleição presidencial.

Cabot Lodge, o senador em fim de mandato, vinha de uma família de irlandeses tão antiga quanto a de Kennedy, que o abandonou porque Lodge investira demais na campanha presidencial de Eisenhower, em particular durante as primárias dos republicanos quando apoiara o general contra Taft em vez de cuidar de seu feudo. Kennedy foi um dos primeiros políticos da televisão. Nela se lançou feito uma marca, para angariar prestígio como a Coca-Cola ou a Ford. Também soubera desenvolver um discurso político sob medida, progressista quando se tratava das preocupações diárias de seus eleitores, conservador para os grandes temas nacionais e internacionais, calcado no ideal republicano de luta sem trégua contra o comunismo. Até McCarthy o reconhecia entre os seus. Cansado de ser a marionete de um pai ventríloquo, John tomava distância do velho Joe, que interveio muito pouco na campanha exceto para financiá-la e para conceder um empréstimo ao *Boston Post* em crise de liquidez, em contrapartida de seu apoio ao candidato da família.

•

Edgar e eu louvávamos as mulheres excepcionais que, com uma misteriosa candura, deixavam transparecer uma retidão bem feminina. Por certo eram raras nessa época em que os modos derivavam feito um bote sem remos. Afirmar que não gostávamos delas era nos desconhecer. Nossa aversão pela maioria escondia nossa disposição discreta a estimá-las profundamente quando mereciam, enquanto alguém como Kennedy possuía todas para não amar nenhuma. Seu frenesi carnal era apenas o padrão incansável de uma inclinação desprezível. Ele tinha uma alma de solteiro. O casamento com Jacqueline Bouvier lhe foi comandado por uma única razão: nenhum solteiro podia fazer uma carreira política que durasse e se elevasse até os maiores cargos do Estado. Kennedy temia as mulheres que tinham "dólares nos olhos". Embora soubesse ser incapaz de sentimentos amorosos, do que não fazia mistério, nem por isso pretendia ser amado apenas por sua riqueza. Ainda mais por não poder dizer como um de nossos amigos rico e feio: "Gosto que as mulheres me amem tanto pelo meu dinheiro quanto pelo meu físico: meu dinheiro, ao menos, eu o mereci." Não era o caso de John: em nada ele era responsável por sua fortuna.

Jacqueline Bouvier era de uma beleza que escapava aos cânones da época. Os olhos muito afastados um do outro, o peito quase afundado, pés grandes e pernas feito tacos de bilhar, ela deve muito de sua fama à elegância e à fotogenia.

John a achava desinteressada. Se nos tivesse perguntado, lhe teríamos dito que não era. O pai, que se gabava de ser oriundo da velha nobreza, descendia de uma família de colonos pobres. Fora rico antes de perder tudo na Depressão. Um homem quebrado, libertino e alcoólatra ao ponto de não poder dar o braço à filha no dia do casamento. A mãe, que dizia ser franco-irlandesa sob o nome de Lee, tinha por verdadeiro nome Levy. Era judia e escondia isso. Casara-se novamente com um homem rico que dera à enteada uma infância de princesa, mas não pudera lançar mão da herança, que cabia em sua totalidade aos filhos legítimos. E como Bouvier não tinha mais nada, Jacqueline fizera bem em deixar John Husted, um rapaz simpático sem fortuna, para se casar com o que sua mãe chamava "dinheiro de verdade". Como o casamento estava nas primeiras páginas dos jornais, não teria sido correto deixar de felicitar Joe por esse belo êxito. Foi o que fez Edgar logo após a cerimônia, comentando com o amigo: "Que belo casal. E que grandeza de alma. Você, que conheci anti-semita, emendar-se casando seu filho com uma mulher judia para fazer dos seus futuros netos uma das grandes fortunas judias da América! Podem dizer o que quiserem, mas é preciso ter muita coragem!" Joe virou a cabeça para dissimular o constrangimento. Mesmo assim foi muito cordial com essa mulher, com medo de que deixasse John. Ele foi o único da família a reconhecer a importância de Jackie para a imagem de seu filho. A fidelidade de John só durou até o fim da viagem de núpcias. Bem rápido retomou seus hábitos, inundando as mulheres com aquilo que uma delas chamava "luz sem calor". A jovem esposa foi tratada apenas com condescendência, tanto por Rose como por todo o resto da família. Jackie Kennedy também cometeu uns deslizes que lhe valeram a abertura de um dossiê confidencial no Bureau. Era normal que investigássemos fatos que poderiam ter ameaçado a reputação de um jovem casal tão brilhante. Tudo em seu comportamento indicava que ela só estava de passagem naquela família. Vivia no temor de perder sua importância caso John viesse a desaparecer, uma hipótese realista em vista das crises que o derrubavam em intervalos regulares. Contaram-me que tinha uma relação difícil com o dinheiro. Começara vendendo os presentes de casamento que não lhe agradaram. Agia como se invadida pela angústia da precariedade. Era como Cinderela temendo a meia-noite, a hora fatídica do desaparecimento de John, em que estaria condenada a voltar aos trapos.

— Você acha que é fácil viver com alguém adulado por tanta gente mas que não me ama?

— Não quero falar disso no telefone, Jackie. Vamos continuar essa conversa pessoalmente.

— Nada disso. Quero saber. A sua mulher, os seus filhos e até os cônjuges dos seus filhos me tratam mal desde que entrei para a sua família. O seu filho só se casou comigo para se tornar politicamente apresentável. Se ele morrer, serei apenas uma viúva sem um tostão. Além disso, estou cansada de ser humilhada. Ele sequer se preocupa em disfarçar. Quero me divorciar, Sr. Kennedy.

— Você não pode fazer isso, Jackie.

— O que o senhor me propõe, então?

— O que você quer que eu lhe proponha?

— Quero que o senhor me proteja de uma demissão sumária de sua família se algo acontecer a John. Tenho a sensação de ser apenas um ativo entre tantos outros, como os seus carros e as suas propriedades. Em quanto o senhor me avalia?

— Vou pensar, Jackie.

— Suponho que não haja mais tempo.

— Você está me pegando meio desprevenido, embora eu já tenha pensado no problema. Pretendo montar um fundo para os seus futuros filhos, um dinheiro em que você poderá mexer. Se você não tiver filhos, o dinheiro será seu sem discussão. Amanhã lhe telefono para lhe dizer o montante. Mas não quero mais ouvir falar de divórcio, está claro?

— Acho bom multiplicar esse montante por dois se o seu filho me passar uma doença venérea.

Edgar e eu sempre nos divertíamos com a diferença entre a imagem que essa família passava e a realidade em que vivia. John fazia pose de "homem do futuro", destinado a romper o mundo de ontem e substituí-lo pelo seu, o dos anos 1960, em que um belo corte de cabelos na televisão vale mais que qualquer convicção sólida, em que o desejo suplanta as crenças e é suficiente para colher votos. Mesmo sendo católico, não passava de um modelo obsoleto desses filhos das grandes famílias inglesas protestantes do fim do século passado, cuja maior característica era a inconseqüência financeira e moral de aristocrata viajante. Com a leviandade desenvolta de um personagem de Henry James, ele arrastava por onde passava sua cômica lassidão de herdeiro cínico, amargurado por se dedicar tão pouco. Enquanto esteve na câmara dos representantes, dela se ausentou muito tempo para desfilar sua longa silhueta de jovem nobre vitoriano de país em país, dando um jeito, fortalecido por seu crédito na mídia, de conversar com cada chefe de Estado como um presidente de comissão. Estou persuadido de que acabou se dando conta de que a única maneira de dar consistência à sua personalidade frágil e vaporosa era unir a seu orgulho natural a força de uma ambição. Uma maneira imperiosa de tirá-lo do estado depressivo em que o colocara sua infância numa família que fazia da encenação o véu de sua moral.

Uma única ambição o fazia se levantar cedo: tornar-se presidente dos Estados Unidos.

— Não, Sr. Kennedy, não vejo nenhuma razão para o seu filho tomar jeito.

— Mas, Jackie, você verá, com os anos...

— O seu filho investe todas as energias multiplicando conquistas amorosas. É uma verdadeira máquina de seduzir, movida pelo desprezo que ele sente pelas mulheres e também pela minha resignação a essas farras humilhantes: uma resignação abjeta, mas que me santifica.

— Jackie, você não pode falar assim.

— Pelo contrário, acho que podemos falar de tudo, não somos cúmplices do êxito de John? Errei em me queixar com a sua mulher da inconstância do seu filho. Ela me respondeu que isso vinha do pai e me recomendou que eu me acomodasse a essa situação como ela mesma soube fazer "com tanta coragem". Em seus raros momentos de lucidez e sinceridade, John me disse que teria preferido morrer na guerra do que suportar essa herança de sexualidade tirânica e ambições desmedidas. Por sorte para o senhor, ele está gostando do jogo. Enfim, nada disso tem importância alguma, pois como o senhor gosta de repetir: "O que importa o que somos? O que conta é a imagem que passamos." Pena que John considere a psicologia um ramo entediante, criado por judeus da Europa central que não sabiam se livrar de suas culpas. Seria bom se ele fizesse análise.

Em 1954, meu dossiê Kennedy continuava vivo e em pleno desenvolvimento. O problema na coluna já não permitia mais que ele se apresentasse no Senado, de onde seus colaboradores costumavam carregá-lo até o escritório. Embora mesmo entre os republicanos fosse uma constante o reconhecimento de sua inteligência, isso não bastava mais para conter o boato cada vez mais forte que o decretava incapaz de assumir as funções de senador.

Uma fita de escutas telefônicas nos deixou o rastro de uma conversa entre John e o pai a respeito da possibilidade de uma nova operação.

— O médico me disse que tenho cinqüenta por cento de chance.

— De quê, John?

— De sobreviver à operação. A doença de Addison pode levar a uma infecção fatal.

— E se não fizer nada?

— Cadeira de rodas em menos de um ano.

— E o que você escolhe?

— A operação. Assumo o risco.

— Não concordo, John.

— Por quê?

— Se você não sobreviver, jamais será presidente. Mas uma cadeira de rodas não é obstáculo. Veja o Roosevelt.

— Ou viro presidente de pé, ou morro mesmo.

— Está errado.

— Você não sabe o que eu tenho passado.

— Eu sei, John, mas não quero correr o risco de perder um terceiro filho.

— Você tem reservas para as eleições presidenciais. Demora um pouco, mas ainda sobram Bobby e Teddy.

— Pare de falar besteira, John.

Em 10 de outubro de 1954, John deu entrada no hospital de Nova York na 42ª Est. Os cirurgiões decidiram operar no dia 21 após dez dias de testes e incertezas. Sua última frase antes da operação foi: "Espero não acordar com um monte de jornalistas em cima de mim perguntando em uníssono o que penso do afastamento de McCarthy." Três dias depois, seu estado era grave. "Meu filho está quase morto", desabafou Joe em encontro fortuito com Edgar em Nova York. "Não se desespere, Joe", respondera-lhe Edgar. "John é especialista em escapadas, além do mais tem sorte e quer muito ser presidente."

Jackie enviou um padre ao hospital para os últimos sacramentos. Nada deixou de ser feito para trazê-lo à vida. A cunhada mandou encher o teto do quarto com balões de soprar como para um dia de primárias e um dos amigos mandou pregar na parede um pôster de Marilyn Monroe, de short, com as pernas de fora. No fim de novembro John estava de novo de pé.

John costumava dizer que, se não se tornasse presidente, ficaria contente sendo reconhecido como um grande escritor, o que significava para ele receber o prêmio Pulitzer, a maior consagração americana em literatura. Ele já escrevera um livro durante a guerra sobre a Inglaterra adormecida, um incontestável sucesso de público e de vendagem. Queria repetir a dose com um ensaio sobre os senadores que tinham marcado a história política dos Estados Unidos pela coragem. Era uma maneira de continuar vivo na imprensa, já que sua fraca atividade política não lhe permitia mais a mesma projeção. Kennedy sempre afirmou ter escrito esse livro sozinho. Talvez fosse o caso para a primeira versão, acolhida do modo mais frio possível por editores que apostaram na obra mas que estavam reticentes quanto a publicá-la no estado. Mas tenho provas de que um grande responsável pelo resultado final, e portanto pela publicação, foi Ted Sorensen, que recebeu por ele seis mil dólares, uma soma bem grande para quatro meses de trabalho. *Profiles in courage*, uma ode a nossos mais notáveis políticos por sua bravura, finalmente recebeu o famoso prêmio Pulitzer de melhor ensaio em 1957.

John se apresentou como candidato à vice-presidência ao lado de Stevenson, que procurava conquistar a magistratura suprema em 1956 após um doloroso fracasso em 1952. Mas os democratas julgaram que, embora tivesse qualidades inegáveis para esse posto, seu catolicismo constituía um enorme fator negativo. Perdeu para Kefauver na corrida à candidatura, o que não impediu John de ser notado. Embora ainda não fosse hora de fazer campanha, queria que o maior número de pessoas se lembrasse de seu rosto no país. Com a implantação crescente dos televisores nos lares americanos, perto de quarenta milhões de pessoas acompanharam essa conversa. John pensava vagamente em conduzir sua carreira como a de Nixon, cujos rastros ele acabou seguindo, sem saber que sua evicção da vice-presidência ia permitir que obtivesse oito anos de vantagem sobre aquele que, na época, ele não estava longe de considerar um amigo.

No fim da convenção, um marido normal teria aproveitado um repouso merecido para dedicar seu tempo à mulher grávida. Em vez disso, foi para a Côte d'Azur, na França, com o irmão mais novo, Ted, e dois outros amigos que tinham como ele o gosto pela libertinagem. Alugaram um iate e embarcaram com várias garotas sem juízo. Em 23 de agosto, Jackie foi vítima de uma hemorragia e deu à luz uma menina prematura e natimorta. Devia chamar-se Arabella. John recebeu uma mensagem do irmão Bob, informando-o de que a menina ia ser enterrada o mais rápido possível. Ele respondeu que, nesse caso, não via necessidade de voltar. George Smathers teve de intervir para que Kennedy decidisse largar suas conquistas com estas palavras: "John, é melhor você ir correndo ver sua mulher se não quiser que todas as mulheres da América deixem de votar em você em 1960." Foi um Kennedy contrariado que tomou de volta o avião para a Costa Leste.

20

— Esse cara é perigoso, Edgar.

— É essa a sua opinião, Clyde?

— É a opinião de alguém que acompanha o dossiê dele há vários anos. Acho que o conheço como ninguém. É tudo o que dá tempero ao nosso ofício, Edgar. Quem gosta dele acha que é correspondido, convive com ele no cotidiano e pensa que o conhece. Não sabem a metade do que conhecemos sobre o personagem.

— E você não está seduzido por esse quarentão com carisma de ator?

— Não. Acho-o leviano, grosseiro, contraditório e perigoso.

— Perigoso?

— Ele é, porque não tem medo algum de assumir seu lado mau. Ele sabe como é, sabe que outros sabem disso tão bem quanto ele e não parece se preocupar. Não teme nenhum dos inimigos. Nem as tentativas de prejudicá-lo hoje nem as que arriscariam sujar sua reputação depois que morrer.

— Não sou tão pessimista quanto você, Clyde. Ele não tem medo de nada enquanto não lhe colarem a ameaça diante dos olhos. Se fosse o caso, isto é, se lhe botassem na cara a lista de suas indelicadezas e traições, e se alguém estivesse disposto a publicá-las, estou certo de que reagiria de outro jeito. Mas não chegamos a esse ponto. É do nosso interesse interromper brutalmente o que talvez seja sua marcha rumo à Casa Branca? Não creio. Nixon por certo está mais próximo da nossa concepção das coisas, mas não tenho certeza de que, em Washington, ele vai reconhecer o que fizemos por ele. Além disso, acho-o mais capaz de autoritarismo para conosco. E, antes de mais nada, é preciso render-se à evidência: não temos muita coisa sobre Richard, com exceção de algumas operações duvidosas de financiamento de campanha e fraude eleitoral. Mas nada que possa deixar pasma a dona-de-casa como no caso de Kennedy. Somos um pouco os historiógrafos da família desde o pai, e ele sabe disso. Temos tantas cartas na manga que ele com certeza nunca vai nos desafiar frontalmente. Veja bem, Clyde, Kennedy é um anticomunista convicto. McCarthy era padrinho dos filhos de Bob. Ele nunca se manifestou muito pelos direitos civis, e tenho a impressão de que evita os negros para não ganhar a antipatia do eleitorado branco do Sul. É verdade que se meteu na comissão do Senado contra as extorsões das gangues, mas é mais por postura que por verdadeira convicção. Quer agradar os operários, é bem natural, eles representam um número considerável de votos. Mas vai atacar a comissão se for eleito. Ele tem ainda mais motivos que outros para não mexer no lodo. Aposto que Kennedy na presidência vai ser para nós a sopa no mel que tivemos com a eleição de Eisenhower. Quanto ao cãozinho com cara de mau, Bobby, na verdade não vejo como Kennedy poderia lhe dar uma função importante após as eleições sem ser acusado de nepotismo. A eleição do irmão vai amansar a ferinha. Foi-se o tempo das cruzadas estéreis. Além do mais, sabe, nós conhecemos bem essa família. Só pensam em se reeleger. Bem mais que só se eleger. Na primeira vez, não sabem se esse sonho será realizado. Mas, na segunda, ganham confiança, então por que não recomeçar? E tornam-se de uma prudência ainda maior porque o medo do fracasso se multiplica por dez. Não ser eleito é simplesmente perder. Não ser reeleito é algo muito mais doloroso pela recusa que representa. Tudo o que temos de fazer por enquanto é dar a impressão a cada um dos candidatos de que favorecemos sua eleição.

Estávamos nesse ponto de nossa discussão enquanto caminhávamos pelo corredor comprido que desembocava na porta de saída do FBI. De repente, Edgar virou-se num pulo. Um de nossos agentes de nome Fisk, que trabalhava havia pouco tempo nos arquivos, encontrava-se bem atrás. Achei que Edgar ia pular no pescoço dele. O agente o olhava petrificado, seguro de que seu último dia no FBI havia chegado. Com o nariz a dez centímetros do de Fisk, Edgar berrou:

— Rapaz, dessa vez vou deixar passar porque você é novo aqui, mas esse comportamento colocaria qualquer outro em uma grande enrascada. Sabe do que estou falando?

— Não, senhor — respondeu o agente aterrorizado.

— Você não tem modos. Você ousou andar na minha sombra.

— Mas... senhor, eu não sabia...

— Como, não sabia? Você não tem juízo o bastante para compreender que não se anda na sombra do diretor?

— Sinceramente, lamento muito.

— É meu último aviso.

— Sinceramente, lamento muito, senhor diretor.

— Desapareça da minha vista.

Fisk acabava de ser transferido para Washington, um belo rapaz louro que fazia, diziam, um bom trabalho. Mas, visivelmente, ninguém o havia prevenido de que andar na sombra de Edgar era como andar no rastro do manto de arminho de um rei no dia de sua coroação.

Como toda vez que entrava numa cólera surda, o rosto de Edgar ficava muito vermelho, e ele precisava de alguns minutos para voltar à cor normal. Alguns dias após esse incidente anódino, Edgar teve um pequeno ataque cardíaco. Ficou muito abalado. Menos pelo alerta em si que pela consciência repentina de ser mortal. Era decerto hipocondríaco mas nunca nenhum sintoma sério viera corroborar seus temores. O mal-estar foi atribuído a um excesso de peso. Um regime e um pouco de atividade física lhe foram prescritos. Depois de certificar-se com uma segunda opinião, seguiu as instruções do médico ao pé da letra. Se Edgar podia muito bem tolerar estar com boa saúde quando os outros estavam doentes, o contrário não estava em questão. Decidiu, então, que todos os agentes do FBI estavam pesados demais, o que lhes prejudicava a eficiência, e obrigou-os a seguir um regime draconiano.

Entrever que podia desaparecer um dia — e não só do FBI — só fez reforçar algumas de suas obsessões. Edgar era traumatizado pelos riscos de agressões por micróbios. Um agente metido a engraçadinho afirmou nas suas costas que Edgar não passara 36 anos à frente do FBI como afirmava, mas apenas 18, pois passava a metade do tempo no toalete lavando as mãos. Edgar também proibiu climatização no escritório e em casa, pois via nisso um vetor de micróbios.

Apesar da evidente imoralidade que Kennedy demonstrava, Edgar lhe era tolerante, certamente por causa de sua posição em matéria de armamentos. Kennedy fustigava o governo Eisenhower por ter-se atrasado muito no desenvolvimento de mísseis e prometia um programa enérgico para pôr os Estados Unidos fora do alcance da União Soviética. Essa perspectiva o tranqüilizava. Se Nixon tivesse prometido a mesma coisa, Edgar não lhe teria dado o mesmo crédito. É o problema do ponto fraco de quem sai. Não se pode ficar oito anos no poder e afirmar que, daqui por diante, fará muito melhor.

21

Nossa estabilidade à frente do FBI nos proporcionava um real bem-estar subaproveitado por Edgar, que vivia atormentado por um sofrimento indizível e tão profundamente ancorado nele que mais uma vez ele acabou se perguntando, para minha grande surpresa, se não devia consultar um psicanalista. Edgar detestava essa gentalha que se dava o direito de brincar impunemente com o curso da moral. Durante muito tempo zombou daqueles que recorriam aos serviços dessa gente chamando-os de "nudistas", em referência ao striptease psicológico que lhe parecia contrário à idéia que ele tinha de uma certa virilidade de comportamento. A essa prevenção contra a intrusão de um estranho na sua intimidade mental acrescentava-se a má reputação dos psicólogos de todas as espécies no âmbito político. Muitos dos profissionais "psi" eram impregnados de idéias liberais. Em suma, Edgar achava que o mundo deles era um antro de comunistas, pois suas considerações deixavam uma via aberta e sem culpas para pensamentos subversivos.

* * *

Depois de adiar bastante, Edgar resolveu consultar um psicanalista que atendia numa clínica freqüentada pela alta sociedade de Washington. Sua escolha recaiu sobre um homem reputado pela discrição e não suspeito de simpatia comunista. A investigação preliminar sobre esse personagem levou algumas semanas e foi preciso ainda pelo menos dois meses antes que Edgar decidisse encontrá-lo. Falou-lhe de sofrimentos pessoais muito vagos pedindo-lhe para indicar alguém. O homem se propôs espontaneamente. Edgar lhe indicou que as consultas ocorreriam em seu próprio domicílio para evitar qualquer boato ligado às visitas repetidas a seu consultório. Não que seu sofrimento tivesse uma origem vergonhosa, mas as funções que exercia faziam dele um homem visado, e ele preferia não suscitar fofocas. Além dessa preocupação, Edgar escolhera a própria casa para estar seguro de que ninguém gravaria as conversas. Aliás, insistiu sistematicamente com o terapeuta para que tirasse o paletó na entrada, a pretexto de criar uma atmosfera mais relaxada. Edgar nunca me contou o teor das conversas que tiveram, como se a esfera que abordassem juntos fosse ainda mais privada que as nossas relações.

Edgar, por sua vez, nunca tirava o paletó, e todos suspeitavam de que tivesse sempre um gravador no bolso. O único que se permitiu retirar seu paletó foi Joseph McCarthy numa noite em que jantávamos em sua casa na companhia de Cohn. Eu nunca poderia imaginar que Edgar tivesse gravado cada uma das entrevistas com o terapeuta; no entanto, ele fez isso sistematicamente como se o paciente fosse outra pessoa, não ele. Não tenho explicação para essa atitude. Talvez pensasse justamente que o homem que conversava com o analista não fosse ele por inteiro. Curiosamente, não encontrei essas fitas na casa dele. Estavam classificadas como qualquer dossiê confidencial, em nome do médico, bem atrás da Srta. Gandy.

— O senhor entende que não me sinto muito à vontade para falar de mim. É um exercício que não me é muito natural.

— Entendo muito bem, Sr. Hoover. É uma iniciativa muito particular confessar aspectos de si mesmo tão íntimos a um terceiro quase desconhecido, mas é preciso passar por isso, é o preço para se sentir melhor pois todo o objetivo desta terapia é conhecer melhor a si mesmo e aceitar-se tal como é.

— Aceitar-me tal como sou? Mas... é o caso, parece-me.

— Não digo o contrário, senhor. Constato que o senhor decidiu consultar-me porque sofre de certos distúrbios nervosos, de estados de ansiedade que perturbam o curso normal da sua existência, de irritabilidade, de um sentimento difuso e opressivo de mal-estar.

— E não podemos resolver esses problemas com remédios?

— Temo que não. Em todo caso, não no momento. Seria prematuro enquanto eu não tiver identificado a origem dos seus distúrbios.

— E o que tenho de fazer?

— É bem simples. Vou lhe fazer certas perguntas que podem desorientá-lo. De imediato, o senhor não vai ver nem finalidade nem lógica. Essas perguntas vão me ajudar a discerni-lo melhor. A penetrar um campo desconhecido da sua mente, desconhecido até para o senhor, no qual estão alojadas as fontes dos seus males. Nessa fase, se o senhor quiser que continuemos em frente, será preciso responder-me com franqueza, ter total confiança em mim. Se lhe passar pela cabeça a idéia de não ser sincero, esse trabalho não vai servir para nada. Cabe ao senhor decidir.

— Pois bem! Tenho a total intenção de ser sincero, exceto se o senhor me fizer perguntas indiscretas.

— Na relação que vai ser a nossa, não existem perguntas indiscretas. Cabe ao senhor saber se o sofrimento que está vivendo é ou não mais forte que a sua capacidade de se abrir. Devemos combinar desde o início a natureza de nossa relação. Se o senhor não participar do jogo, é preferível não continuar. Não se pode operar o fígado sem abrir a barriga. É a mesma coisa em psicanálise. O senhor tem de abrir a mente; e, se não me autorizar a entrar nela, melhor ficarmos aqui.

— Certo, doutor, mas que fique bem claro entre nós que me reservo o direito de parar tudo a qualquer momento.

— Isso é com o senhor. Mas saiba que, se não levarmos o trabalho até o fim, o senhor não vai tirar proveito algum dele. Além desses distúrbios de que falamos há pouco, há algo que o importune particularmente, algo de que o senhor gostaria de me falar antes de começarmos?

— Não vejo nada... enfim, sim. Queria que falássemos de minha relação com as mulheres. As mulheres me acham muito sedutor mas tenho problemas de comunicação com elas, de relações.

— Para os quais o senhor tem explicações ou nem um pouco?

— Não, não tenho explicações elaboradas, constato que tenho um ideal feminino que coloco muito alto no meu coração, uma idéia da mulher muito virtuosa, uma visão muito absoluta.

— Aconteceu-lhe encontrar uma mulher que correspondesse a esses critérios?

— Sim, em duas oportunidades.

— E o que aconteceu?

— Em que plano?

— Quero falar de uma relação entre essas mulheres e o senhor.

— A primeira, eu ainda era jovem, deixou-me por outro homem.

— Deixou-o. O senhor quer dizer que tinham relações?

— Não relações no sentido em que de hábito se entende, havia só uma atração recíproca e promessas de construir algo.

— E o que o senhor sentiu quando ela foi embora?

— Uma enorme humilhação.

— E nada mais?

— Não, isto é, sim, para ser bem honesto, um grande alívio.

— Que o senhor explica como?

— Não explico. Eu fiquei aliviado.

— Bem. E a segunda mulher?

— Uma mulher formidável. Maravilhosa.

— Sem indiscrição, o que ela fazia?

— Ela é atriz. Ainda nos vemos.

— E, dessa vez, o que não funcionou?

— Ao contrário, tudo funcionou muito bem, o amor que existe entre nós é recíproco e muito forte.

— Tudo se passa portanto muito bem entre vocês dois, o que é que o preocupa?

— Não sei. Acho que a decepcionei um pouco.

— E por quê?

— Nossa convivência durou vários meses. Um dia, o que é bem normal, ela quis que fôssemos um pouco mais longe.

— Em que direção?

— Ela queria que fôssemos um pouco mais longe que um flerte, o senhor entende o que eu quero dizer?

— Entendo muito bem. E então?

— Recusei. Eu tinha uma imagem tão absoluta dessa mulher que não imaginava... como dizer, sujá-la.

— E o que aconteceu em seguida?

— Ela acabou se casando e mantenho relações muito amigáveis com ela e o marido. Passo muito tempo com eles.

— E o marido não vê inconveniente nisso?

— Que eu saiba, não. Ele me trata como um amigo, e sou muito gentil com eles, todas as semanas sem falta envio-lhe flores.

— Enquanto o senhor tinha uma relação, digamos, amorosa com essa mulher, aconteceu-lhe desejá-la?

— Ah não, eu a tinha alto demais em meu afeto.

— O que quer dizer que o senhor não tem desejo físico por uma mulher de quem o senhor gosta?

— Nenhum.

— E por outras mulheres?

— Hum...

— Preciso que me responda com sinceridade, Sr. Hoover, o senhor tem desejo por outras mulheres?

— Não.

— Sequer em representações que eu qualificaria de pornográficas, ainda que se trate de uma mulher que o senhor conheça em particular?

— Não creio.

— Ter certeza?

— Não sei. Eu gostaria de fazer uma pausa agora, sinto-me um pouco cansado.

— Acho que terminamos por hoje.

*

— Pensei muito nas conversas que tivemos nas últimas semanas. Nosso diálogo foi frutífero. O senhor nem sempre me respondeu com total sinceridade, mas as suas mentiras não me incomodaram. Posso até dizer que às vezes me ajudaram. O senhor espera que eu resolva os seus problemas, e isso é bem legítimo. Ou, em todo caso, o senhor espera que eu o alivie de uma carga que pesa sobre o curso normal da sua vida. Devo confessar-lhe que inicio a conversa de hoje com grande apreensão, que se deve menos ao que tenho a lhe dizer que ao meu temor pela maneira como o senhor vai perceber a minha análise. Queria primeiramente me explicar a esse respeito se o senhor me permitir. Vamos assistir, Sr. Hoover, ao confronto mais excepcional, único hoje, entre a doutrina de Freud e um dos mais eminentes representantes da moral vitoriana.

— O que o senhor quer dizer com isso?

— Quero dizer que, pelas funções que o senhor exerce sendo chefe da polícia federal, o senhor está entre os mais importantes guardiães da autoridade moral deste país. E que o confronto das suas pulsões íntimas com esse imenso poder moral está na origem dos seus distúrbios e de um certo desdobramento da personalidade, um conflito que produz os sofrimentos do esfacelamento.

— Acho que não estou entendendo, doutor.

— Vou tentar explicar, se o senhor me permitir. A moral sexual que prevalece em nossa civilização, herdada da Igreja, ditou regras de conduta que o senhor e eu conhecemos. Cada um é obrigado a cumprir a sua sexualidade num quadro rígido que é o do casamento monogâmico tendo, por objetivo final, a reprodução da nossa espécie. Nesse sentido, a moral que se inscreve numa parte do nosso cérebro erige-se em guardiã dos valores de nossa civilização e atua como agente de repressão contra toda pulsão que seria contrária às regras sociais. E, se essa autocensura não bastar, o senhor está bem colocado para saber que a própria sociedade se encarrega de repreender os deslizes. Existem, portanto, dois níveis de polícia: aquela que fazemos por nós mesmos e a outra, aquela de que o senhor está encarregado. Nossa própria polícia ergue-se contra as nossas pulsões com a força de um muro. Disso resultam distúrbios perturbadores de conseqüências mais ou menos dramáticas para o indivíduo conforme a força de suas pulsões e a história psicológica de cada um. O que é a idade adulta, Sr. Hoover? É o período de tempo que a natureza nos deu para compreender a nossa infância ou sofrê-la. No que lhe diz respeito, Sr. Hoover, direi que certos acontecimentos específicos da sua infância ocasionaram pulsões que, ao se chocarem com o muro da moral comum, se transformaram num imenso sofrimento que se deve basicamente à repressão das suas aspirações profundas. Ainda que o senhor não tenha querido me dizer de modo muito claro, compreendi que o seu pai era um homem fraco, vítima de uma doença mental que o deixou inválido e por fim o levou prematuramente. A sua mãe, portanto, ocupou o lugar dele. Ela é que mandava na casa, se posso me permitir, em proporções que abalaram fortemente a representação que o senhor tem de seus pais. O senhor nunca pôde admitir a própria natureza do sexo de sua mãe. Que uma mulher seja desprovida de pênis já é em si algo chocante para um menino, *a fortiori* se essa mulher se comportar como homem. A vagina torna-se, então, um órgão repugnante, o resultado de uma castração. Essa aversão transformou-se em repulsa. Na sua lógica, o sexo oposto e cobiçado não é o de uma mulher, mas o de sua mãe, que o senhor imagina com um pênis. O que explica o seu nojo por mulheres em geral e a sacralização de algumas, tornadas intocáveis. E explica também as fortes pulsões homossexuais que o senhor tenta reprimir num esforço que o esgota. O muro da moral que o senhor representa ergue-se contra a sua homossexualidade.

— Homossexualidade? Onde? Como? De que homossexualidade o senhor está falando? O senhor está me descrevendo como um perverso, doutor!

— Não entendo a palavra perverso no mesmo sentido que o senhor. Entendo por perversão que o seu desejo foi desviado de seu objetivo original, que é o sexo oposto. Mas não há nenhuma conotação moral nessa constatação. Para mim, é a civilização que é perversa, Sr. Hoover. É ela quem desvia os indivíduos de suas aspirações profundas. A única coisa que interessa a um terapeuta como eu é o sofrimento de seus pacientes. Caso não resulte nenhum comportamento desviante nem para seu autor nem para os outros, isso não me diz respeito. Fora isso, e sem o menor juízo de valor, ajudo meus pacientes a se aceitarem como são e a se acomodarem à sua diferença.

— Eu não pensava que existisse um homem mais subversivo que Marx e Lenin, doutor.

— Ele não existe mais, Sr. Hoover. Morreu no meio da guerra.

— Bom, é claro que refuto, ainda que não tenha entendido tudo, as suas alegações de homossexualidade. Se fosse o caso, eu não teria manifestado tal virulência em combater esses desvios que gangrenam a nossa sociedade. Estou um pouco decepcionado, doutor, entreguei-me de boa vontade a este jogo de investigação psicológica para me ver acusado sem prova dos delitos mais absurdos. Eu lhe falei de um problema que eu tinha com as mulheres que tenho por sagradas com as melhores das intenções, instalando-as num pedestal, e o senhor transforma essa atitude superior num desvio de assustadora vulgaridade, relegando-me ao nível zero da humanidade. Se esse Freud é de fato o mestre da sua ciência, doutor, ele deve ser colocado na categoria dos homens que ameaçam a América. Só faltava agora termos um partido freudo-marxista e o arsenal estaria completo. Bom, acho que devemos ficar por aqui. Evidentemente, não estou de acordo com a sua análise e espero que o senhor respeite os escrúpulos do segredo profissional. Vou acompanhá-lo até o seu escritório onde o senhor fará a gentileza de me entregar todas as suas notas a meu respeito. Caso lhe ocorra a idéia de deixar vazar as nossas conversas, saiba que tenho todas elas gravadas e que saberei apagar o que estabelecer vínculo comigo para só conservar as passagens que revelam o caráter eminentemente subversivo do seu trabalho. Bom, acho que é hora de ir. Uma última coisa que não lhe perdoarei nunca, a sua *soi-disant* psicanálise é igualzinha a um interrogatório. E saiba que nunca ninguém teve a audácia de interrogar desse jeito o diretor do FBI.

Edgar nunca teve tempo para fazer os cortes na gravação. É um trabalho que teria de ser feito com um técnico, o que apresentava um risco que ele não queria correr enquanto as circunstâncias não o exigissem.

Na época, ele me falou de umas dez sessões feitas com um terapeuta para vencer o mau humor. Dali concluíra que eram indivíduos incompetentes e perigosos para a sociedade. Jurou-me por seus deuses que nunca mais experimentaria aquilo de novo, e que ia mandar pôr o psicanalista sob escuta.

Na verdade, após um período de gelo com o terapeuta, ele retomou regularmente as sessões em absoluta discrição até pouco antes de morrer. É evidente que nunca atenuaram seu sofrimento, mas o simples fato de pensar que estava na via de uma melhora bastava para justificar a sua regularidade. Se não tivesse mais nada para sublimar, Edgar teria desabado feito uma marionete de madeira sem os fios. Certos edifícios antigos parecem desafiar as leis da gravidade. Quanto a eles, só sabemos de uma coisa: para compreendê-los, seria preciso desmontá-los, tendo no entanto a certeza de nunca mais poder colocá-los de pé.

22

Bob Kennedy nunca tivera a intenção de combater ele mesmo o crime organizado. O irmão John acabava de perder a corrida à vice-presidência, o que mostra, se necessário fosse, que tinha sorte. Se tivesse sido associado ao desastre de Stevenson nas presidenciais de 1956, sua carreira teria sido arruinada, atomizada em finas partículas disseminadas no céu da Nova Inglaterra. Bob se tornara a alma danada do irmão que não tinha nem a sua impetuosidade nem a sua determinação. A sós, John não se constrangia em criticar o "escoteirinho" que ralava além da conta por sua carreira e que o divertia com seu moralismo primário de carola irlandês. Depois da derrota de 1956, Bob buscava todos os meios para fazer John falar. Foi Clark Molenhoff, o correspondente do *Des Moines Registrer* em Washington, quem suou para convencê-lo a lutar por uma investigação do Senado sobre a extorsão praticada pelo crime nos sindicatos. Bob varrera a idéia com um gesto: "Ninguém nunca ouviu falar de Dave Beck nem de Jimmy Hoffa no país, não vejo que vantagem se poderia tirar disso." Mollenhoff insistiu alegando a notoriedade de Kefauver depois de sua grande investigação sobre as relações do crime organizado com o comércio interestadual. Bob cedeu e aceitou encontrar um jornalista investigativo do *Seattle Times*, que lhe mostrou provas documentais das sujeiras no sindicato dos caminhoneiros. Sobre a violência, Bob só conhecia a ardência do roçar dos lençóis de seda em sua pele quando se esmerava em fazer filhos na mulher. Com certeza não imaginava que um dirigente sindicalista que não quisera dobrar-se à lei dos caminhoneiros pudesse ir parar no hospital, moído de golpes, com um pepino no reto e uma etiqueta em volta do pescoço na qual se lia: "Na próxima vez vai ser um melão." Depois de ter entrado em contato com ele, Bob passou para a minha categoria de "iluminados": uma gente que, por não saber o que fazer da vida, descobre uma causa que lhes parece nobre e mergulham nela. A característica principal no arsenal do iluminado é aquele olhar de cão raivoso que não consente mais em considerar a horda dos mortais sem convicção. Bob recebeu um relatório preciso sobre as infiltrações da Máfia nas organizações sindicais e conseguiu convencer o senador McClellan a criar uma comissão senatorial de investigação sobre as práticas desonestas das organizações sindicais e patronais, composta de dois colégios de quatro membros. John foi admitido com a ajuda no colégio sindical, e a Bob foram confiados todos os poderes de investigação por McClellan, com a ajuda de juristas e investigadores. Essa comissão ia se tornar o viveiro da equipe Kennedy.

Edgar e eu subestimamos a importância que essa comissão assumiria. Seus efetivos chegariam às centenas, dentre eles um ex-agente do FBI, Sheridan, e jornalistas como Guthman,

Salinger e Seigenthaler. Nunca uma equipe como essa fora reunida no Capitólio. Mas tínhamos apostado que aquela efervescência se apagaria uma vez Kennedy eleito, se tivesse de sê-lo. E, se John não o fosse, contávamos com Nixon para abafar a chama.

Joe só soube de tudo quando a comissão já era fato consumado, como mostra a gravação de uma conversa com John sobre o assunto:

— John, não me diga que você é cúmplice dessa operação suicida!

— Não sou cúmplice, mas Bob gosta das causas generosas. Ele precisa encontrar o caminho dele, sair um pouco da minha sombra.

— É loucura. Ele não sabe quem vai encontrar pela frente. Aqueles caras não são crianças de boas famílias WASP de Boston. São capazes de liquidar com vocês. Onde é que ele acha que está? Numa partida de beisebol da liga juvenil? Como ele pôde fazer uma coisa dessas? Vai colocar todos os sindicatos nas suas costas. É uma catástrofe para as presidenciais. É muita falta de jeito. Os republicanos, que são mais ligados aos *mobsters* que os democratas, vão tomar isso como um ataque direto. Não vão ficar parados. O seu irmão está estragando as suas ambições. Como você deixa ele se meter numa coisa dessas? Ele não tem forças para isso. Quis atacar Beck? Muito bem. Beck deve ter se virado, claro. Mas só isso. Com outros, vai ser outra conversa. Quando ele estiver diante de Hoffa, vai ver que são outros quinhentos. Hoffa não está só. Atrás dele está a metade da Itália. Giancana não vai deixar Hoffa cair. Vocês estão em maus lençóis, meninos. Além disso, vão incomodar

Hoover, sobretudo se ele achar que essa comissão vai atrapalhar seus amigos republicanos. Ele nunca quis enfiar o nariz ali e com razão. Existem outras prioridades neste país. Você não podia ter deixado o seu irmão agir assim, nunca. Mas por que diabo você o incentivou a tomar esse caminho?

— Eu já lhe disse. Bob precisa criar sua identidade própria. E mostrar, à maneira dele, que pode se desvencilhar de uma certa... herança familiar. Por outro lado, desde a hisótia de Kefauver, sabemos o que esse tipo de iniciativa rende do ponto de vista eleitoral.

— Dito assim, parece fácil demais.

— Não acho que seja tão ruim quanto você pensa. Vai ser excelente para a nossa reputação. Não incentivei Bob a fazer isso, mas, pensando bem, essa iniciativa apresenta boas vantagens. Uma maneira sem erro de nos distanciar do mundo do crime. Será muito favorável para a minha imagem junto aos trabalhadores, os não graduados que sufocam no sistema.

— Quem você está achando que é, John, um homem de esquerda?

— Não sou de esquerda, você sabe disso muito bem, sou simplesmente realista. Mas sempre vou ser tão audacioso quanto desejar. Não quero uniforme. Temos de ganhar essas eleições.

— Mas você não precisa desse estardalhaço. Esses caras não vão esquecer você assim, John.

— Se a eleição fosse hoje, Nixon teria 53% e eu 47%.

— Você já tem a sua imagem. Ninguém atrai mais gente que você quando anunciam a sua vinda a uma festa. Nem mesmo gente como James Stewart e Gary Cooper mobiliza tanto.

— Imagem não é tudo. Sei que me vendem como uma marca de sabão em pó, mas isso não basta. Preciso do apoio dos trabalhadores. Só vou conseguir com um programa de verdade. Não posso me limitar a ser um símbolo. Quero mais consistência.

— Estou lhes dizendo, meninos, vocês não escolheram o melhor meio. Essas caras nunca perdoam, são a encarnação do rancor. Não gosto da abordagem de Bobby. Ele faz disso um problema moral. Mas nunca tivemos moralistas na família. Se ele quer fazer o bem, que junte suas coisas e vá ser missionário na África central, porra!

— Vamos deixar tudo bem claro. Você financia e mobiliza os seus velhos amigos, como sabe fazer tão bem, e deixa a política conosco. Nunca chegaremos lá se os quatro homens desta família cuidarem das mesmas coisas. Vamos nos atropelar. Quanto a Bobby, não pense que ele me diverte berrando no meu ouvido a campanha inteira com sua falação de gago saído da gripe e sua força de herói de desenho animado. Mas sei que não vai me trair nunca, e é o único. Sei também que ele sabe usar dez vezes mais energia que qualquer homem com a saúde perfeita. Será uma eleição muito apertada que vai se decidir na melhor das hipóteses por alguns milhares de votos. Se não assumirmos riscos, vamos perder. Tudo o que Bobby puder arrumar sobre as relações entre os *mobsters* e os republicanos já é munição para bloquear uma campanha caluniosa sobre o meu estado de saúde e outros assuntos desagradáveis. Quanto a Hoover, faremos tudo para incluir a participação dele, mas se ele continuar resistindo, será então a hora de encontrar as razões de suas reticências em combater o crime organizado.

— Pode me dizer o que quiser, John, mas vocês se meteram numa furada.

— Não se preocupe, está tudo sob controle.

— Estou lhe dizendo, John, esses caras não hesitarão em colocar duzentos quilos de explosivo ao lado do seu jornal e do seu litro de leite, no capacho, numa bela manhã. Vocês não sabem onde estão se metendo.

— Não se preocupe, se perceber que Bobby está indo longe demais, eu lhe dou o alarme.

Começou então para John um verdadeiro trabalho de formiga. Sempre se disse que ele ganhou graças à televisão. É certo que, alguns anos antes, no tempo em que o rádio reinava no país, sem dúvida alguma teria perdido as eleições. Podia reclamar da voz de Bobby, mas a dele não era muito melhor, apenas mais pausada. De todo modo, estava bem distante da quente tonalidade do timbre de Roosevelt, que destilava a doce melodia do New Deal até nos enclaves mais esquecidos do país. Mesmo comparada com a de Nixon, mais grave e mais vigorosa, ele teria perdido a partida. Porém, na televisão, Nixon tinha a atitude um pouco desesperada de uma raposa que acaba de deixar escapar a terceira galinha do dia, ao passo que John dava a sensação de encarnar o futuro do país, o início de uma era nova. Qual, era difícil dizer. Fisicamente, John tinha uma vantagem decisiva: outrora magricela, ganhara corpo com os anos graças à cortisona que tomava para tratar a doença de Addison. Mais uma vez, transformara uma fraqueza em vantagem.

A pressão comunista intensificava-se longe e perto de nós, em Cuba. Nada mudava nas prioridades, mas o belo menino lhes dava um pouco de ar. Ele poderia ter-se contentado com uma performance de ator já que fora assim que entrara na política. Mas teve o faro de não desprezar a América do interior, aquela que faz parte de um mito subaproveitado. Fez mais que isso. Fez com que o país se aproximasse de fato daquele personagem preto e branco estriado de parasitas que a televisão tornara uma estrela. Por exemplo, vinha visitar mineiros debaixo de um frio de rachar, convencendo-os de que se importava com eles, respondendo com sinceridade a questões às vezes desconcertantes feitas por homens cansados e vividos. Como este velho mineiro que lhe perguntou:

— É verdade que o seu pai é um dos homens mais ricos dos Estados Unidos?

— Acho que sim.

— É verdade que nunca lhe faltou nada e que sempre lhe deram tudo de que precisava?

— Sim, infelizmente o senhor tem razão.

— É verdade que nunca trabalhou com as mãos?

— É verdade.

— Então, quer saber do que mais, pois bem! O senhor não perdeu nada.

John tinha jeito para o negócio mas não mentia com a naturalidade dos concorrentes. Suas viagens pela América espectadora de seus mitos ajudaram muito a torná-lo popular. Em outros lugares, passaram a gostar dele pelas razões erradas. Enquanto a "velha coruja" Eleanor Roosevelt, sempre valente, censurava-o na cara e em público por sua atitude ambígua durante o "terror do macarthismo", os intelectuais liberais tomavam-se de súbita afeição pelo homem que parecia apresentar uma alternativa, ainda que mal definida. Franklin Roosevelt Jr., sem se preocupar com a posição resolutamente hostil de sua mãe a John, pôs suas qualidades de sósia do pai a seu serviço, despertando o espectro do comandante que salvara os pobres de uma errância miserável. Os protestantes queriam garantias. Kennedy ia receber ordens do papa e aproveitar para operar a separação da Igreja e do Estado? Ele tranqüilizou a todos que pôde. Os católicos tampouco deixaram de votar nele. À exceção da Igreja que, apesar das generosas doações, lhe virou as costas. Com as vestes sacerdotais, o cardeal Spellman não hesitou em descer a Quinta Avenida no carro do candidato Nixon e receber sua porção de aplausos. Usando das amizades de Bobby na magistratura, John mandou tirar Martin Luther King da prisão onde arriscava ser morto. Fora para lá enviado por quatro meses após uma manifestação pacífica. Publicamente, John nunca o apoiou, apenas fez com que sua responsabilidade na libertação fosse conhecida no interior da comunidade negra. Assim, obteve sua simpatia à boca pequena, sem perder a dos eleitores do Sul que não abriam mão na questão dos negros. Os judeus, sem rancor contra sua família, votaram em massa nele.

No dia das eleições, John encontrava-se na companhia de Cornelius Ryan, o homem que escreveu *O dia D*. "Sinto-me como um soldado aliado na véspera do desembarque", confiara ele ao escritor. Às 19h15, o computador da CBS anunciava a vitória de Nixon. John deu uma tragada no charuto e soltou a fumaça ao mesmo tempo que um som que dizia:

"Esse computador está pirado." Uma hora mais tarde, o computador lhe dava a maioria. Foi deitar-se sem saber os números finais, dizendo aos assessores: "É preciso experimentar este momento. Aquele em que não se pode fazer mais nada e que ainda não é o dos lamentos." Levantou-se às 9 horas, já presidente. Saiu para passear na praia enquanto esperava a proclamação oficial de sua eleição. Uns sujeitos de preto o cercavam.

— Quem são estes caras?

— Homens do serviço secreto, senhor presidente.

— Pode me chamar de *prez*, meu rapaz. Mas diga-me, eles vão ficar grudados em mim desse jeito durante quatro anos?

Entre os homens de sua guarda pessoal, eu havia colocado um dos nossos elementos.

23

Caro John Edgar,

Acho que me tornei cínico demais ao envelhecer, mas creio que os dois únicos políticos de hoje aos quais eu daria crédito chamam-se ambos Hoover, um de prenome John Edgar e o outro Herbert. Estou orgulhoso porque ambos têm uma certa estima por mim... Ouvi Walter Winchell mencionar o seu nome como o de um eventual candidato à presidência. Se isso devesse acontecer, seria a coisa mais maravilhosa para os Estados Unidos. E que você se apresente sob o rótulo republicano ou democrata, eu lhe garanto a mais ampla contribuição que você puder esperar de quem quer que seja, e a ação mais eficaz por parte de um democrata ou de um republicano. Os Estados Unidos merecem você, e só posso esperar que seja o caso.

Com meus melhores sentimentos.

Joe Kennedy

Ao terminar de ler a carta emoldurada na parede perto da escrivaninha, Bob voltou-se para Edgar com um meio sorriso circunspecto. Edgar lhe devolveu o sorriso com uma explicação, para sua surpresa:

— É um dos mais belos testemunhos de reconhecimento da ação que comandei à frente do Bureau. Vindo de seu pai, só tem mais valor. Foi antes das eleições de 1956, quando seu irmão foi candidato derrotado à vice-presidência.

— E por que o senhor não levou a sério essa hipótese?

— Veja bem, Bob, não sou um homem de poder. Gosto de servir o Estado, e fico feliz de poder gozar de longevidade nesse domínio, mas não tenho gosto pela política e seus compromissos. Sou antes de tudo um policial, o constante guardião dos valores deste país, e me contento com isso. Além disso, não tenho a fortuna pessoal que me teria permitido financiar longas campanhas, nem o gosto pelos arranjos para consegui-las. É isso, mas, vindo de seu pai, é um belo elogio que guardo para que todos vejam. Gosto muito do seu pai. Sempre trabalhamos em boa inteligência e creio poder dizer que somos próximos um do outro. E o senhor sabe tão bem como eu que poucas pessoas podem dizer o mesmo. É uma garantia de perfeita cumplicidade. Devo lhe confessar que fiquei muito feliz com a eleição de seu irmão. Ele vai insuflar um novo impulso a este país e sei que temos as mesmas prioridades. Acho que é uma idéia brilhante ter tomado Lyndon Baines Johnson como vice-presidente. Fico igualmente muito lisonjeado que o senhor tenha desejado me ver. Em que lhe posso ser útil?

— Por recomendação de meu pai, vim consultá-lo. Sei que a sua sabedoria e a sua experiência fazem do senhor um precioso conselheiro. Pois então, meu irmão pôs na cabeça a idéia de me nomear ministro da Justiça. Faz questão absoluta. Resisto à idéia porque não gostaria que nos censurassem por transformar essa eleição em assunto de família. Vim simplesmente consultá-lo para saber se o senhor pensa que uma nomeação como essa seria uma boa idéia ou não.

— O senhor me pegou meio desprevenido, Bob, mas se este é o desejo do presidente e de seu pai, afinal, por que não? É claro que seria a primeira vez que o binômio presidente/ministro da Justiça seria oriundo de uma mesma família, mas isso não me choca. O que conta é que o senhor tem as qualidades requeridas para a função. Em todo caso, fico muito comovido por o senhor ter solicitado a minha opinião. Penso que faremos uma dupla maravilhosa, o ardor da sua idade e a experiência da minha vão muito naturalmente se aliar.

Ao deixar o escritório de Edgar, Bob Kennedy passou por mim e me cumprimentou com desdém. Tinha aquele passo meio curto de jovens diplomados que se perguntam se de fato merecem o reconhecimento que a universidade lhes conferiu, além da cabeleira emaranhada tanto pelo vento quanto pela mão que tentou sem jeito pôr ordem nela. Um terno que parecia não ter sido tirado para dormir e uma triste gravata asfixiada por um nó apertado demais complementavam a expressão de um homem que se serve de uma aparente força para sufocar uma incontestável vulnerabilidade. Maneiras de adolescente humilhado que busca a sua via.

Ao entrar no escritório de Edgar, encontrei-o sorridente, relaxado e quase inofensivo, uma atitude tão rara nele que só uma imensa satisfação podia estar na origem daquilo.

— Os tempos mudam, meu caro Clyde.

— E por quê?

— Há alguns anos, impunham-me um ministro da Justiça. Hoje, pedem-me para aceitá-lo.

— O que Bob Kennedy queria?

— Grande irmão e papai querido insistem para que ele pegue o Ministério da Justiça. E, em sua grande perturbação, este adorável menino veio pedir a minha opinião.

— E o que você respondeu?

— Que será com grande prazer. Se lhe apertassem o nariz, sairia leite. Ele não conhece muita coisa de direito, não tem outra experiência senão a caça aos caminhoneiros e é irmão do presidente. Não vai ser simples para ele. Vão lhe dar brinquedos e sentá-lo num canto do tapete. E farão o trabalho para ele.

— É sério?

— Creio que sim. A propósito, já temos um dossiê aberto no nome dele, ou julgamos que era jovem demais para entrar no clube dos grandes?

— Temos um dossiê, mas bem pequeno. O que aliás me espanta, pois ele não nos poupou durante suas atividades no comitê McClellan. Mas você dizia que não passava de um cão que latia sem consistência.

— Temos que alimentá-lo. Quais são as fraquezas dele? Mulheres, homens, bebida?

— Acho que não.

— Pois bem, se não temos nada para segurá-lo, o resto da família proverá. Temos, portanto, um modelo de Kennedy sóbrio e casto. É bem raro, parece-me. Se sobrevivermos a ele, será preciso empalhá-lo. Esse jovem é uma verdadeira peça de coleção. Espero que desta vez Joe fique de olho nele, saberei lembrar-lhe isso. De qualquer maneira, será sempre menos perigoso perto de nós. Mesmo assim, tenho a impressão de que o grande irmão o pôs ali para nos espiar. "O tiro saiu pela culatra." Estou um pouco envergonhado, meu bom Clyde, eu estava acostumado a ter diante de mim adversários mais consistentes e mais experientes. Parece-me que John acha que estamos envelhecendo, você não acha?

Um de nossos informantes, que não teve muita dificuldade para coletar a informação que foi servida a muitos convivas, contou-nos que, no jantar de 20 de janeiro, o presidente Kennedy brincava alegremente a respeito da nomeação do irmão.

— Realmente não entendo por que as pessoas estão tão furiosas por eu ter nomeado Bobby ministro da Justiça. Só quero que ele tenha um pouco de experiência com o direito de praticar.

No final do jantar oficial, um Bob raivoso abordou "o grande irmão" de punhos fechados:

— John, você não deveria ter dito uma coisa dessas sobre mim!

— Bobby, você não entende. Em política, é preciso saber rir de si próprio.

— Não era de si mesmo que você estava rindo, era de mim.

Se fôssemos mais jovens, talvez tivéssemos conseguido nos adaptar à chegada desse encrenqueiro e sua equipe que representavam a própria essência da "Nova Fronteira", uma geração que justificava sua arrogância com façanhas cumpridas durante a última guerra. Intelectuais progressistas que se davam ares de combatentes. Robert chegara tarde demais na guerra e na Marinha para dali esperar outra coisa além de um passeio de navio. Mas gostava de heróis, como todos os filhos de família que buscam dar sentido à existência. O rapaz polido que viera consultar Edgar logo se transformou em filhinho de rico mal educado. As primeiras semanas de nossa convivência se passaram num clima execrável. O jovem tímido e pouco seguro de si que viera pedir conselho a Edgar no papel do velho tio experiente virou, em poucos dias, um personagem desprezível, arrogante, desdenhoso e gozador. Instalou a mesquinharia como palavra mestra de nossas relações.

Edgar gostava de ser o primeiro a acender as luzes do ministério de manhã, um cerimonial ao qual se prestava havia 36 anos. Fazendo jus à juventude e à impetuosidade, Bob chegava mais cedo que Edgar de manhã. Embora o sentinela lhe tivesse dito claramente que o diretor gostava de acionar os interruptores, ele não levou isso em conta e obstinou-se em fazê-lo sem o menor respeito por nossas tradições.

Edgar imediatamente replicou mandando incluir nas explicações do guia do ministério, que diariamente mostrava o prédio às tropas de interioranos embasbacados por entrarem no santuário do "Deus Hoover", a seguinte frase: "O diretor Hoover assumiu as suas funções à frente do FBI um ano antes do nascimento de nosso atual ministro da Justiça." Bob não hesitou em abusar de sua autoridade para mandar sumir com aquelas poucas palavras que apenas traduziam um fato.

Edgar mandou igualmente acrescentar algumas palavras ao discurso de boas-vindas aos novos agentes: o Bureau os felicitava por terem tido êxito onde 36 milhões de candidatos tinham fracassado ao longo dos anos, entre eles duas personalidades: o antigo vice-presidente Nixon, considerado pouco agressivo, e o atual ministro da Justiça, julgado em seu tempo "um pouco seguro demais de si".

Edgar obteve uma primeira vitória quando Bob deu marcha-a-ré depois de ter sido recusado na sala de ginástica do ministério. O encarregado lhe pregou uma mentira, dizendo que era reservada aos valorosos agentes do FBI feridos em exercício ou por disposição expressa do diretor. Robert não fez o pedido.

Tudo em suas maneiras transpirava provocação. O modo como arregaçava as mangas, como deixava aberto o colarinho da camisa para trabalhar, isso quando a gravata não ia parar num encosto de sofá. A "Nova Fronteira" se abria sob o signo da falta de decoro na indumentária.

Era de se lamentar o desprezo que Bob tinha pela hierarquia e os costumes, certamente devido a uma educação falha e à falta de estrutura daquela família em que o pai se destacava por suas ausências.

Às vezes corria para o escritório de Edgar sem se fazer anunciar pela secretária. Uma vez surpreendeu Edgar descansando de olhos fechados e daí concluiu apressadamente que o diretor fazia a sesta todas as tardes, uma atividade compreensível na sua idade. Desse incidente fez uma piada que circulou pelo ministério: "Se quiser ter vida longa na política, um conselho: durma e vá ao banheiro sempre que tiver uns minutos livres, mas não seja Hoover, não faça os dois ao mesmo tempo." Tampouco hesitava em contornar Edgar para dirigir-se diretamente a alguns de nossos agentes, uma prática absolutamente proscrita de nossas regras internas. Mil outras de suas atitudes tornaram-no antipático para nós. Bob tinha um cão, um enorme labrador de nome Brumus. Tinha em comum com Edgar o amor pelos cães, uma qualidade que deveria tê-los aproximado. Bob decidiu levar o cão para o escritório pois temia que Brumus sentisse a sua falta durante as longas jornadas de trabalho. Edgar mandou procurarem um texto que proibia a entrada de cães no ministério. Não existia. Um dia, Bob se permitiu entrar no escritório de Edgar acompanhado do bicho, que mijou em dois dos quatro pés da escrivaninha do diretor. Ele multiplicava os comportamentos inadmissíveis. Mandara pendurar na parede um alvo para lançar flechas a fim de relaxar nos grandes momentos de tensão. Como costumava errar o alvo, Edgar observou-lhe que estava estragando as paredes e, portanto, o bem público. Ele não levou em conta. Mas a atitude com que se deleitava sem cansar era, como acreditamos, a mais ofensiva. Quando nos recebia atrás da escrivaninha, afundava na poltrona e colocava os pés na mesa. Seu rosto desaparecia, só deixando à nossa vista duas solas gastas de estudante duro, mexendo-se feito duas mãos de marionete num teatrinho infantil.

Também sabia usar as palavras para ferir. Manifestou sua profunda inimizade em uma observação, quando tive que me ausentar por vários dias para uma operação cirúrgica: "O velho Tolson foi operado de quê? Não pode ter sido uma histerectomia?"

Odiei Bob, por sua maldade gratuita, seus sarcasmos repetidos, suas alusões incessantes a nossa pretensa senilidade. Ele recomendava a seus homens que fossem pacientes conosco, considerando a nossa idade e o pouco tempo que nos restava à frente do FBI: "A única pergunta que John e eu nos fazemos é saber se botamos para fora o velho casal antes ou depois das próximas eleições. Uma aposentadoria bem merecida." Ethel, esposa de Bob, contribuía igualmente para manter o boato sobre nossa provável saída ao mencionar a substituição iminente de Edgar por Parker, chefe da polícia de Los Angeles, nosso grande inimigo. Mas a tensão atingiu seu paroxismo quando Bob mandou diminuir a velocidade de seu elevador privado. Convencido de que cada sala do ministério estava sob escuta, decidira que aquele lugar seria o de suas conversas confidenciais com os assessores mais próximos. Era nos conhecer mal. Nenhuma conversa nos escapou. Ao se dar conta disso, Bob correu ver o "grande irmão", que o aconselhou a ter paciência, uma qualidade que não era natural naquele rapaz impetuoso. O presidente sabia que um conflito com Edgar era inútil; mas, quanto às informações que detínhamos sobre ele, tinha esta frase premonitória: "Enquanto eu estiver vivo, ele não ousará usá-las. E quando, um dia, eu morrer, quem vai se preocupar com isso?" Tanto Edgar como eu sabíamos que Kennedy não correria nunca o risco de nos exonerar antes da reeleição com a qual contava em 1964. Era preciso agüentar até ali, naquela atmosfera de assédio, de vexames, de ironia acerba. Bob nos subestimava. É um fato. Não penso que ele jamais tenha tido a idéia, nem por um instante, de que poderíamos um dia fazer com que lamentasse seu orgulho, esse pecado que ele praticava como um cego a despeito da fé de que se gabava demais para que fosse honesta. Em sua relação conosco, era de total imoralidade. Enquanto aguardavam o desfecho, já que se tratava de um desfecho, as duas partes fizeram um acordo tácito quanto a passar para os outros a imagem de uma boa harmonia. Edgar decidira adotar a estratégia estática da rã dos Everglade. Semi-imersa, imóvel no mato alto, o olhar fixo e sem vida, ela não se autoriza o menor frêmito à aproximação da presa, engolida num milésimo de segundo para depois retomar sua postura de estátua inofensiva.

Eu estava assistindo à primeira reunião de trabalho entre a Justiça e o FBI a fim de definir objetivos claros para o mandato em curso. Acompanhava Edgar, e Robert trouxera consigo seu assessor mais próximo. Uma espécie de reunião restrita à cúpula.

— Vou precisar de vocês para cumprir minha missão, Edgar. Provavelmente mais que os seus predecessores. Tenho duas grandes ambições, a luta contra o crime organizado e o desenvolvimento dos direitos civis. É sobretudo na luta contra a extorsão e contra o crime em geral que o FBI é indispensável. Vocês têm o poder de investigação, e eu, o de processo judiciário. Sei que nisso vocês têm sido de uma inércia excepcional, mas acho que chegou o momento de o FBI enterrar de vez essa idéia de que o crime organizado é uma ficção.

— Se me permite, Sr. Kennedy, parece-me que colaboramos de maneira bem generosa com o seu trabalho, quando o senhor dirigia a comissão do senado contra a extorsão. Os trabalhos da comissão prosseguiram de 1956 a 1959 e não vejo, que eu saiba, condenação de mafioso que dê crédito à sua tese, ainda que eu não negue a existência dessas organizações. Veja bem, sou mais reticente em lhes dar uma importância que exigiria o total esforço dos nossos meios.

— Sr. Hoover, ao visitar a sua agência de Nova York, notei que quatrocentos dos seus agentes trabalham na luta contra o comunismo e apenas dez na luta contra o crime. Pedi-lhes que abrissem os dossiês de que dispunham sobre a Máfia. Mostraram-me com muito orgulho. E o que havia dentro? Recortes de jornais. Sr. Hoover, não creio que o senhor possa me taxar de indulgência para com o comunismo, eu mesmo trabalhei para a comissão McCarthy e ainda apoiei o homem quando todos, o senhor inclusive, o haviam largado. Mas o comunismo não é mais uma ameaça. Penso que, entre os membros do partido comunista, que neste país são uma meia dúzia, existem mais dedos-duros do FBI que verdadeiros militantes. Temos que acabar com esse mito no interior da organização, sem deixar de lado a questão das redes de espionagem. Mas a espionagem não é o seu trabalho. É o da CIA. O FBI deveria concentrar-se em seu trabalho de polícia e de investigação em vez de gastar inutilmente sua energia e seu orçamento fazendo vigilância política.

— Entendo muito bem, Sr. Kennedy, mas acho que a sua percepção de nossa ação contra o crime organizado não é inteiramente justa. Temos em nosso poder um sem-número de gravações de conversas que mostram que o nosso interesse pelo assunto é muito real. Aliás, pedi a meu adjunto Clyde Tolson para trazer um gravador. Podemos escutar uma dessas gravações, se o senhor desejar, que lhe dará o teor das informações que costumamos recolher.

— Por que não?

Apertei o botão do gravador e ouvimos então:

Você sabe como a gente apagou aquele filho-da-puta do William "Action" Jackson? Acho que a gente fez tudo, com muita paciência, para ele entender que era um verdadeiro filho-da-puta, um veadinho sem-vergonha, e que a gente não gostou de descobrir que ele era um dedo-duro do FBI. Ele nunca confessou mesmo, mas a gente aplicou a dose, e às vezes eu fico me perguntando se a gente não pegou o cara errado. Mas se era o cara errado, é melhor que a gente tivesse ficado na dúvida, sem saber se aquele filho-da-mãe estava contando tudo o que a gente fazia para os federais feito um menininho que vai chorar junto da tia. A gente serviu ao cara o cardápio completo, reservado aos convidados de honra. Você vai ver o número de pratos. Esse cara teve direito a um dos maiores banquetes da nossa história. Primeiro a gente empalou ele com um gancho de açougueiro. Em seguida, derramamos água fervendo, depois a gente trabalhou na zona pubiana com um ferro de soldar. A gente separou as principais articulações com uma picareta de gelo. Aí, demos um descanso. O cara berrava feito um porco. A gente voltou a cozinhar ele com uma lamparina antes de queimar o pau dele. Acredite em mim se quiser: depois disso tudo o sujeito ainda estava vivo. Então, a gente quebrou o que ele ainda tinha de osso com um bastão de beisebol. Aí, ele ficou menos fresco, mas é incrível a resistência humana: os olhos dele ainda mexiam. Então, dei um tiro de 9 milímetros em cada um dos pés e em cada uma das mãos para que ele ficasse um pouco com uma cara de Cristo versão moderna. Deixamos ele lá com seus pensamentos sobre o sentido da vida.

Kennedy cobriu o lábio inferior com o lábio superior, tamborilou rapidamente sobre a escrivaninha e levantou-se num salto:

— Chega!

Enquanto nos levantávamos ao mesmo tempo que seu assessor, vi que Edgar se aproximava dele para lhe murmurar:

— O senhor me concederia uma entrevista a sós, Sr. Kennedy, se por acaso a sua agenda o permitir?

— Posso lhe dedicar uns 15 minutos. Acha que basta?

— Penso que sim.

— Onde o senhor quer conversar comigo?

— Pode ser no seu escritório, se o senhor não se importar.

— Não é uma boa idéia, não vou poder responder o que quiser. Imagino que essa conversa não precisa figurar nos arquivos do FBI.

— O senhor tem razão.

— Então, vamos até o subsolo do ministério. Lá o senhor não mandou rechear, mandou?

— Posso lhe garantir que não mandei grampear o seu escritório. Mas não posso dizer o mesmo pela CIA: essa gente não tem a nossa ética!

Não assisti a essa entrevista, mas Edgar restituiu-me seu teor exato. Ele gostava de passar várias vezes o filme de uma afronta que virara a seu favor.

— Pedi esta curta entrevista confidencial para lhe comunicar informações que não foram levadas ao seu conhecimento.

— Sobre que assunto?

— O assunto que nos interessa agora, o crime organizado. O senhor me deixou embaraçado há pouco, mas proibi-me, é claro, de divulgar um certo número de fatos para a minha defesa. Por outro lado, deixar de mencioná-los poderia expor o senhor a situações desconfortáveis, o que desejo evitar.

— Então, vamos lá.

— Talvez o senhor saiba que corre à boca pequena que a eleição do seu irmão teria sido roubada em vários estados, principalmente Illinois. São fofocas de republicanos insatisfeitos, e ainda que comecem logo a investigação, creio que não chegarão a muita coisa. Nem o candidato Nixon deseja manifestar-se, com medo de passar por mau perdedor. Além disso, sabemos, tanto um como o outro, que não existe exemplo em nosso país de resultados que não tenham sido um pouco manipulados. Bom, isso tudo não passaria de boatos maldosos se o FBI não tivesse, ao contrário do que o senhor alegou, feito perfeitamente o seu trabalho como de costume. Durante o controle de identidade nos Apalaches, houve a descoberta da existência de uma organização que agrupava os diversos... como dizer... os diversos responsáveis por atividades mais ou menos paralelas. A serviço da busca da verdade, o FBI disponibilizou meios excepcionais que me permitiram instalar escutas nos principais centros de comando da organização em Chicago e prestar ouvido, com espantosa precisão, às atividades de Sam Giancana, que foi, se as minhas lembranças são boas, um dos seus principais inimigos quando o senhor trabalhava no comitê McClellan. Lembro-me até de uma troca de palavras bem cortante entre os dois: o senhor o havia xingado de mulherzinha porque ele se recusou a responder às suas perguntas, colocando-se sob a proteção da quinta emenda. Sei que o seu tempo é contado, Sr. Kennedy, então vou tentar ir direto ao objetivo. Essas gravações não têm nenhum valor jurídico pois foram obtidas sem o aval da justiça; no entanto, estão aí. E o que dizem? Revelam a existência de dois encontros entre Sam Giancana e o seu pai, um antes das primárias e outro antes das eleições. Esses encontros não foram confirmados, mas duas fontes dignas de confiança, cujos testemunhos coincidem, permitiram reconstituir as palavras trocadas. Frank Sinatra, cujos laços muito amigáveis com Sam Giancana são conhecidos, é a primeira dessas fontes. Sinatra não é homem de inventar fábulas. Em todo caso é o que me dizem dele, mas o nosso presidente, que o conhece pessoalmente, com certeza seria capaz de confirmar isso. Outra pessoa veio relatar os termos da conversa, Humphreys, braço direito de Giancana e que seria há muito tempo o chefe de Illinois em seu lugar se não tivesse a infelicidade de ser irlandês num mundo de italianos. Tanto um como outro afirmam que a conversa girou sobre compras diretas de votos e a intervenção de Giancana junto aos sindicatos para que os membros votassem em Kennedy. Humphreys afirma, numa conversa gravada à sua revelia, que Giancana prestou todo o apoio da organização ao seu irmão, mediante a promessa de que o presidente e o senhor mesmo iriam relaxar a pressão sobre eles; apenas reproduzo o que foi dito. Aliás, tenho uma declaração da mulher de Humphreys que revela o nojo de Jimmy Hoffa quando os outros o informaram da formidável mobilização dos *mobsters* americanos pela candidatura do seu irmão. Mas acho que, apesar dos rancores bem compreensíveis, ele comprou a idéia de uma reconciliação entre os dois clãs, o seu e o deles. Tenho o sentimento de que, antes, Humphreys não era muito favorável a esse arranjo. Ele não guarda uma lembrança muito boa da época em que negociava com o seu pai durante a Lei Seca e muito menos de seu sentido da palavra empenhada. Como pode ver, estou apenas lhe expondo fatos para que o senhor tenha todos os dados à mão.

Edgar me disse que viu então o rosto de Bob perder todo o sangue. Aproveitando o silêncio criado pelo choque, acrescentou:

— Acho que abusei um pouco do seu tempo, mas também queria avisar o senhor de que uma certa Alicia Darr anda espalhando supostas relações que teria tido com o presidente no passado. Mandei abrir uma investigação sobre essa mulher. Os primeiros indícios nos levam a pensar que se trata de uma profissional. Teremos a oportunidade de conversar sobre isso novamente, se o senhor julgar conveniente.

24

Nos anos 1950, para um homem solteiro, nenhum destino podia rivalizar com Cuba. Bastava desembarcar na umidade da ilha vindo de Miami para compreender que o lugar era um pequeno paraíso para quem desejava passar alguns dias entre restaurantes e boates noturnas. Não se entrava nos cassinos, enfiava-se neles. Cuba era o país independente que mais nos pertencia. Todas as empresas ostentavam bandeiras americanas e o prazer estava nas mãos do mundo do crime americano. Giancana, Rosselli, Trafficante reinavam na ilha com a bênção custosa de seu presidente, Batista. Tive a oportunidade de ir lá sozinho no início da década e me habituei muito bem ao programa. Só alguns fanáticos por negócios davam a cara de manhã. Os outros dormiam, e a vida só recomeçava de verdade na hora do almoço. A tarde se passava à beira da piscina, por onde víamos passear moças glamourosas e tão encantadoras que imaginávamos ser gratuitas. No fim da tarde começava uma verdadeira valsa de coquetéis que nos seguravam até a hora do jantar, bem tarde. O resto da noite era destinado ao jogo, à dança, aos namoros até de madrugada, quando cada um voltava para a suíte de seu palácio para deslizar sob lençóis de cetim, acompanhado, ou só com a ressaca.

Somos sempre traídos pelos nossos. O barbudo era um filho de burgueses revoltado com as práticas sociais do pai. O que não passava de uma história de família virou revolução. Fidel Castro não ostentava a ideologia comunista no início de sua cruzada. Mas a nacionalização dos interesses americanos que ele empreendeu, no momento em que a América se dispunha a eleger Kennedy, não deixou dúvida alguma quanto à sua orientação.

Quando a campanha presidencial começou, Eisenhower e Nixon, particularmente encarregados do caso, eram, com o chefe da CIA, Allen Dulles, os únicos a saber que uma operação ultra-secreta estava sendo preparada para derrubar o regime. Edgar e eu tínhamos sido excluídos do segredo. Richard Nixon não era considerado pela CIA um "homem honrado". A CIA tinha provas de que ele recebera um cheque de cem mil dólares por sua intervenção em favor de um rico romeno que adquirira sua fortuna ajudando os nazistas e depois os comunistas antes de se instalar em Nova York. A idéia de associar a Máfia à eliminação de Castro e de seu regime, que se orientava irreversivelmente para o bloco soviético, começou a germinar no final de agosto de 1960. Bissel, encarregado do planejamento na CIA, incentivou Edwards e seu adjunto O'Connell a recrutarem um agente para fazer o trabalho de ligação com o mundo do crime. Robert A. Maheu, detetive particular e ex-agente do FBI, era conhecido por seus contatos com o crime em Los Angeles e Las Vegas. O'Connell pediu-lhe para entrar em contato com Johnny Rosselli, um notório membro do crime organizado, por sua competência no jogo. A CIA sabia que a bandidagem não podia ficar insensível à espoliação de que era vítima em Cuba por causa do novo regime, que fazia com que perdesse em poucas semanas centenas de milhões de dólares de ativos e rendas. Tal grau de convergência de interesses não podia ser ignorado por muito tempo. Maheu mostrou-se um pouco hesitante à idéia de ver-se acuado entre dois monstros como a CIA e a Máfia. Finalmente decidiu contatar Rosselli, que levou a proposta de colaboração à cúpula de sua hierarquia. Castro mandou prender três agentes da CIA infiltrados em Havana, o que precipitou as coisas. Em setembro, Maheu encontrou Sam Giancana, o chefão, em Miami. Ficou combinada uma divisão dos papéis. Giancana cuidava de encontrar um meio de matar Fidel Castro enquanto a CIA preparava um desembarque para erradicar o novo regime. As duas operações deviam ocorrer sucessivamente, o que dava uma pesada responsabilidade a Giancana.

Nixon estava persuadido de que sua eleição dependia do êxito dessa operação. Tanto Kennedy como ele estavam convencidos de que a presidencial ia ser disputada no terreno da política internacional. Nenhum assunto era tão quente quanto a instalação de um regime comunista a algumas dezenas de milhas das costas americanas. Nixon estava à espreita de uma operação-relâmpago que devia atrair o eleitorado para o seu lado. A partida de pôquer estava começando. Só que Nixon estava longe de imaginar que Kennedy tinha meios de ler seu jogo. Allen Dulles, o chefe da CIA, era, por numerosas razões, mais favorável ao irlandês que a Nixon. Os dois se conheciam bem e se encontravam com freqüência. É possível que Dulles tenha informado o candidato da iminência de um desembarque em Cuba precedido da eliminação física do ditador pela bandidagem chefiada por Giancana. A hipótese mais provável é que o vazamento teria partido de John M. Patterson, governador democrata do Alabama. Patterson fora ele mesmo informado da operação pela CIA, que desejava que a guarda aérea do Alabama cuidasse do treinamento dos pilotos da operação na Nicarágua. Kennedy aproveitou que Nixon estava paralisado pelo segredo da operação para martelá-lo com críticas sobre a inação do governo Eisenhower em Cuba. A eleição estava marcada para 8 de novembro. Os dias passavam e nada acontecia. Nixon e a CIA tinham achado bom nos manter afastados. Edgar sentiu um profundo vexame. Sobretudo vindo de Nixon, que, de certo modo, era seu protegido, embora ele não fizesse nada por sua eleição. Mas nem a CIA nem Nixon sabiam que éramos como que o duplo de Giancana, que entrávamos em seus chinelos com ele em sua casa de Chicago e que sua sombra em seu escritório também era a nossa. Do meu ponto de vista, uma coisa é certa: Giancana agiu para que a eleição precedesse a invasão. Estrategista prevenido, sabia que a CIA não faria nada enquanto Castro vivesse. Os refugiados cubanos formados num campo de treinamento na Guatemala não tinham chance alguma de se safar se, diante deles, Castro dirigisse a contra-ofensiva. Giancana se comportava como sócio da família Kennedy. Nos últimos debates na televisão, John retomou seus ataques a Nixon culpando-o pela assustadora inação de seu governo diante da ameaça castrista. E Nixon, amarrado pelo caráter confidencial da operação que punha em jogo a vida de quase 1.500 homens, deixou-se acusar sem abrir o bico. Kennedy se tornara o homem mais confiável para combater o comunismo no cenário internacional.

Primeiro, Giancana pensou num assassinato na mais pura tradição do mundo do crime: uma série de tiros. Mas deu-se conta de que seria muito difícil para os atiradores escaparem, mesmo que o barbudo fosse executado. Optou pelo envenenamento. Pediu ajuda à CIA para lhe arrumar a substância. Algumas semanas foram necessárias para aperfeiçoar um produto capaz de se dissolver tanto na água fria quanto na água quente. Uma caixa de charutos envenenados também foi bolada pela CIA mas nunca chegou até Havana. Giancana mandou dizer que tinha enfim encontrado um funcionário cubano para envenenar o tribuno. Quando as seis pílulas envenenadas lhe foram entregues, o denominado Cordova já não tinha mais acesso direto a Castro. Após a eleição de Kennedy, a operação, cuja preparação já durara demais, começou a circular. O boato de golpe militar iminente espalhou-se até a Europa.

Em 17 de abril de 1961, a ofensiva foi lançada. Os exilados cubanos que treinavam há meses na Guatemala foram desembarcados na baía dos Porcos. Não era mais possível esperar exceto deixando vazar totalmente o segredo da operação. Foi um desastre. Dos 1.400 exilados cubanos que dela participaram, 1.200 foram feitos prisioneiros e 114, mortos. O que não devia passar de uma operação especial, sem grandes dificuldades, virava tragédia. Se esse desembarque foi um fracasso, a responsabilidade por ele cabe, segundo creio, a Giancana, que não fez seu trabalho prévio de eliminação do barbudo. E uma vez lançada a ação, o desastre é imputável a Kennedy, que se opôs a uma segunda onda de bombardeios em apoio aos exilados, com medo de que a operação especial fosse identificada como uma iniciativa apenas americana pela comunidade internacional. Nessa circunstância, Kennedy deu toda a medida de seu talento político ao se fazer passar por vítima da CIA. Bissell, o chefe das operações clandestinas, foi mandado para a rua por Kennedy nas semanas seguintes à revelação desse primeiro fracasso de seu mandato. Enquanto cidadãos escrupulosos, tanto Edgar como eu sinceramente nunca desejamos o fracasso dessa operação, que poderia ter afastado definitivamente a ameaça comunista de nossas fronteiras. Mas, uma vez descoberto o desastre, não foi totalmente desagradável para nós ver a CIA e o presidente reduzidos a seu justo valor.

Um pouco menos de um mês antes do caso da baía dos Porcos, em 22 de março de 1961, parece-me, Edgar foi convidado à Casa Branca para um almoço na sala de refeições privada do presidente.

Kennedy parecia ter entendido o tamanho do risco que havia em deixar Edgar sozinho, ruminando seu rancor contra a família que devia muito ao comportamento impetuoso de seu jovem irmão. Ao contrário do que fazia de hábito, Edgar não fez nenhum resumo desse almoço entre o chefe do FBI e o chefe do Executivo. Mas a relação bem precisa que me fez dele depois permitiu-me reconstituir por alto a conversa que tiveram. Edgar só voltou no fim da tarde: o almoço tinha sido longo, sinal de que o presidente julgara que a entrevista merecia ser levada até o fim. Foi um John Kennedy afável e aparentemente relaxado que o recebeu como se tivesse diante de si um velho amigo da família. O almoço começou na hora.

— Acho que seria bom nos encontrarmos pelo menos uma vez por trimestre, Sr. Hoover, e como assumi as minhas funções em janeiro, creio que estamos na hora. Foi Robert quem insistiu para que eu não demorasse mais. Como vê, ele não é tão hostil ao senhor como pode imaginar. Como vão as suas relações com o ministro da Justiça?

— O seu irmão é um jovem decerto inteligente mas de rara impetuosidade. Acho que temos um problema de geração e de maneiras. Mas direi que recentemente as nossas relações até que melhoraram. Para ser perfeito em sua função, ele precisaria dar mostra de um pouco mais de realismo. Gosto de lembrar-lhe isso quando tenho oportunidade, e ele não aceita.

— Sabe, Sr. Hoover, nem sempre vi Bobby com bons olhos, com essa maneira que ele tem de latir sem proporção diante do perigo que deve enfrentar, mas é um rapaz corajoso e trabalhador. Sem ele, e sua devoção à minha campanha, eu certamente não seria presidente hoje. Mas estou de acordo que ele tem uma maneira pouco prudente de querer me proteger e exagera na dose.

— Mas, justamente, acho que a ação que ele leva à frente na Justiça, senhor presidente, não é de natureza a protegê-lo. Ele faz o senhor correr riscos imensos quanto aos quais sou obrigado a alertá-lo.

— De que riscos o senhor está falando?

— O seu irmão está atacando o crime organizado de modo muito desajeitado e manifesta pretensões em matéria de direitos civis que poderiam lhe atrair severas inimizades.

— E por quê?

— Já que estamos falando disso, permita-me lhe dizer como vejo a situação. Tenho o sentimento de que o seu irmão não dispõe do mesmo nível de informação que o senhor ou o seu pai sobre certos compromissos assumidos no passado. Fui bem obrigado a revelar a ele certos fatos assinalados pelo FBI no cumprimento de seu trabalho. Ele não lhe falou sobre isso?

— A que o senhor faz alusão?

— Vou ser franco, senhor presidente. Seu irmão não tem nenhuma idéia precisa dos laços que unem o senhor e seu pai ao chefão da Máfia, Sam Giancana. Não me permitirei julgar o conteúdo. Constato apenas que escutas efetuadas pelo FBI revelam que Giancana está comprometido com a sua família em vários assuntos.

— Que são...?

— O seu pai solicitou a ajuda de Giancana para favorecer a sua eleição em Illinois e na Virgínia Ocidental. O italiano gaba-se disso. Acredito ter ouvido em certas conversas que ele espera uma retribuição, pelo menos sob a forma de uma certa tolerância para com ele por parte do ministério da Justiça. Mais recentemente, ele nos revelou ter sido contatado pelo governo passado para ajudar a CIA a eliminar fisicamente Fidel Castro. Aceitou, mas reconhece ter retardado a ação da Máfia para paralisar Nixon. Um caso extremamente delicado caso viesse a aparecer na cena internacional. A imagem do mundo livre receberia um senhor golpe se alguém revelasse que a maior democracia do mundo usa a Máfia para assassinar aqueles que se opõem a seus interesses. Mais uma vez, senhor presidente, não falo de princípios. Tenho hoje certamente uma experiência sem igual no serviço do Estado que me mantém afastado de muitos preconceitos. Mas acho que, quando se adota uma lógica, é preciso ater-se a ela até o fim. Não é possível usar Giancana em tais proporções e persegui-lo esperando disso um bom resultado. E, já que estou fazendo confidências, não creio ser inútil preveni-lo de que as nossas escutas revelam laços que o senhor mantém com jovens mulheres cuja amizade o senhor é inteiramente livre de apreciar, o que não me incomoda em nada exceto que, tratando-se de Judith Campbell, é patente que essa mulher é amante de Giancana, de Rosselli e talvez de Sinatra de vez em quando. Eles não fazem mistério dessa cumplicidade que o senhor partilha, nem do boato crescente alimentado pela muito arrebatadora, mas também muito instável Marilyn Monroe, que se espalha como as águas de uma barragem numa planície, sobre o amor incontrolável que ela tem pelo presidente dos Estados Unidos. Penso que é do dever do diretor do FBI preveni-lo das ameaças que pesam sobre a sua presidência.

— E sobre a minha pessoa?

— Não tenho nada de tangível. Só algumas conversas de mafiosos, cuja volubilidade, como o senhor sabe, os torna facilmente ameaçadores, proferindo sobre o senhor e seu irmão ameaças proporcionais à decepção que sentem. Mas não vejo nenhum perigo imediato.

— Sabe, Hoover, sou meio fatalista. Acho que nunca se consegue impedir uma pessoa disposta a sacrificar a vida de se aproximar de você para matá-lo. É preciso um pouco de sorte na existência. Não acho que tenha me faltado. Não há razão alguma para que isso acabe. Quanto ao resto, anoto. Obrigado por ter-me aberto os seus dossiês. Voltaremos a falar disso oportunamente para fazer a triagem entre o que é verdadeiro e o que não é.

— O senhor quer dizer em minhas alegações?

— Ah, não! Quero dizer nas deles.

— No que me diz respeito, levo-os muito a sério. Se o senhor me permitir, acho que o seu irmão deveria dar uma pausa no assunto.

— Ele diz que o senhor nega a existência do crime organizado. É verdade?

— Se eu a negasse, não poderia informá-lo com tanta precisão. Essas revelações são a prova de que há muito tempo o Bureau pratica uma estreita vigilância sobre os principais chefes do crime organizado.

— Parece-me lógico. No que se refere ao meu irmão, a grande diferença entre nós dois é que ele tem uma faculdade de idealizar as pessoas e as situações. Quanto a mim, sou pragmático. Não sou favorável a perseguir os *mobsters*. Por outro lado, não posso dizer a Bobby para jogar tudo para o alto de um dia para o outro. A opinião pública espera resultados desse lado. Nem ele nem eu conhecemos o detalhe dos arranjos que meu pai pôde fazer, e sei que os meus antecessores recrutaram Giancana para uma operação clandestina. Eu estaria inclinado, considerando essas informações, a encontrar um modo de operar com o mundo do crime, mas Bobby não pode esperar. Não acredito que ele reivindique a menor parte da herança de nosso pai com exceção da fortuna material que ela lhe proporciona. Não vai ser fácil. E quanto aos direitos civis?

— O seu irmão fez disso a segunda prioridade. Se o senhor pretende ser reeleito, acho que uma atitude de pura neutralidade seria conveniente.

— Mas como é possível ser totalmente neutro com pessoas que espancam negros unicamente por causa da raça?

— Entendo, senhor presidente. Digo apenas que há mais a perder revoltando as populações brancas do Sul que satisfazendo alguns defensores acirrados dos direitos civis.

— Meu irmão e eu nunca fomos fervorosos cruzados dos direitos civis. Só que há certos exageros que não podemos tolerar, só isso.

— Entendo.

Na despedida, Kennedy acrescentou:

— Fiquei contente em vê-lo, Sr. Hoover. Essa conversa me provou que decididamente não se pode ficar sem o senhor.

— Ainda que o senhor quisesse.

Kennedy lançou-lhe um olhar divertido que mostrava que não era ingênuo.

— Ainda que alguém quisesse. Tentemos manter a cadência de nossos encontros e, em caso de urgência, avise Bobby.

25

Não citarei o nome do homem de confiança que colocamos no serviço de segurança pessoal do presidente. Na época, era um rapaz entusiasta que sabia a importância de sua missão. Era-me reconhecido por tê-lo colocado tão perto de Deus e, em algumas oportunidades, contou-me certos detalhes que davam uma idéia bem precisa da vida na Casa Branca. Era um exercício divertido comparar as impressões de meu informante com a idéia geralmente veiculada pela imprensa sobre a vida do casal presidencial. Para o grande público, ele encarnava a renovação de um século. O sombrio pós-guerra esvaecera-se com a fusão tão esperada entre Washington e Hollywood. Pela primeira vez, os americanos tinham uma estrela no comando do Estado e todas as *soirées* oficiais eram descritas nos jornais com uma riqueza de detalhes que transformava cada acontecimento numa entrega do Oscar. "Um sorriso vale mais que promessas", poderia ter sido o lema da presidência. Jamais a América dera ao mundo uma imagem de si mesma tão moderna, tão resolutamente voltada para o futuro daquela nova geração que acabava de tomar o poder. Jamais dera mostra de tal espírito de conquista em todos os domínios da economia e da ciência. Enquanto a Europa se encontrava esgotada pela descolonização e por incessantes conflitos ideológicos, exalando tédio, John Kennedy e sua mulher mostravam ao mundo o caminho da modernidade. O liberalismo que ele encarnava pela primeira vez tinha o rosto humano de um herói de flagrante integridade. Eles celebravam a juventude e davam-lhe o poder que ela perdera desde Alexandre o Grande e Bonaparte. Os anos Kennedy foram os anos dos quarentões triunfantes que relegavam ao museu todos aqueles velhos responsáveis por tantas guerras.

— Então, Norman, que tal estes primeiros meses na Casa Branca?

— Eu não gostaria que o senhor tomasse isso como uma crítica, Sr. Tolson, uma vez que se esmerou tanto para que eu tivesse acesso a essas responsabilidades, mas estou muito decepcionado e sobretudo inquieto.

— Por quê, Norman?

— Estou muito envergonhado...

— Comigo você não tem nenhuma razão para estar.

— Antes de trabalhar para a segurança do presidente, eu teria morrido por ele. Realmente, eu não esperava uma coisa como essa.

— O quê?

— O presidente não pensa antes de agir. Ele assume riscos inadmissíveis.

— Você quer dizer que ele se expõe à toa em público por contatos muito diretos com a multidão?

— Ah não, se fosse só isso. Posso lhe falar livremente? Tenho a sua palavra de que essa conversa vai ficar entre nós dois?

— Claro.

— A Casa Branca é um verdadeiro bordel. E cada viagem do presidente se transforma em cloaca de campanha.

— A esse ponto? Conte!

— Recentemente, acompanhei o presidente durante uma viagem oficial a uma cidade do Noroeste. Ele estava hospedado num hotel no centro da cidade. Montamos a segurança de todo o térreo, em entendimento com a polícia estadual. O presidente saiu para fazer seu discurso e voltou para a suíte sem maiores incidentes. O acesso estava controlado e submetido à autorização especial. Algum tempo após a chegada do presidente, um xerife se apresentou com duas moças. Era um dos caras que tinham feito a segurança durante o discurso. Impedimos o acesso dele, mas ele insistiu dizendo que estava agindo a pedido do presidente. Um dos assessores da presidência saiu então. Agradeceu ao xerife pedindo-lhe que fosse embora e levou as duas garotas com ele. Lembro perfeitamente que, antes de sumir, o xerife dirigiu-se a elas ameaçando mandar interná-las para sempre num hospital psiquiátrico se lhes passasse pela cabeça dizer uma só palavra sobre aquela noite. Isso, sem falar das viagens em que prostitutas chegam diretamente de Washington à delegação presidencial, quando não são contratadas pela própria Casa Branca.

— E em Washington, como acontece?

— É a mesma coisa. O presidente mandou arrumarem a piscina da Casa Branca. Parece que estamos em Hollywood.

Há até um sistema que permite ouvir música debaixo d'água. É ali que acontece. Em geral, na hora do almoço. Não é raro uma ou duas moças encontrarem o presidente e eles se banharem nus até que ele volte para seus aposentos privados por um elevador direto que mandou instalar para não ter de cruzar com o pessoal do prédio.

— E a primeira-dama, o que ela acha disso?

— Ela não sabe. Quando está lá, não acontece nada. Só uns bacanais enquanto ela está nos apartamentos. Uma vez, ela resolveu de repente ir tomar banho de piscina. O presidente foi alertado *in extremis* e, quando ela chegou lá embaixo, ainda havia o rastro úmido dos pés de duas jovens nas laterais. Mas acho que ela não tem ilusão alguma. Nunca vi uma mulher tão triste na minha vida. Eu lhe asseguro, nada a ver com as fotos que vemos nas revistas. Posso lhe dizer, Sr. Tolson, não faço juízo moral, mas quando se é presidente dos Estados Unidos, não se pode ter esse comportamento. Esse cara é doente. Não é uma próstata que ele deve ter, é uma melancia. O que mais me inquieta é que essas moças passam pela segurança, porque vêm acompanhadas dos assessores da presidência, quase sempre sem ser revistadas. Podem carregar tanto uma arma quanto veneno ou uma máquina fotográfica para chantagear o presidente.

— Muito bem, Norman, agradeço-lhe infinitamente por todas essas informações, e se algo o incomodar, sabe onde me encontrar.

Nada daquilo era novo para mim. Confirmava a minha sensação de que, ao desafiar tão deliberadamente os outros,

Kennedy não conseguiria evitar um escândalo sexual que iria lhe barrar para sempre o caminho da reeleição. Tive a confirmação de seu comportamento desviante por certas indiscrições do corpo médico que mencionavam cuidados prodigalizados em permanência ao presidente, um tratamento que nada tinha a ver com a doença de Addison nem com seus problemas de coluna. O presidente simplesmente sofria de doenças venéreas crônicas, algumas graves para as parceiras contaminadas. O que sobressaía desses boatos concordantes é que Kennedy tinha ultrapassado de longe a fase do mulherengo encantador e facilmente infiel. Seu comportamento nada mais tinha a ver com a sedução. Uma revista pseudo-intelectual, que rodava pelo escritório porque seu redator-chefe estava sob vigilância, permitiu-me confirmar esse comportamento de dom-juan que era objeto de um dos artigos. O texto retomava um autor napolitano citado por um certo Stendhal para afirmar que a base do caráter desse sedutor desenfreado era a religião cristã, pelo prazer de sua infração deliberada: "Não é nada desafiar o Céu, e no mesmo momento acreditar que o Céu pode reduzi-lo a cinzas? Dizem que vem daí a extrema volúpia de ter uma amante religiosa cheia de piedade, sabendo bem que pratica o mal, e pedindo perdão a Deus com paixão, como peca com paixão." John deixara de ser o sedutor que tem prazer em provocar a autoridade celeste e se deleita na renúncia culpada de sua conquista, para agir como um obsessivo sem controle, dependente do ato sexual como outros o são do álcool ou das drogas. A tirania de suas pulsões era tal que sequer procurava mascarar seu desvio, subtraí-lo ao olhar dos outros. Como Edgar, nunca fui muito apaixonado por psicologia e a minha desconfiança não tem limite para quem faz disso profissão, mas me pergunto, através de uma análise um pouco grosseira, se essas pulsões de reprodução também não eram respostas desajeitadas ao ataque mórbido da providência, de que ele se achava vítima. Ou se, mais simplesmente, esse frenesi de conquistas não buscava compensar a ausência de afeição profunda de sua mãe para com ele. Era a busca permanente e obstinada de intimidade com uma mulher que lhe fora proibida na infância. Parece-me que toco aí num elemento essencial de seu caráter, aquele que incontestavelmente nos diferenciava. Edgar e eu sempre fomos objeto de uma imensa solicitude e de um amor sem limites por parte daquelas que nos colocaram no mundo. Faltava a Kennedy essa ancoragem profunda. Compreender as razões de sua imensa fraqueza não me autorizava a desculpá-lo por isso. Não se tratava de um homem comum. Era alguém que pedira a confiança do povo, e este o atendera acreditando entregar a direção do país a um homem dono de si. Nesse sentido, ele tinha conseguido engambelar seus eleitores.

26

Depois do caso da baía dos Porcos, John Kennedy de repente se sentiu muito isolado, entendendo que, ao provar o poder, ninguém podia protegê-lo. Se não eludiu sua responsabilidade, torturava-se por ter endossado uma operação clandestina que não iniciara. Tinha mais raiva ainda daqueles que haviam escondido dele a forma desorganizada da ação. Imaginava bem que o fracasso do projeto ia comprometer seriamente sua imagem junto aos soviéticos, reforçar a vigilância deles e forçá-los a um apoio mais ativo a Cuba. Também devia ter consciência do rancor que inspirava sua atitude frouxa junto àqueles que se sacrificaram inutilmente. Devia imaginar que, para todos os homens implicados nessa operação clandestina, em vários níveis, ele não passava de um bunda-mole, um otário, um amador. A decepção, o vexame e uma certa paranóia levaram-no a voltar ao seio do clã. O único que podia lhe dar um apoio incondicional, o único capaz de gastar sua energia sem nada em troca, de se devotar a ele sem reserva, era Bob, seu capanga, a quem ele devia por ter compensado suas falhas na campanha eleitoral. O raivoso e obtuso missionário tinha a grande qualidade de ser seu irmão, um irmão cegamente leal, e de contrapor a seu realismo uma chama romântica. As únicas ambições políticas de Bob eram as que brotavam à sombra de John.

Foi assim que nosso ministro da Justiça, em algumas semanas, elevou-se, após a "baía dos Porcos", ao nível de primeiro-ministro oculto. Bem rápido notamos seu jogo e suas saídas furtivas, deslocadas de suas funções. Depois de investigarmos a sério o assunto, Edgar e eu chegamos à conclusão de que, ao contrário dos outros homens da família, Bob não era mulherengo. Era antes do tipo católico e uma verdadeira máquina reprodutora, a ponto de contar 11 filhos com a esposa. Uma metralhadora conformista. Era muito necessária uma exceção à regra. Mais tarde a descobrimos na pessoa de Marilyn Monroe. Não penso que teria pecado por outra mulher. Esse adultério tinha a ver com a interminável procissão sexual dos homens Kennedy, que acrescentavam aos laços de sangue os da posse carnal.

Passamos a segui-lo e o que descobrimos nos inquietou bem mais. Robert estava em contato com um jornalista russo chamado Bolshakov, embora fosse patente que sua atividade era só cobertura. Não nos passou pela cabeça que o irmão do presidente pudesse ser um agente duplo a serviço dos soviéticos. A idéia era romanesca demais. Nossas investigações diretas não nos trouxeram muita coisa além. Só bem depois é que descobrimos o porquê dessa relação. A explicação era de arrepiar. Os irmãos Kennedy, cheios de profundo rancor contra o corpo diplomático que remontava à época em que o pai era embaixador e rejeitado pelos seus, tinham decidido conduzir sozinhos a política externa do país, passando por cima do Departamento de Estado. Tamanha ofensa não tinha precedente na história do país. Kennedy mostrava assim seu imenso desprezo pela alta função pública que, como todos sabem, é o pedestal de um Estado forte. Bolshakov servia de canal direto entre os Kennedy e Khruschev. Do meu ponto de vista, essa atitude enviesada mostra simplesmente que os soviéticos aterrorizavam os dois irmãos que no entanto viviam com a palavra "coragem" nos lábios. Para mim, era certo que esse canal oficioso permitia ao presidente baixar nos bastidores a temperatura das tomadas de posição aparentemente inflexíveis. "Não sou tão mau quanto pareço." Eis a mensagem que o espião russo estava encarregado de transmitir ao Kremlin. Essa atitude de Kennedy poderia ter lhe custado a destituição. Mas o segredo ficou bem guardado. John sofreu seu segundo revés na cúpula de Viena, em que o chefinho sangüíneo do bloco comunista ameaçou diretamente o presidente com uma guerra nuclear caso se opusesse à construção do muro de Berlim. A medida, que consistia em enclausurar a parte oeste da cidade, era apresentada como uma absoluta necessidade diante da fuga de pessoas e cérebros do Leste para o Ocidente. Foi então que a linha secreta entre os dois estadistas se tornou efetiva. Persuadido de que o primeiro-ministro soviético era capaz de desencadear uma guerra nuclear, Kennedy, que dava todas as aparências de firmeza, comunicou-lhe que não se oporia ao muro de Berlim, no qual via, afinal, um certo fundamento de legitimidade. A delimitação física dos dois blocos era apenas a concretização de um estado de fato. Mas, mais grave, Kennedy afundava na imagem que dera aos russos desde o início de sua presidência: a de um homem flexível até o acomodamento. Bem mais tarde, fiquei sabendo que Khruschev achara divertido aquele homem que, após dar sinal verde a uma operação clandestina de meia-tigela contra Cuba, fora incapaz de consertar o erro enviando para lá todo o seu exército. Kennedy tinha angariado a imagem de um fraco incurável.

Fora após essa segunda derrota sem apelação que os dois irmãos decidiram erradicar o problema cubano e fazer com que o barbudo pagasse caro pela humilhação que lhes havia imposto. Evidentemente, nada escapou da nova operação, batizada "Mangusta". O segredo mais absoluto envolveu essa segunda e última tentativa da casa Kennedy de pôr a mão naquela ilha ridícula. Mas como precisava mostrar sua determinação à luz do dia, Kennedy decidiu aumentar a presença americana no Vietnã do Sul num momento em que ainda era possível sair de lá sem maiores danos. Bob foi encarregado pelo irmão do alto controle da nova operação secreta, dirigida mais uma vez pela CIA, apoiando-se em exilados e oponentes cubanos treinados no campus da universidade de Miami. O FBI foi mantido afastado, a melhor maneira de convencer Edgar de que devíamos saber tudo sobre o que se tramava. Uma brincadeira de criança, o complô era vibrante demais para não deixar rastros e o recrutamento de certos atores operava-se no limite de nosso território. O boato que chegou a nós era o de um Bob tirânico que tentava impor sua lei a veteranos do complô mostrando-se mais intransigente que eles. A operação tomava o ar de um acerto de contas pessoal dos dois irmãos contra Castro, e parecia combinado que a moral devia ser provisoriamente guardada no fundo do quintal de suas preocupações. Seiscentos oficiais receberam como incumbência a missão de formar três mil exilados cubanos pagos pelo contribuinte americano. Não era necessário ser um especialista em golpes para perceber que a operação Mangusta sofria de um erro grave de concepção. A estratégia adotada era infiltrar Cuba com pequenos grupos e fomentar uma sublevação que devia tomar corpo a partir do anúncio da morte de Castro. Tornava-se patente a ingenuidade dos Kennedy e dos agentes da CIA, que acreditavam que uma revolta popular viria automaticamente em favor do invasor, logo depois do assassinato de seu líder carismático cuja popularidade estava então no auge. É o que eu chamaria o "complexo do libertador". Para comandar a expedição, os Kennedy tinham escolhido um brigadeiro, Lansdale, que já operara nas Filipinas e no Vietnã. Ele supostamente teria inspirado com suas façanhas o personagem de um *Americano tranqüilo*, o herói de um conto de Graham Greene. William Harvey estava encarregado da direção executiva. A esse título, era o contato de Johnny Rosselli e de seus amigos mafiosos. Fiquei espantado de ver que aqueles que haviam falhado pela primeira vez eram trazidos de volta para a segunda tentativa. Estou persuadido de que Rosselli consentiu em participar com a idéia de se manter de braços cruzados, recusando-se a ajudar aquele que continuava resolutamente a perseguir os mafiosos. Rosselli já cumprira o luto de sua confiança nessa família que esquecia de honrar a palavra.

Na época, nosso jogo era o mais delicado possível. Edgar queria de qualquer jeito reunir provas de que a CIA e os dois irmãos tinham selado um acordo que valia condenação à morte para Castro. Uma medida cautelar contra seus dois inimigos jurados. Pela primeira vez na carreira, Edgar exercia pressão sobre o crime organizado. Não que sua posição tenha diametralmente mudado. A luta contra a Máfia continuava não sendo sua prioridade. Mas Edgar não podia deixar um dos principais atores do jogo completamente de lado. Antes de mais nada, diante das críticas de Bob contra o nosso pretenso laxismo, éramos forçados a nos mostrar ativos sem ser necessariamente eficazes. Edgar colocara Giancana, o chefão, a reencarnação de Al Capone, sob vigilância, e mostrou-lhe isso através de freqüentes controles de rotina, quase sempre nos aeroportos. Seguir a pista de Giancana nos permitia saber muito mais sobre os Kennedy e a CIA. Giancana sabia que não podíamos ficar totalmente inertes. Ao mesmo tempo, tinha consciência de que o nosso ataque era só conveniência, pois nunca pegávamos material suficiente para levá-lo à justiça. Já não era assim com os narcóticos e o fisco que ficavam em cima dele. O sistema de escutas que tínhamos instalado em Chicago era uma expressão do gênio de Edgar. Tecnicamente, permitia que soubéssemos tudo. Juridicamente, não valia nada, e as fitas não podiam ser apresentadas à Justiça por causa de um erro de procedimento legal. Por sua vez, Giancana fazia um jogo que éramos os únicos capazes de perceber. Por certo não tinha rastros materiais da ajuda que dera a John para sua eleição e divulgar um caso desses o teria comprometido tanto quanto o presidente. Mas, em sua colaboração com a CIA, ele tinha um meio de pressão que ia bem além de sua relação com os dois irmãos. Giancana não tinha intenção alguma, não mais que

Rosselli, de ser o mandante do assassinato do líder cubano. Era dar um presente suntuoso demais aos Kennedy e poderia lhe arrumar sérios problemas se o caso fosse revelado. Preferia posicionar-se como o homem a quem haviam pedido para que assassinasse Castro. Estou persuadido de que ele gravava suas conversas com os homens da CIA e sabia que estava grampeado por nossos serviços. Por isso é que, de modo quase sistemático, mencionava suas relações com a Central de Inteligência quando tratava de negócios, pensando que, caso tivesse acesso às gravações, Bob Kennedy nunca poderia apresentá-las sem expor toda a verdade sobre a "baía dos Porcos" e sem comprometer a "operação Mangusta". E se por acaso alguém tivesse a idéia de se apresentar diante de um júri com fitas cortadas, elas seriam invalidadas como provas falsificadas, admitindo-se que Bob tivesse conseguido dar a elas um caráter legal. A meu ver, Bob não afrouxava a pressão sobre o crime organizado para forçar Giancana e Rosselli a fazerem o trabalho em Cuba. Edgar, por sua vez, adotava uma atitude que correspondia à gravidade das ameaças que pesavam sobre nossa perenidade. Colocava como prioridade a defesa de nosso poder sobre a luta contra o comunismo. Foi o momento mais intenso e o mais exaltante que tivemos de atravessar em nossa carreira. Nunca tantos interesses contraditórios e antagonistas tinham convergido daquele jeito. Na época, eu só sabia de uma coisa: estávamos todos dentro de uma enorme bola de pus prestes a estourar e, mais uma vez, Edgar sairia daquilo de modo triunfal.

Uma conversa gravada na época entre Giancana e um interlocutor anônimo que telefonava de uma cabine em Los Angeles dá uma idéia da situação no outono de 1961.

— Aquele filho-da-puta do Sinatra é um veado mentiroso. Jurou-me que era unha e carne com os dois irmãos e que ia colocar na linha o pequeno tinhoso. Aquele filho-da-mãe é o diabo.

— Acho que ele falou com Bob, mas Bob não quer saber de nada.

— Mas será que ele sabe o que a gente fez pelo irmão dele, aquele filho-da-puta, será que ele sabe?

— Acho que sabe, mas faz como se não fosse com ele. Não tem rastro. Parece dizer: "Numa herança, tem um ativo e um passivo. Não tenho nada a ver com passivo."

— Sabe o que mais? Esse cara é um cão. Um cão sarnento. É um louco, não sei o que ele está procurando na vida, mas vai encarar problemas sérios. Ele está achando que é quem? O cavaleiro branco, a Imaculada Conceição? Não consigo acreditar nisso. Não sou o único a amaldiçoar o cara. Ele não está à altura dos inimigos que está arrumando. Não tem nem idade nem consistência. O veado do grande irmão devia ter dado a ele um trenzinho elétrico em vez do cargo de ministro. Têm uns caras na CIA que só estão um pouco mais dispostos que nós. Dulles, o chefe, foi descartado. E mesmo assim os dois se gostavam. E Bissell, o comedor de tubarão que cuidava das operações especiais, não está longe de ir embora.

— E quem eles põem no lugar?

— McCone como chefe da CIA. Mais um filho-da-puta de católico irlandês todo certinho. Não tem muita coisa a ver conosco. Helms substitui Bissell. Parece que Helms diz "que a gente não sabe o que é ter pressão enquanto a gente não tiver tido esse raivoso do Bob Kennedy nas costas". Diz que ficou totalmente maluco. Tem uma fixação no barbudo que mergulhou o grande irmão num pote de merda. Mas estou bem com Harvey. Somos unha e carne agora. Toda vez que eu desço até Miami a gente almoça juntos. Eles me lambem a sola. Sabem que, sem nós, nunca vão pegar o barbudo e sem "apagar" o barbudo, a porra da operação militar deles nunca vai dar certo.

— E o que é que você vai fazer?

— Eu espero, meu chapa.

— E o grande irmão, o que é que ele diz?

— A gente não se vê. Tenho notícias pela menina.

— Que menina?

— Aquela que nós dois comemos, a Judith Campbell. Os federais não perdem a mulher de vista. Ficam em cima dela feito cachinhos em cabeça de puta. O velho Hoover deve estar se perguntando o que está rolando entre essa menina, Kennedy e eu.

— E daí?

— Acho que ele controla muito mal o irmão menor. Ele me diz que esse barulho todo sobre nós não levará a nada, mas está passando dos limites. Ele tem muito pouco tempo para se recuperar. Caso contrário, que não conte comigo para lhe dar uma mãozinha nas eleições de 1964. Não entendo qual é o jogo desses dois babacões. O pai é um salafrário de marca maior, mas no lugar deles veria o perigo que vão enfrentar. Sabe, tem dias em que eu queria entender. Kennedy. Taí um cara que nos pediu para lhe prestar serviço várias vezes, que é o maior comedor de xoxotas da história da humanidade sem conseguir esconder isso, e deixa o irmão levar adiante uma inquisição contra nós. Ele é louco ou o quê? Pois eu lhe digo, esses caras são pirados, quando você tem dois assim numa ninhada você tem que afogar, e não colocar no comando dos Estados Unidos. Vou lhe dizer um negócio, meu amigo. Fazer política é entender-se bem com quem dirige o mundo, com quem decide, quem tem grana. Se você quiser ignorar esses, só lhe resta conquistar o povo com grandes idéias. Mas quando você adormeceu o povo com lições de moral de merda, é preciso que você mesmo seja irrepreensível, está entendendo? Olhe esse saco de bosta do Castro, é uma porra de um lixo. Mas uma porra de um lixo coerente, está me seguindo? Os caubóis estão achando o quê? Que assim que apagarmos o chefe, os cubanos vão acolher os americanos como libertadores? A gente molhou a mão do Batista durante anos para que ele nos ajudasse a afanar a grana deles e agora a gente quer que eles se revoltem por nós. São birutas, estou lhe dizendo. Querem que a gente fuzile também todos os dirigentes que possam suceder Castro. Estão de brincadeira!

27

Judith Campbell Exner era fascinante. Uma estética próxima da perfeição. Posso dizer isso ainda com mais sinceridade uma vez que só a vi em foto. Fotos simples tiradas por nossos agentes, não de profissionais que transformaram mulheres insípidas em rainhas da beleza. Marilyn Monroe ou Ava Gardner, ao lado dela, pareciam saídas das profundezas do concurso de Miss Idaho. Eu não vira mulher tão luminosa desde Inga Arvad. Sua feminidade parecia feita de doçura e de franqueza e não é espantoso que John e Giancana tenham se apegado a ela de modo tão duradouro, ainda que certas indicações deixem pensar que era uma profissional, apesar de sadias origens num meio confortável. Ela servia de intermediária entre os dois. Sabíamos e pensávamos, Edgar e eu, que ela podia levar-nos a interessantes revelações sobre a natureza das relações que os dois mantinham. Ela alternava com muita discrição o papel de correio e o de valise, quando os contatos entre os dois homens eram mais triviais. Seguira o currículo habitual das mulheres de Kennedy. Sinatra experimentava primeiro. Não fazia muito seu gênero ficar com uma mulher exceto se ela aceitasse ser conduzida nos tormentos de sua sexualidade complexa e facilmente coletiva. Não era o caso de Judith, que foi subjugada pelo jovem senador Kennedy pouco antes de sua eleição à presidência. Ela confiava aos amigos sua paixão por aquele homem que não se contentava em escutá-la mas procurava lembrar para a vez seguinte os mínimos detalhes de suas conversas. Kennedy certamente apreciava, além de seu encanto evidente, a facilidade e a serenidade com as quais ela evoluía nessa relação amorosa. Não lhe foi mais fiel que às outras, mas nunca a enganou quanto às suas próprias intenções mantendo inúteis quimeras. Nossa estreita vigilância era assegurada pelos agentes de Los Angeles. Um deles, William Carter, estava de vigia perto do domicílio dela no oeste da cidade californiana em 7 de agosto de 1962, quando viu dois rapazes penetrarem em seu apartamento da Fontaine Avenue pela sacada. Nosso agente decidiu não contar à polícia local para não ter de revelar nossos próprios grampos colocados no apartamento. Em vez disso, seguiu os dois assaltantes até uma agência de aluguel de carros, onde conseguiu obter a identidade deles. Eram irmãos gêmeos, além disso filhos de um ex-agente do FBI, I.B. Hale, que virara agente privado no posto de diretor de segurança do grupo General Dynamics.

Hale não quis contar nada a Edgar. Ficou insensível às ameaças habilmente distiladas. Acho que teria preferido imolar-se a confessar a razão daquele arrombamento organizado para grampear a jovem. Nossa discreta investigação fez com que nos interessássemos pela General Dynamics. A situação financeira do grupo era mais que desesperadora, com uma perda de 400 milhões de dólares nas duas últimas gestões. A investigação nos mostrou igualmente que a sociedade estava na concorrência por um gigantesco contrato de armamentos relativo a milhares de aviões de caça. As especificações propostas pela Boeing para esse novo aparelho obtiveram a adesão unânime de todos os técnicos chamados para validar as ofertas. Na cabeça dos peritos, não havia dúvida alguma de que a Boeing devia levar vantagem considerável em todos os critérios de decisão. Essas mesmas pessoas ficaram literalmente estupefatas quando souberam que McNamara, secretário de Defesa, afinal escolhera a General Dynamics contra a opinião de todos. A surpresa foi tal que se nomeou uma comissão de investigação. McNamara defendeu-se perante essa comissão afirmando que só o construtor escolhido por seus cuidados era capaz de assegurar a comunalidade buscada, isto é, um avião capaz de servir a um só tempo à Força Aérea e à Marinha. Os adversários responderam que era impossível construir um avião desse tipo por problemas de peso. Kennedy, numa conferência de imprensa, deu apoio incondicional a seu secretário. Soubemos bem depois que o F 111 fora um fracasso absoluto. Quatro anos depois, seu custo havia triplicado. A versão elaborada para a Marinha, mais de 700 quilos acima do peso, era incapaz de decolar de um porta-aviões. A Marinha afinal cancelou a encomenda. A Força Aérea reduziu seu pedido de 2,4 mil para 600 unidades de um caça que, avaliado em 2,8 milhões de dólares em 1962, custou 22 milhões em 1970.

Não conseguimos de modo algum conhecer os motivos dessa escolha que ia contra a razão. Não quero imaginar que Kennedy tenha sido ele mesmo subornado a fim de garantir uma bolada para as eleições de 1964, que seriam mais caras que as anteriores, numa hora em que a família não parecia muito decidida a sangrar uma segunda vez. Talvez estivesse agindo sob ameaça de revelações consistentes. Ou talvez tenha se mostrado apenas incompetente. Pouco importa, o resultado foi o mesmo. Novos poderosos inimigos prosperavam na sombra.

28

Em 7 de maio de 1962, Bob organizou uma reunião com a CIA. Diante de um tenso ministro da Justiça, Edwards, o diretor da segurança, prestou contas do trabalho da CIA no caso "baía dos Porcos". Edwards acabou evocando as relações da central de espionagem com a Máfia. O nome de Giancana foi citado, assim como os 150 mil dólares pagos à organização para assassinar Fidel Castro. Segundo testemunhas, Bob tinha um ar desolado. No final, pronunciou apenas estas palavras: "Quero crer que, se por acaso, os senhores tentarem negociar de novo com gângsteres, farão de modo que o ministro da Justiça seja previamente informado."

Dois dias depois, Edgar me contou uma breve conversa com Bob sem dissimular o prazer que sentia. Bob o procurou dizendo:

— Quero colocá-lo a par de elementos novos no caso "Giancana" que me incomodam muito. A CIA acaba de me relatar que colabora de modo estreito com o mundo do crime. Inclusive pagou 150 mil dólares a esses bandidos, por intermédio de Maheu, para matar Castro e por outros serviços prestados.

— Não vou lhe esconder a minha estupefação — respondeu Edgar, arregalando os olhos como se Cristo acabasse de se fazer anunciar.

— Estou de acordo com o senhor. Proibi que tomassem atitudes como essa sem me informar previamente.

— O senhor agiu certo. Acho que, no ponto em que as coisas estão, é preciso pedir à CIA que faça um relatório escrito sobre a sua reunião, é a única maneira que o senhor tem de provar que não sabia. Veja bem, se não fui em cima de Giancana tanto quanto o senhor desejava, é que ele é muito próximo de Sinatra, que por sua vez se gaba de sua grande amizade com os Kennedy.

— Eu entendo, agora... acho que vamos ter dificuldade para processar Giancana.

— Acho que ele poderia imediatamente levar ao conhecimento de um júri seu recrutamento pela CIA para assassinar Castro.

Kennedy, que não perdia a oportunidade de uma bravata, prosseguiu:

— Mesmo assim tenho vontade de continuar a processá-lo.

— Entendo o senhor, mas acho que seria um erro.

— Vamos deixar para lá — soltou ele enfim, com a testa riscada por uma profunda contrariedade.

"Combinamos um ataque de superfície e nunca processá-lo na justiça", disse-me Edgar com um sorriso primaveril. Robert caíra como um pato na armadilha da CIA, que veio lhe anunciar oficialmente o que ele sabia desde o início, já que ele mesmo havia elaborado aquela odiosa chantagem contra a Máfia. No fundo, Robert estava pouco se lixando para o primeiro trato entre o mundo do crime e sua família em favor da eleição de John. Fingira ignorá-lo acrescentando novas condições ao relaxamento da pressão sobre o crime. Os *mobsters* não confiavam nem um pouco nele. Achavam que, mesmo que conseguissem acabar com Castro, Bob era capaz de não se sentir devedor de nada.

Minha admiração por Edgar não diminuía. No início dos anos Kennedy, eu me perguntara seriamente se, com o avanço da idade, Edgar não ia travar seu último combate contra aqueles rapazes da nova geração. Sentira-o menos calculista, menos incisivo e menos entusiasmado nas brigas, como era no nosso tempo. No fim, seu desempenho foi majestoso. Se fosse um jogador de tênis, eu diria que um velho profissional aferrado ao fundo da quadra acabava de encerrar seus pontos com uma amortecida por trás da rede. Ele estava radiante feito um menino.

Quando se quer ter uma idéia da personalidade de alguém, sempre é interessante olhar os objetos que intencionalmente dispostos em seu escritório. Os bibelôs que cercavam Edgar não deixavam dúvida alguma quanto ao culto que devotava à própria personalidade. O escritório de Robert não fugia à regra, refletindo a imagem do pai de família nas várias fotos da mulher e dos filhos. Uma boina verde mostrava o amor à ação, símbolo do herói que gostaria de ter sido, e também havia aquela curiosa estátua de um macaco de olhos tapados com a inscrição: "Ele não vê o diabo."

•

Na manhã de 19 de dezembro de 61, quando começava uma partida de golfe num *green* de Palm Beach, Joe Kennedy foi acometido de um profundo mal-estar. O diagnóstico foi imediato: um grave derrame cerebral que ia privá-lo definitivamente da fala. A única palavra compreensível que ele conseguiria pronunciar dali por diante seria "não". Era um homem lúcido que, por trás da hebetação devida à afasia, ia assistir de boca aberta à queda de sua Casa e à sangrenta execução de seu orgulho. Os mais próximos o tinham achado preocupado nos últimos tempos. Nenhum triunfalismo transpirava no homem que conseguira pôr os dois filhos no topo do Estado. Antes parecia, sempre segundo seus próximos, afetado por uma surda inquietude. Não se abrira com ninguém e agora era tarde demais. Meses após sua volta à Nova Inglaterra, fomos visitá-lo. Nesse último encontro, ele estava numa cadeira de balanço, a cabeça caída, os olhos sem vida, uma boca sem contornos definidos, um filete de saliva estagnando no canto dos lábios. Edgar tomou lugar diante dele. Observou-o longamente sem dizer nada, como se recenseasse bem no íntimo os numerosos sinais de sua decrepitude. Ao terminar, sorriu para ele:

— Decididamente somos muito pouca coisa, Joe.

Interrompeu-se por alguns segundos durante os quais a cabeça balançava curiosamente. Depois, fixando os olhos desvairados de nosso anfitrião, prosseguiu, com um tom descontraído:

— Disseram-me que você não pode mais falar mesmo, Joe. Não consigo acreditar. Você me ouve, não é?

Joe respondeu tremendo o maxilar.

Edgar retomou:

— Quando penso no homem que você era, Joe... Você sabe que sempre o considerei um adversário honrado. É a única definição da amizade que vale para mim. Fico muito sentido mesmo por vê-lo diminuído dessa maneira. Dava para se entender com um homem como você. Fico muito triste que você não possa falar, nem escrever. Se pudesse, avisaria os seus filhos do que vai acontecer com eles.

Edgar ajustou o lenço do paletó, pôs as mãos nos bolsos e se esticou:

— Por que não ter-lhes aconselhado a ser razoáveis quando ainda era tempo? Isso vai continuar sendo um mistério. Eu poderia ter sido uma espécie de tio para eles, um padrinho benevolente. Faltou pouco para que formássemos uma equipe. Então, por que tanto ódio, palavras injustas e ferinas? Eu poderia ter velado por aquelas cabecinhas ruivas de irlandeses. Clyde e eu só pedíamos isso, ser adotados por uma família amorosa. Mas é de você, Joe, que sinto mais pena. Ver você neste estado, imóvel feito um peixe fora d'água, contemplando este infinito horizonte marinho sem perspectiva de voltar um dia a esse mar vital... Posso lhe dizer isso agora, o momento não é mais para segredinhos. Você iniciou uma interminável tragédia. Eu gostaria tanto de lhes estender a minha mão. Mas não posso. Era isso que eu queria lhe dizer, eu realmente não posso. Lamento, Joe.

Deixamos o velho enfermo quando uma brisa um pouco fresca levantava a moita de cabelos que lhe restava sobre as têmporas. Seus olhos pareciam ter aumentado, mas devia ser um produto da nossa imaginação. Queremos tanto a recuperação dos doentes graves que às vezes acabamos vendo coisas.

29

Comparecemos a uma das cinqüenta corridas a que tentávamos assistir durante o ano, apesar de nossas responsabilidades consideráveis. Era um dia especial, que devia começar pelo batismo de um puro-sangue com o nome de J. E. Hoover, idéia de um próspero proprietário que queria prestar homenagem a Edgar lembrando sua paixão pelas corridas. Edgar ficou muito lisonjeado, ainda que, em sua primeira saída, o cavalo tenha acabado em penúltimo. Entre a multidão de personalidades de todos os meios cujo único ponto em comum era poder viver até o fim de seus dias sem trabalhar, cruzamos com Meyer Lansky. O mafioso estava fascinante em seu terno branco, ainda que parecesse um pouco grande para ele. O panamá também contribuía para lhe dar muito garbo. O nariz em forma de faca para peixe e os olhos fora das órbitas davam a seu rosto expressões assassinas, declinadas conforme o humor. Surpreendente coincidência encontrá-lo ali já que, apenas alguns dias antes, nós o evocávamos a respeito de uma escuta em que ele não era visado, mas em que conversava com bastante liberdade com um de seus colegas sob escuta. As conversas gravadas tinham deixado o escritório muito agitado, já que Lansky se gabava de ter infiltrado um espião no mais alto nível do FBI. É evidente que não passou pela cabeça de ninguém a idéia de que se tratasse de Edgar ou de mim mesmo e, por conseguinte, as especulações foram rápidas em atiçar pequenas disputas e despertar ambições adormecidas. Edgar pôs fim aos rumores declarando que éramos objeto de constantes bravatas dos *mobsters* e que as alegações de Lansky não passavam disso. Então, não deixava de ser risível vê-lo ali, diante de nós, sem que ele soubesse que tinha sido durante longos dias o centro de nossas conversas animadas. Ele veio em nossa direção sem mais entusiasmo do que se encontrasse velhos parentes afastados. Mas Lansky era judeu e meio ignaro, não tinha a volubilidade dos italianos. Não querendo aceitar o caráter fortuito de nosso encontro, abordou-nos como se o procurássemos há horas:

— Os senhores querem me ver para que eu faça o cavalo do Sr. Hoover ganhar, ou os senhores querem que eu lhes diga quem vai ganhar hoje?

— Nada disso, Sr. Lansky, só o prazer de trocar algumas palavras com o senhor.

— Interessante que um criador tenha tido a boa idéia de pôr o seu nome num cavalo. É a consagração, o reconhecimento de seu trabalho contra os sindicatos e seus amigos, ou o senhor vê outras razões?

Edgar sentiu-se um pouco embaraçado e esforçou-se para não deixar transparecer.

— Está sendo injusto, Sr. Lansky. O senhor sabe bem que, se eu não fizesse um mínimo, seria taxado de complacência com o mundo do crime, e o meu ministro da Justiça, Robert Kennedy, aproveitaria para me pôr na rua. E se eu for para a rua, o senhor imagina, será bem pior.

— Esse cara ultrapassou a linha vermelha. A impressão que temos neste momento, veja bem, é muito desagradável. Estamos nos sentindo perseguidos, como se fôssemos cavalos e uma colônia de mosquinhas tivesse se instalado em volta desse lugar onde eles não podem se coçar. E alguns dos meus amigos e eu, a gente se pergunta se não vai perder a paciência.

— Vocês cometeriam um erro. Veja o senhor mesmo, nenhum processo legal está sendo seriamente intentado, e para que um dos seus seja de fato incomodado, é preciso que tenha ido longe demais, e que a Divisão de Costumes ou a de Narcóticos o tenha fisgado. Mas o senhor vê bem que, da nossa parte, exceto algumas brincadeirinhas, nada acontece de sério. Sou uma pessoa correta, Sr. Lansky, provei isso há muito tempo. Hoje, estou sob a pressão de um ministro da Justiça que me ordena que caia em cima de vocês. Faço o mínimo que nos permite escapar à crítica. Mas dou-lhe a minha palavra de que nada vai acontecer, exceto se eu for enxotado, mas é uma hipótese que não considero.

Vi então Edgar assumir um rosto de excepcional dureza.

— Entretanto, eu gostaria que as coisas ficassem claras, Sr. Lansky. Diga aos seus amigos que os senhores são perseguidos por vontade dos Kennedy, não minha. Que eu controlo perfeitamente a situação para evitar resultados desagradáveis e dou a minha palavra de que nenhum dos senhores incorre em pena pesada por algum crime sob uma investigação do FBI. Diga-lhes também que mantenho em sigilo o trabalho de investigação que fui obrigado a fazer para salvar a minha situação, mas que não hesitarei em tornar públicos esses dados se certas almas mal-intencionadas vierem a publicar certas fotos, e o senhor sabe do que estou falando. Diga aos seus amigos que não escolhi os Kennedy e que, ao contrário de certas pessoas de suas fileiras, nada fiz pela eleição deles. Agora, não aceitarei nunca ser a vítima inocente de qualquer repressão com relação à política dos Kennedy. Se as fotos vierem à tona de uma maneira ou de outra, se algum dos seus espalhar qualquer boato, a integralidade do esquema financeiro da sua organização será divulgada assim como o detalhe e as provas dos crimes que estão ligados às suas atividades. E se minha pessoa se tornar um alvo, tenho herdeiros o bastante para que o meu desaparecimento não tenha conseqüência alguma no mercado. Penso que os Kennedy estão conscientes de que jogam um jogo perigoso. Bob sabe de onde vem a fortuna do pai e a dele, e seu combate é o de alguém que tenta apagar uma má lembrança da memória familiar. Mas eu não tenho nada a ver com isso. Não lhe peço que me devolva as fotos, sei que pode duplicá-las tanto quanto for necessário.

— Sou o único a tê-las.

— Talvez o senhor pudesse desta vez me dizer quem as tirou?

— Homens nossos, com uma teleobjetiva. Mas o senhor sabe, pode ser que os caras que cuidavam da informação antes da CIA, gente da OSS, também tenham tirado as deles. É o que Donovan dizia em seu tempo, mas agora está morto. Talvez a CIA tenha algumas dessas fotos como herança. Mas estou certo de uma coisa. Nem eu, nem Rosselli, nem Giancana passamos para eles os negativos. Quero que fique claro.

— Acho que ambos estamos sendo claros.

— Mas diga-me, o senhor pensa que os irmãos querem ir até o fim contra nós?

— Não duvido.

— E agora que o velho está falando feito uma carpa, não há mais ninguém para dizer a eles que estão indo longe demais.

— Há.

— Quem?

— Eu.

— O senhor, Sr. Hoover. Eu sei e lhe disse isso, não duvido. Mas os irmãos falam para quem quiser ouvir que vão aposentá-lo após as eleições de 1964.

— Eu sei, é o que eles dizem. Saiba, Sr. Lansky, que não sou alguém a ser aposentado, nem sou do gênero que se aposenta. Enquanto eu viver, ninguém vai me substituir à frente do FBI. Tenho amor demais por este país e estou convicto de que, sem mim, ele poderá logo ficar à deriva. Sou o único a conhecer as verdadeiras prioridades. Se nunca incomodei os senhores, foi porque sempre pensei que o comunismo é a única verdadeira ameaça para este país. E o comunismo, ao contrário do que pensam os dois irmãos, é proteiforme, um câncer com ramificações para todos os lados que podem fazer a doença recomeçar de qualquer lugar com as mesmas conseqüências mortais. É o tipo de gente que acha que o risco é só exterior, Fidel, os russos etc. Mas sei melhor que eles que o inimigo está ali, escondido na sombra.

— Partilho o seu ponto de vista. Bem, vou supervisionar a corrida, às vezes pode haver irregularidades.

Lansky pôs-se a rir a bandeiras despregadas, contente com a própria piada. Apertamo-nos as mãos. Edgar manteve a de Lansky e lhe murmurou ao ouvido:

— Conto com o senhor para dizer aos outros que, se eu ouvir um único murmúrio sobre o que os senhores sabem, serei impiedoso.

Edgar não disse uma palavra durante o minuto seguinte. Tinha os traços puxados de um homem que acaba de travar um combate que não estava ganho de antemão. Gotas de suor molhavam sua testa e ele enxugou as mãos úmidas com o lencinho do paletó. Deixei-o entregue a seu silêncio enquanto contornávamos o gradil para tomar a direção da entrada das personalidades. Em seguida a pergunta me veio, irreprimível.

— Que história é essa de fotos?

Um longo momento transcorreu antes que ele resolvesse responder. Eu já tinha decidido não ouvir suas explicações e deixava o vento acariciar meu rosto. Então, quando estávamos apenas a alguns metros da recepcionista encarregada de nos acolher, ele se aproximou do meu ouvido como se fosse me dar uma dica para a primeira corrida.

— Uma velha história, Clyde, uma velha história que não lhe diz respeito.

Ele ficou sombrio por um curto instante, depois sussurrou com os dentes cerrados:

— Nenhum desses filhos-da-puta jamais vai me pegar, está me ouvindo? Jamais. E a história saberá reconhecer que fui o único a segurar o leme deste país no meio desses vira-casacas da política e do crime.

30

Marilyn Monroe fazia parte daquelas raras mulheres que figuravam no panteão fotográfico de Edgar, nas paredes da escada que levava ao andar de cima. Ele a encontrara várias vezes e guardava a lembrança de uma mulher deliciosa, frágil e de uma beleza tocante. Edgar sempre manifestou uma grande mansuetude para com ela e uma tolerância surpreendente por seus deslizes com os homens. Ele nunca a incriminava, mas preferia ver em sua conduta criticável o desespero de uma mulher só, incapaz de resistir a homens que a cobiçavam feito um troféu. A mulher mais desejável da América não podia ser ignorada pelo maior galinha do país. Considerando a atração irreprimível de John Kennedy pelas mulheres, era impensável que ele deixasse passar o símbolo sexual mais adulado de uma geração. Não me lembro muito bem se Marilyn foi apresentada a Kennedy por Frank Sinatra ou por Peter Lawford, o cunhado, casado com sua irmã Patricia, ator secundário que acabaria se divorciando, arruinado e afogado no álcool. Ambos a conheciam bem e Sinatra deve ter se aproveitado dela na oportunidade, parece-me. Durante sua relação com Marilyn, Kennedy via outras mulheres, todas de maneira tão episódica quanto ela. Era sempre difícil datar o fim de suas aventuras, pois, como eu disse, John não era homem de romper. A ruptura não estava em sua natureza, o que lhe permitia manter um imenso rebanho de mulheres que ele via ao sabor de suas saídas e do tempo livre que se permitia. Marilyn o amou profundamente e com tanta constância quanto sua fragilidade psicológica podia permitir. Ele, imagino, a amou nem mais nem menos que as centenas de outras mulheres que se achavam únicas a seus olhos. Nada de muito extraordinário nessa história a não ser que era profundamente humilhante para sua esposa legítima, sobretudo quando essa rival tão adulada punha sua voz de extrema sensualidade a seu serviço para lhe desejar feliz aniversário diante de uma imensa platéia de notáveis de primeira linha. Fiquei mais surpreso de saber que Bob também mantinha uma relação com ela. Bob, tão reservado no assunto em sua fantasia de pai de família impecável, só pecara, como já tive a oportunidade de escrever, pela mais desejável das mulheres conhecidas que apresentava, além disso, a vantagem de já ser amante do irmão. Havia nessa família uma competição sexual um pouco fétida que fazia passar as mulheres de pai para filho e de irmão a irmão com uma facilidade que explicaria a cumplicidade que tinham, se não fosse ainda mais expressiva na perversidade e no desprezo absoluto pelo sexo feminino. Como pudemos nos dar conta em múltiplas oportunidades, John não podia partilhar o leito de uma mulher sem também partilhar com ela certos segredos de Estado, uma maneira de adulá-las e de aliviar-se do peso excessivo de um cargo que às vezes o acabrunhava. John se abria em confidências, dando à interlocutora a sensação extremamente valorizadora de ser por um momento o conselheiro especial do presidente dos Estados Unidos. Em uma candura justificável por um terrível excesso de confiança em si mesmo que beirava a arrogância, ele nunca imaginava que as informações que divulgava podiam um dia se voltar contra ele. Sinal de seu desdém pelos outros, ele sempre se comportava tal como era, com um mínimo de cálculo. Acho que devia se dar conta, num cantinho do cérebro, de que corria imensos riscos ao se descobrir diante de cada mulher com quem convivia, mas nisso, típico dos Kennedy, ele pensava que o silêncio tinha um preço e que esse preço sempre seria acessível à sua família. Marilyn Monroe se tornara com o passar dos meses um serviço comum aos dois irmãos, um lugar de intercâmbio sexual confortável. Eles nunca se preocuparam com ela e nunca entenderam que ela acabaria sentindo-se utilizada, manipulada, conforme suas próprias palavras, "feito um vulgar pedaço de carne". Na época em que sua chama ardia vivamente, John mandara instalar uma linha telefônica direta para ela na Casa Branca. Ela podia chamar quando quisesse e entretê-lo longamente com suas dúvidas e angústias. Pouco depois de celebrar seus 45 anos, ele mandou cortar a linha sem avisar e pediu a Bob que lhe dissesse que não queria mais que ela o procurasse. Essa sentença que só punia sua sinceridade foi uma abominável afronta à depressiva atriz, que se pôs a atacá-lo. Deu a entender que, se ele não lhe manifestasse um pouco de consideração e de amor, de que o sabia incapaz, ela revelaria a ligação deles e lançaria em praça pública os segredos de alcova que diziam respeito à segurança do Estado e, notadamente, ao projeto de assassinato de Fidel Castro, tudo isso registrado num diário do qual nunca se separava. Apesar do apego de Edgar por Marilyn Monroe, para nós era difícil não prevenir o presidente de que a suntuosa atriz andava fazendo ameaças contra ele, dizendo ser capaz de explodir o Estado. Ela previa, além disso, organizar uma entrevista coletiva em que revelaria ao mundo inteiro sua ligação com os dois irmãos. Parece que Bob lhe propôs, então, uma transação financeira. Embora praticamente arruinada, recusou, num último impulso de orgulho, esse ato de prostituição.

Estávamos bem no início do mês de agosto de 1962, dois meses após o aniversário do presidente. Na manhã do dia 5, Edgar me telefonou bem cedo para me dizer que a nossa agência de Los Angeles o havia informado da morte de Marilyn Monroe, causada aparentemente por uma ingestão excessiva de substâncias medicamentosas. Seu dossiê relatava várias tentativas de suicídio. Para finalmente conseguir. Edgar e eu ficamos profundamente penalizados. A notícia só fez exacerbar nossa acrimônia contra os Kennedy, que achávamos responsáveis por terem precipitado a jovem mulher num desespero mortal. Não teríamos razão alguma para duvidar da causa oficial de seu falecimento, se um de nossos agentes não nos tivesse alertado para certos indícios que, sem demonstrar a tese de um assassinato, refutavam uma morte voluntária. Deve-se dizer que a nossa posição não era fácil nesse dossiê. Não tínhamos liberdade para agir. Se havia assassinato, o crime não podia ser da competência da Polícia Federal. Só a polícia de Los Angeles estava habilitada a fazer a investigação. O chefe do LAPD era então Parker, o único chefe de uma política estadual a sempre ter desafiado a autoridade do FBI e de seu chefe. Era inimigo jurado de Edgar, como já escrevi antes. Ethel Kennedy, a mulher de Bob, a parideira de primeira classe com sua colônia de filhos, saía falando nas reuniões e dentro do ministério de seu marido, gritando que Parker era o favorito deles para suceder a Edgar no comando do FBI. Mesmo assim conseguimos infiltrar a investigação e descobrir, como outros fizeram mais tarde, certas incoerências que mostravam que a busca da verdade não fora uma prioridade. Edgar, uma vez passada a tristeza, ficou muito excitado com a idéia de que a luz lançada sobre o caso Monroe poderia mostrar um aspecto tenebroso dos Kennedy.

Às 4 horas e 25 minutos da manhã, um domingo, o sargento Clemmons foi chamado por um homem que se apresentou como o Dr. Engelberg para lhe dizer que Marilyn Monroe, sua paciente, se suicidara. Enviado ao local, foi recebido por Eunice Murray, a governanta, por Engelberg e Ralph Greenson, o psiquiatra de Marilyn. Engelberg designou um frasco de Nembutal a Clemmons, que se aproximou do corpo da atriz coberto por um lençol azul celeste. Ela estava nua, de costas, o rosto enfiado num travesseiro, os braços ao longo do corpo, as pernas retas e juntas. Clemmons vira muitos casos de suicídios com medicamentos para notar que a postura tranqüila da vítima contrastava com a causa de sua morte. Ao contrário do que se pensa, a morte por absorção excessiva de soníferos cria convulsões, responsáveis por posições cadavéricas muito atormentadas. Clemmons ficou igualmente surpreso com a ausência de marcas de vômito que acompanham sistematicamente esse tipo de morte. Contradições nas declarações das três testemunhas e indícios discordantes, dentre os quais o mais flagrante era a extrema rigidez do cadáver, levaram o policial a pensar que o caso não estava claro. A governanta, em particular, afirmava ter-se levantado durante a noite para ir ao banheiro, quando viu luz sob a porta do quarto da patroa e a encontrou fechada por dentro. Como Marilyn estava surda a seus apelos e julgando a situação grave, ela havia chamado o Dr. Greenson. Na realidade, a governanta não tinha que passar diante da porta do quarto para ir ao banheiro e o espesso carpete do quarto não deixava ver luz alguma. Enfim, alegou-se que a vidraça do quarto fora quebrada para que viessem socorrê-la. Curiosamente, os cacos estavam todos do lado de fora. Aliás não se encontrou nenhum recipiente junto à morta, algo necessário para a água que devia acompanhar a ingestão dos soníferos. Mas as informações mais perturbadoras vieram da necropsia. Esta foi confiada a um médico legista adjunto, pouco experiente, o Dr. Noguchi. O escritório do *coroner** e o necrotério na época tinham a fama de ser um lugar inumano, onde eram freqüentes tanto roubos de cadáveres quanto atos de necrofilia, e os empregados dispostos à corrupção não se opunham a falsificar a causa de um falecimento. Como se tratava de um suicídio, o procedimento legal deveria ser o envio a esse lugar em escombros onde os ratos desfilavam entre os armários refrigerados. A funerária já tinha se apossado dele, tinha começado a embalsamá-lo e não

* Oficial da polícia judiciária nos países anglo-saxões. (*N. do T.*)

queria devolver. O empregado da funerária era um sujeito correto que recusara propostas de fotógrafos no limite de dez mil dólares para fotografar a morta mais célebre do mundo. E diante da persistência deles em penetrar no prédio a qualquer preço, decidira esconder o cadáver num armário de vassouras. O corpo afinal chegou ao necrotério para a necropsia. O *coroner* estava presente assistindo, fato excepcional. Sabia que se tratava de um processo decisivo. A concentração de substâncias tóxicas no fígado correspondia à absorção de sessenta a noventa comprimidos de soníferos. Porém, no exame do estômago e das vísceras, não foi encontrado nenhum rastro desses medicamentos, nem da cor amarela e do cheiro de pêra característico que deixam. O estado de congestão do corpo cianurado também fez pensar que a morte foi brutal, o que não é o caso numa morte por ingestão. Vários hematomas, e em particular o que se achava na nádega esquerda, um roxo feito um pires de xícara de café, indicavam claramente que tinha havido luta pouco antes do falecimento. Foram retiradas amostras dos rins, do estômago e de seu conteúdo, da urina e do intestino e enviadas a um laboratório para análise toxicológica. Dali desapareceram sem deixar rastro. O relatório afirmou que fora feita a busca de eventuais picadas por seringa e não revelara nenhuma injeção provável. Mas a pele sob as axilas teria sido desprezada. Com toda evidência, o suicídio não podia ser a causa da morte. O exame de lividez provou que, ao contrário do que alegaram as testemunhas, o cadáver fora removido entre a hora da morte e o momento em que endurecera. Na tarde do domingo, com Los Angeles já escura, Leigh Wiener, fotógrafo da revista *Life*, em troca de uma garrafa de uísque, entrou no necrotério e foi levado até a gaveta nº 33, onde puxaram o corpo sem vísceras da atriz para ele fotografar. Tinha sido reduzido a um mero pedaço de carne, e sem necessidade.

A investigação foi integralmente comandada pelo chefe Clarke, que não deixou nada ao acaso e patrocinou a destruição dos mínimos indícios que pudessem refutar a tese do suicídio.

Com exceção dos dois irmãos Kennedy, ninguém tinha interesse em sumir com a atriz. Edgar e eu sabíamos que Robert Kennedy se encontrava na Califórnia do Norte no fim de semana do crime e que podia muito bem ter ido ao domicílio de Marilyn na noite da morte. O registro de suas chamadas, desde então desaparecido, mostrou que ela falara com Robert na véspera e que este combinara encontrá-la para acalmar sua raiva contra os irmãos. Parece que ele veio duas vezes naquela noite, sendo que uma vez para tentar uma conciliação. Diante da raiva e das ameaças dela, ele saíra para voltar um pouco mais tarde acompanhado de Lawson e de um médico que lhe teria administrado a dose fatal a pretexto de lhe trazer um pouco de alívio. Ainda que nunca tenha comparecido oficialmente em juízo para esse caso, Kennedy foi várias vezes solicitado a contar em detalhes o que andou fazendo no momento dos fatos. Sempre manteve a versão de que estava hospedado na casa de um amigo que o convidara para o fim-de-semana, a setecentos quilômetros de Los Angeles. Porém o policial Lynn Franklin perseguira na noite da morte de Marilyn um Mercedes preto que ia numa velocidade duas vezes acima da permitida. Parara o carro no acostamento e com a lanterna iluminara o rosto dos três homens que o ocupavam. Logo reconheceu o ator Peter Lawford, depois descobriu com estupefação o ministro da Justiça dos Estados Unidos. Em seguida identificou o terceiro homem como sendo o doutor Greenson.

A maneira como toda essa história foi enterrada mostra que os Kennedy haviam colocado as pessoas certas nos lugares certos. Fizeram um trabalho de primeira ao controlarem sem falha a polícia de Los Angeles e, evidentemente, por suas funções, Bob tinha poderes sobre a magistratura. É um dos mais belos exemplos de cobertura bem-sucedida de uma morte provocada. Mesmo assim existem curiosas coincidências. O Dr. Noguchi, responsável pela necropsia de Marilyn Monroe, foi quem seis anos mais tarde fez a de Robert Kennedy após seu assassinato em Los Angeles.

31

Já fazia alguns meses a máscara dos Kennedy havia caído. Na esfera do poder, isto é, a nossa, não levavam mais ninguém na conversa com seus trajes bem cortados e seus ares de alta sociedade. À exceção do pequeno círculo de quarentões democratas que os cercavam e que eles compravam dando-lhes responsabilidades inversamente proporcionais a suas competências, os homens encarregados dos assuntos deste país há muito mais tempo que eles estavam cheios daquelas maneiras de dândis, da arrogância indolente do grande irmão e da grosseria acerba do pequeno irmão que se comportava como um eleito, embora não tivesse a menor legitimidade proveniente de um voto. Outros políticos tinham sido detestados antes deles, mas nenhum tinha dado uma imagem pública tão diametralmente oposta à sua verdadeira natureza. Sou de uma geração em que um gângster pelo menos tinha que ter cara de gângster. Mas, com os Kennedy, cruzamos com os piores malfeitores disfarçados de genros perfeitos. E isso, ninguém os perdoou. Aquela gente não se conduzia por código nenhum. Eram oportunistas, franco-atiradores sem cerimônia. Nunca encontramos, em nossa carreira, políticos que estiveram a esse ponto, sós contra todos. Acharam que podiam fazer o que bem entendessem porque gozavam de enorme apoio popular, um apoio unicamente fundado na imagem de homens jovens e modernos que ressuscitavam o desejo apagado da dona-de-casa do Arkansas. Mas, nos corredores do poder, nós os considerávamos sarnentos. Ser bom ou mau importa pouco, afinal. Mas, nos dois casos, é preciso ter regras e se ater a elas.

Certos paradoxos da existência só se explicam com o tempo, e o tempo foi necessário para se compreender por que o maior sucesso dos Kennedy foi também sua maior derrota. Depois da crise dos mísseis, eles estavam com os dias contados. Os corpos vivos às vezes levam tempo se defendendo. Foi necessário um ano para que os guardiães dos valores fundamentais da América medissem suas responsabilidades e tomassem as orientações que se impunham.

Tenho para mim que, de todos os acontecimentos mais dramáticos da história, não houve nenhum que tenha representado riscos tão sérios para a humanidade quanto este. Estávamos em outubro de 1962 e a equipe de Kennedy só estava preocupada com duas coisas: eliminar Fidel Castro e preparar as eleições para o Senado em que esperavam medir os efeitos da política levada a cabo. Em meados de outubro, um avião de reconhecimento U2 voltou de uma missão de vôo sobre Cuba com uma película na qual apareciam pontos suspeitos que não haviam sido observados antes. Os negativos ampliados revelaram a instalação de mísseis soviéticos na ilha, de médio alcance, equipados com ogivas nucleares capazes de destruir todas as grandes cidades do Leste num raio de milhas náuticas. Kennedy enfrentava a crise mais dramática de sua presidência, que poderia ter acarretado a primeira guerra nuclear da história da humanidade. O acontecimento foi apresentado como uma agressão deliberada da União Soviética, que acenava com a ameaça de uma destruição sob as barbas de uma América estupefata. Mas não se deve esquecer que, desde o fim do mandato de Eisenhower, mísseis Júpiter instalados na Turquia ameaçavam da mesma maneira o império vermelho. Os soviéticos tampouco ignoravam a firme vontade do governo Kennedy de eliminar Fidel e derrubar o regime cubano. Aliás, cinqüenta mil russos estavam encastelados na ilha para organizar a defesa. A atitude de Kennedy em relação a Cuba era característica de sua maneira de agir. Atacava a ilha com grupos paramilitares oriundos das operações clandestinas da CIA com a ajuda dos refugiados cubanos, mas tirava o corpo fora sempre que chegava o momento de concluir o processo com uma ação militar rápida e definitiva. Cuba deveria ter sido invadida quando ainda era tempo. Era essa a opinião do Estado-Maior havia muito tempo, mas, como sempre, o inexperiente John só fazia o que lhe dava na cabeça e só ouvia o irmão Bobby, o noviço. Contaram-me que, na manhã de 16 de outubro de 1962, John, o aprendiz de feiticeiro, estava com uma cara muito desapontada diante da célula de crise que olhava, irônica, a mosca bem penteada debater-se no bocal. O alegre presidente teria até confessado que, pela primeira vez, lamentava ter sido eleito. A América estava em alerta máximo e, fato sem precedentes, Kennedy foi forçado a suspender suas atividades sexuais por 13 dias. Os mais altos escalões do Exército pronunciaram-se unânimes a favor de uma resposta sem ambigüidades. Os mísseis, que estariam prontos em menos de uma semana, deveriam ser bombardeados, e Cuba, invadida. Kennedy objetou que esse bombardeio não podia ocorrer sem vítimas soviéticas, o que segundo ele equivalia a uma declaração de guerra. Em represália, estava convencido de que os russos iam por sua vez bombardear e invadir Berlim. Os militares apostavam que os russos não ousariam. A velha-guarda estava persuadida de que Kennedy pagava pela falta de firmeza no episódio da baía dos Porcos e seu excesso de esforço para a conciliação quando foi erguido o muro de Berlim. Preconizavam a virilidade e a volta incondicional ao equilíbrio do terror, cujas conseqüências seriam todas assumidas. Kennedy, sem alternativas, tinha de ouvir os antigos. Escolheu seguir o que sugeriu Adlai Stevenson, o calejado democrata embaixador nas Nações Unidas, anunciando diante de todas as rádios e das três cadeias de televisão a imposição de um bloqueio naval a Cuba. Aterrorizado, o país ficou sabendo que estávamos à beira de uma guerra nuclear. No dia seguinte, às 10 horas da manhã, a Marinha americana cercou a ilha enquanto uma frota de cargueiros soviéticos se aproximava. Kennedy, seu irmão e McNamara, o secretário de Defesa, assumiram pessoalmente a direção das operações, arriscando melindrar a hierarquia militar. Nenhum navio russo tentou forçar a barragem e alguns começaram a dar meia-volta. Os dois irmãos aproveitaram essa calmaria para retomar contato com o primeiro-ministro soviético pelo canal secreto. Ele disse qual era a sua condição: a retirada dos mísseis em troca do compromisso dos Estados Unidos de nunca invadir Cuba. Kennedy aceitou. Para os militares, foi uma capitulação. Essa atitude correspondia a legitimar Cuba. Quando a crise estava próxima de uma solução, novas mudanças. Khruschev, aparentemente perdendo poder no Kremlim, sentiu-se forçado a aumentar o lance. Exigiu que, além do compromisso de não agressão, os Estados Unidos desmontassem seus mísseis Júpiter parados na Turquia. Ainda que obsoletos, esses mísseis tinham forte valor simbólico. Kennedy enviou o irmãozinho para negociar com o embaixador russo, dizendo que aceitava a proposta contanto que tivessem o prazo de seis meses para desmontar os mísseis e que, sob nenhum pretexto, esse acordo secreto fosse revelado. A crise dos mísseis acabava de chegar ao fim. Kennedy foi aclamado pela opinião pública como o homem da paz, que havia salvado o mundo. A pouco mais de um ano das eleições, 77% dos americanos manifestaram-se favoráveis a ele.

Edgar vivenciara muito mal esse episódio de nossa história. Os foguetes estavam apontados na direção das cidades do Leste e Washington não escaparia. Ficamos sabendo da iminência de um conflito nuclear pela mesma via que o mais ordinário dos cidadãos: uma alocução de Kennedy feita da Casa Branca. Com o rosto marcado pelas horas de angústia que haviam precedido seu discurso, John nada escondera da gravidade da situação, que parecia deixá-lo totalmente desamparado. Sob o efeito da raiva, Edgar se descompôs por não ter sido colocado a par do segredo na hora em que o país estava virtualmente em estado de guerra. Depois veio o medo. Difuso num primeiro tempo, depois pânico, à medida que tomou consciência da irreversibilidade da situação.

— É a primeira vez que somos confrontados com um conflito provável do qual não sairá nenhum ganhador — exclamou enquanto tamborilava nervosamente no braço da *chesterfield* de couro marrom de meu salão na qual se sentara para assistir à declaração presidencial.

— Deus não pode aceitar uma eventualidade como esta — intervim, profundamente abalado com o drama que acabava de se anunciar.

Edgar pôs-se a piscar as pálpebras como se um alarme tivesse acabado de disparar. Era o som de seu instinto de preservação em perigo por acontecimentos sobre os quais não tinha alcance algum. Tentou no entanto responder à minha pergunta, embora seu raciocínio já o levasse bem mais longe:

— Não penso que seja preciso contar com ele. Não mais que com esse palerma do Kennedy.

— Como você pode dizer uma coisa dessas? — reagi, chocado com aquela blasfêmia inesperada.

Edgar, então, assumiu um ar que eu não conhecia, uma máscara de alma do outro mundo, pálido, os olhos esbugalhados pelo pavor já submerso pela raiva:

— Deus nos pôs aqui, Clyde. Não vejo nada que o impeça de nos chamar para junto de si.

— Você não está falando sério, Eddy.

— Estou falando muito sério, Clyde. Acho que estamos nos aproximando do apocalipse. Não fico espantado. Deus é a ingratidão em pessoa. Mas se tiver que sobrar dois, Clyde, seremos nós. Estou certo de que esses filhos-da-mãe da Defesa não previram nada para nós aqui em Washington, como um abrigo antiatômico. Não podemos ficar no Leste. Peça a nossos agentes que requisitem um abrigo no sul da Califórnia. Quero que armazenem um ano de reservas de comida e água mineral. Mas não quero conservas do Exército. Nosso uísque, caixas do nosso uísque. Papel higiênico. Sementes, adubos agrícolas e um manual de agricultura para iniciantes caso seja preciso replantar. Pergunto-me se o sul da Califórnia é uma boa idéia. Deveríamos optar pelo Alasca.

— Por que diabo o Alasca, Eddy?

— Porque estamos perto da União Soviética e não imagino os soviéticos bombardeando tão perto da própria fronteira.

— Mas só a costa leste está ameaçada!

— Nunca se sabe. Se o conflito se generalizar, o Oeste poderia ser visado. Mas não o Alasca.

— Se os habitantes do Alasca tiverem tido o mesmo raciocínio, você está certo de encontrar um abrigo já construído no Alasca? Na afirmativa, podemos dispensar a parafernália agrícola, não cresce nada num lugar onde só há outono e inverno.

— Nossos agentes vão nos dizer bem rápido. Pensando nisso, é preciso armas. Pistolas, metralhadoras, granadas. Não sabemos com quem arriscamos topar no dia em que sairmos do abrigo.

— Mas você acha que um rico californiano ou um caçador endinheirado do Alasca vão nos dar dois lugares no abrigo deles?

— Sempre é mais tranqüilizante ter ao lado o número um e o número dois do FBI.

— Você acha que vamos tranqüilizar uma família vindo nos encafuar no abrigo antiatômico deles?

— De qualquer maneira, não está em questão dividir um abrigo. Falei em requisitar.

— E, segundo você, os proprietários desse refúgio não previram nada contra os intrusos? Temo que seja tarde demais, Eddy.

Edgar ficou andando de um lado para o outro e gastou furiosamente uns 15 minutos antes de voltar para o carro com chofer cujo motor estava ligado há mais de uma hora. É evidente que um dia lhe perguntei a razão daquela mania de nunca deixar o chofer desligar o carro quando ele estava afastado de casa ou do FBI. Respondera-me que o tempo necessário para ligá-lo era às vezes o que separava a vida da morte.

Edgar não perdoava nunca um homem que um dia ameaçasse a sua função. Mas Kennedy fora muito além dessa indelicadeza. Sua incompetência fizera Edgar arriscar a vida como um americano qualquer.

Com o fim da crise dos mísseis, a tensão deu lugar ao rancor e aos temores. O Exército, a CIA e o Departamento de Estado saíram feridos depois desses 13 dias em que Kennedy dera a demonstração mais flagrante de seu desprezo pelas instituições. Tinha gerido a crise tendo Bob e Kenny O'Donnel como únicos conselheiros. Para os militares, Kennedy era um homem imaturo que dissimulava a falta de coragem com uma ação bagunçada e clandestina. Ainda que, na sombra, os irmãos dessem mostra da mesma determinação para desestabilizar Cuba, nenhuma dúvida podia subsistir no espírito dos exilados. Kennedy punha um termo na esperança que tinham de reencontrar a pátria. Aqueles que tinham sofrido nos campos desde a "baía dos Porcos" voltaram para os Estados Unidos uma vez pago o resgate, achando que alguém tinha de lhes prestar contas.

•

Kennedy conseguiu se livrar de Ellen Rometsch, uma das prostitutas que o acompanhava em suas travessuras aquáticas na piscina da Casa Branca, tão logo foi informado, graças aos nossos cuidados, de que ela era agente da Alemanha Oriental. Foi expulsa com um cheque. Mas, dali por diante, estava solidamente fixada em Washington a idéia de que a deplorável sexualidade do presidente iria colocá-lo à mercê dos chantagistas. John se tornara um perigo para o país. Se nenhuma revelação jamais foi feita sobre seu comportamento, é que os inimigos não queriam que um descrédito como esse pudesse manchar o mais alto nível do Estado. O interior do país se surpreenderia que nós, os homens responsáveis, conhecendo bem sua dependência para com as depravações, não tivéssemos posto um fim mais rápido em seus excessos.

Devo confessar que não me levantei contra a idéia de que o presidente devia ser assassinado. Dizer-lhes que eu sabia por quem, como e quando seria uma maneira mentirosa de revisitar a história e de me atribuir um papel que não tive. Nossa cobertura das conversas mais íntimas dos grandes deste país era eficaz o bastante para que nenhuma dúvida pudesse subsistir quanto ao desfecho fatal. Comparo esse momento ao desembarque dos aliados na Europa em 1944. Não havia dúvida alguma quanto ao ataque. Só as modalidades permaneciam confidenciais.

32

Nos anos seguintes ao seu desaparecimento, secretamente me deleitei com as teorias que floresceram sobre o assassinato de John Fitzgerald Kennedy. Passado o pavor da aparente monstruosidade dessa tragédia tão radical quanto inesperada pelo grande público, muitos se entregaram ao jogo e tentaram estabelecer a verdade sobre esse acontecimento excepcional. Nunca vi ninguém chegar próximo dela. Até os mais finos detetives da investigação privada desprezaram o fato de que Kennedy era uma necrose da sociedade, um corpo morto que naturalmente se desprendeu de células vivas, como o veludo dos cornos de um cervo ou a pele de uma cobra durante a muda. Os iniciadores da teoria do complô, a mais espetacular de todas, imaginaram que os donos do poder tinham se reunido, em assembléia numa corte de justiça, cada um representando uma parte ofendida. É uma visão bem cavalheiresca que lembra erradamente as grandes conjurações da história antiga. Uma reunião de intrigantes como essa jamais aconteceu. No máximo, eu falaria de uma convergência de inimizades, da colusão informal de boas vontades sem mais ruídos que um murmúrio no ouvido de um morto.

Dois campos se formaram com o tempo. O primeiro constituiu-se em torno dos detratores de John. Revelam à luz do dia sua duplicidade política e moral e sua extrema dependência para com pulsões irreprimíveis. E sempre concluem no mesmo sentido: um homem providencial, um criminoso iluminado teria vindo, por iniciativa própria, pôr fim à carreira do ilusionista carismático. Uma história verdadeira que acaba em ficção. Do outro lado, aqueles que incensaram Kennedy por tê-los feito sonhar com um mundo novo perseguem o complô com obstinação descontrolada, sem conseguir compreender que seu desaparecimento era inelutável. Não vejo nada de maquiavélico na maneira como as coisas se desenrolaram. Só um encadeamento de lógicas que iam no mesmo sentido. Kennedy não podia ser reeleito em 64, era uma evidência para todos os homens de boa vontade que não queriam assistir ao naufrágio da primeira potência econômica e militar do mundo.

Repetidas vezes alertamos tanto John como Bob sobre a existência de boatos que falavam da preparação de um assassinato do presidente. Mas eles se achavam bem acima do comum dos mortais. John se transformara em apóstolo da paz e seus discursos lhe valiam a admiração do primeiro-ministro soviético que, após tê-lo minuciosamente enrolado, comentou que ele era de seu ponto de vista o maior presidente americano desde Roosevelt, o que aumentou, compreende-se facilmente, a nossa desconfiança. Fora após o famoso discurso que em geral só se faz após uma entrega de prêmio Nobel:

> De que paz estou falando? Não de uma paz americana imposta ao mundo por nossos meios de destruição. Não de uma paz dos túmulos ou uma segurança de escravo. Falo de uma verdadeira paz, o gênero de paz que permite que as pessoas e as nações cresçam, que tenham esperança e construam uma vida melhor para seus filhos, não só uma paz para os americanos mas uma paz para todas as mulheres e todos os homens, não uma paz para agora mas uma paz para sempre. Os líderes americanos e soviéticos têm um profundo interesse comum numa paz justa e sincera que ponha um fim à corrida armamentista. Se não podemos ignorar nossas diferenças, pelo menos podemos tornar o mundo seguro em sua diversidade. Afinal, nosso laço comum é que habitamos todos este pequeno planeta. Respiramos todos o mesmo ar. Temos todos carinho pelo futuro de nossos filhos. Somos todos mortais.

Em compensação, creio que deixamos de contar aos dois irmãos as escutas relativas a uma conversa de Marcello, um dos mais detestados por Bob.

"Tenho que tirar essa pedra do meu sapato. Não se preocupe com esse filhinho-da-puta do Bobby, vou cuidar dele. Não, não vou pegar um de meus homens, vamos achar um aloprado. Mas não é do Bobby que a gente vai cuidar por enquanto. Se a gente apagar ele, vamos ter o irmão nas costas durante cinco anos para nos arrancar a pele. Não adianta nada no momento. Se você cortar o rabo do cachorro, ele continua mordendo. Mas se você cortar a cabeça dele, ele se ferra."

Sou o único a escrever o que realmente aconteceu. Não o faço por remorso nem para livrar a consciência ao me aproximar do fim. Escrevo-o porque deve ficar claro para a posteridade que não tínhamos outra solução. Quando um homem se afasta a esse ponto da imagem que ele passa, e tem por encargo o planeta, se estiver cercado de pessoas responsáveis, estas não têm outra solução a não ser eliminá-lo.

Kennedy foi morto por seu pecado. A Máfia substituiu-se ao Eterno. Deu, depois tomou, com a bênção da multidão de fiéis de que fazíamos parte. Havia em John uma estranha relação com a morte, que o rondava desde a infância. Ele sabia que estava condenado pela doença de Addison, as costas lhe doíam cada vez mais. No dia do assassinato, usava um colete, por isso é que seu tronco ficou rígido enquanto uma bala lhe arrancava a metade da cabeça. Para ele, estava cada vez mais difícil dissimular as injeções de anfetaminas e opiáceos que lhe administravam todos os dias. Certamente uma das razões da alteração crescente de seu juízo.

Reconheço de bom grado que Edgar e eu não gostávamos do homem. Com certas pessoas, a gente tem a intuição de uma terrível incompatibilidade que nada pode atenuar. Não pertencíamos ao mesmo mundo e é verdade que fizemos muito para que ele deixasse o nosso. De fato não se comportou bem conosco. Quando lhe falavam de Edgar, do qual hoje se sabe o que representou para a América, ele soltava a fumaça do charuto dizendo: "Hoover é um chato, ele pode nos prejudicar, mas nós podemos controlá-lo." Se não tivesse começado o mandato com a idéia de nos pôr na rua no início do seguinte, poderia ter contado com certa lealdade de nossa parte. Mas ele ia rápido demais. Era um imoderado, um aproveitador, o que Edgar e eu nunca fomos. Tampouco perdoamos a maneira como ele pôs Bob nas nossas patas como se amarrasse os pés de uma vaca. Um rapaz de juventude arrogante, para não dizer insultuosa, um rapaz muito mal educado. Não sei se, em outras épocas, teriam aceitado um presidente assim para a América. Mas, naquele momento, estávamos em guerra, uma guerra fria é verdade, mas que ameaçava a qualquer instante nosso planeta. Os comunistas nunca tinham sido tão fortes. Nosso país não podia se satisfazer com um idealista hipócrita.

Na véspera de sua ida a Dallas, Kennedy não se sentia muito bem e confiou a Pierre Salinger, o porta-voz: "Preferia não ir ao Texas." Salinger recebera pouco tempo antes uma carta escrita por uma mulher que dizia: "Não deixe o presidente vir aqui. Preocupo-me muito com ele. Tenho medo de que alguma coisa ruim lhe aconteça." Salinger não ousara conversar com ele sobre isso. Kennedy na certa lhe teria dado a mesma resposta que nos deu: "Se alguém é maluco o bastante para querer matar um presidente dos Estados Unidos, ele pode matar. Basta apenas que se disponha a dar a vida em troca da do presidente." Sem saber, já estava tomando posição a favor da teoria do matador isolado. No avião que o conduzia a Dallas, contaram-me que ficara bem próximo da mulher, como se ela o fosse de verdade pela primeira vez.

Eu estava ao lado de Edgar quando ele pegou o telefone para chamar o ministro da Justiça e irmão do presidente. Estava de mármore, sem a menor afetação no tom da voz:

— Tenho notícias a lhe dar.

— Quais?

Edgar, bem factual:

— Atiraram no presidente.

Robert Kennedy, chocado:

— O quê? É… É sério? Eu…

— É sério. Estou procurando obter mais detalhes. Chamo-o quando tiver mais informações.

Edgar desligou e mergulhou na leitura de um jornal da véspera como se as informações que continha não estivessem brutalmente vencidas.

Trinta minutos mais tarde, recebeu uma chamada de nosso escritório em Dallas. Não se incomodou em me comunicar o teor antes de tirar o telefone do gancho:

— Sr. Kennedy? Hoover de novo.

— Então?

— O presidente morreu.

Edgar desligou, refletiu por alguns instantes antes de pegar novamente o telefone:

— Shanklin?

— Pois não, senhor diretor.

— A polícia do Texas com certeza vai tentar fazer do crime um assunto estadual. Não sei muito bem quem tem competência para resolver o assassinato de um presidente. Façamos como se fôssemos nós. De acordo?

— Muito bem, senhor diretor.

— Shanklin! Uma última palavra. Quero sua inteira disponibilidade ao telefone. Quero que me relate os mínimos detalhes de suas investigações, e o proíbo, assim como os seus agentes, de divulgar a menor informação. Fui bem claro? É o maior caso da história do FBI. Não quero uma única nota errada. Caso contrário, serei impiedoso na mesma proporção da importância da situação.

— Perfeitamente claro, senhor diretor.

Às 3 horas da tarde, Shanklin nos informou da prisão de Lee Harvey Oswald, assassino presumido do presidente e de um policial de Dallas. Revelou-nos a existência de um dossiê do FBI sobre esse indivíduo.

Às 6h05, o Air Force One que transportava os despojos do presidente acompanhado de sua viúva aterrissava na base militar de Andrews, onde os esperava todo o pessoal político e administrativo dos Estados Unidos.

Edgar decidira não ir. Queria que deixássemos o escritório, que fôssemos à sua casa tomar uma boa taça de "dez anos de idade". Foi ali que esperamos a primeira chamada do novo presidente. Aquele que, poucas horas antes, não passava de um vice-presidente contrariado por ser apenas o terceiro personagem do executivo atrás de John e Bob telefonou a Edgar precisamente às 7h26.

— Aqui entre nós, Edgar, você acha que é um complô visando a destituir todo o governo, ou visava só ao Kennedy?

— Na minha opinião, visava apenas Kennedy, senhor presidente.

— Devo temer por minha segurança pessoal?

— Nunca se sabe. Se desejar, posso lhe enviar reforço.

— Acho que seria uma boa idéia. Esses bundões do serviço secreto não foram capazes de proteger Kennedy. De fato não tenho confiança.

— Será feito imediatamente. Mas, no meu ponto de vista, ninguém pensa em eliminá-lo.

— E quanto à investigação?

— Tenho setenta agentes no local e trinta de reserva prestes a decolar.

— Eu gostaria de ter um relatório completo sobre o assassinato assim que possível.

— Claro.

— Edgar, eu gostaria que as coisas fossem perfeitamente claras entre nós. Não pode ter havido complô. Não é aceitável aos olhos da opinião. Estamos de acordo quanto a este ponto?

— Creio que estamos perfeitamente de acordo. Sei que o momento não é muito bem escolhido mas eu gostaria de felicitá-lo por sua nomeação.

— Obrigado, Edgar. Dei instruções para que a polícia de Dallas seja desincumbida do caso. Quero apenas o FBI nesta investigação.

Pouco depois, Richard Nixon chamava Edgar. Era a raposa fuçando:

— Na sua opinião, Edgar, foi um desses malucos de extrema direita?

— Nesta fase, tenho todas as razões de pensar que foi um comunista.

— Seria um complô comunista?

— Não penso que se trate de um complô. Acho que foi um comunista isolado.

* * *

No dia seguinte de manhã, Edgar enviou um relatório de investigação preliminar ao presidente, que afirmava que Lee Harvey Oswald, agindo só, era o assassino de John F. Kennedy. Depois, fomos fazer compras para aproveitar aquele belo dia um pouco fresco.

Às 3h15 da manhã, Shanklin nos acordou, já que eu estava dormindo em outro quarto ao lado do de Edgar.

— Desculpe acordá-lo, senhor diretor, mas creio que a informação é de máxima importância. Alguém telefonou para o nosso escritório em Dallas para dizer que Oswald ia ser assassinado no momento de sua transferência da delegacia de polícia de Dallas para uma prisão secreta.

— Chame Curry, chefe da polícia local, e conte isso a ele. Diga-lhe para não falar nada sobre a hora da transferência. Eu ficaria surpreso que fosse verdade, mas faça o seu trabalho.

Curry na verdade recebera a mesma chamada que Shanklin. Não se preocupava, de acordo com o previsto.

Às 0h21, quando a transferência estava sendo feita, Oswald foi assassinado à queima-roupa por Jack Ruby. Morreu no hospital de Parkland às 2h07.

O assassinato aconteceu ao vivo pela rede de televisão NBC.

No dia seguinte, Edgar exigiu que o dossiê de Oswald lhe fosse entregue sem que nenhuma cópia fosse conservada. Nele só constava uma página e meia.

O presidente, que prestara juramento a bordo do Air Force One, confiava-nos uma missão da mais alta importância: dar à investigação o sentido mais desejável para a nação. Era um pouco como se nos tivesse gratificado com uma segunda juventude. Bob continuava no posto. Praticamente não o vimos nos dois meses seguintes ao assassinato do irmão. Nunca se manifestou para saber a verdade. Contentou-se com o esclarecimento que um vasto consenso estava disposto a lhe dar, o de uma penumbra artificial.

Esconder a verdade é uma arte completa e requer um perfeito conhecimento dessa verdade para permanecer crível. Só se esconde o que se sabe e devo reconhecer que, no momento dos fatos, não sabíamos muito sobre o hábil e provavelmente longo processo que tinha conduzido a esse assassinato, ainda que, admito, não tenhamos tido a menor dúvida quanto a sua iminente ocorrência. Estávamos diante de um trabalho colossal de reconstituição de uma decisão. Era preciso coletar os mínimos detalhes que levassem aos poucos que se diziam dispostos a acabar com os Kennedy começando pelo assassinato do mais velho. E não desprezar a importância dos papéis secundários tão aptos a montar o projeto quanto a atrapalhar sua execução. Não há crime sem motivo, evidente para nós. Não só o crime concretizou sua ameaça, mas conseguiu transferir a responsabilidade para uma causa mais nobre, a dos partidários de Fidel Castro, ele mesmo ameaçado de morte pelos Kennedy. Não tínhamos dúvida alguma quanto à contribuição dos anticastristas para esse atentado que, na mente deles, visava a levantar a opinião pública contra Cuba e criar condições para uma invasão legítima da ilha com o apoio do exército americano. Além disso, por trás, encafuados feito um imenso polvo adormecido, estavam todos a quem essa morte convinha de diversas maneiras, algo que justificava contribuições esporádicas mas decisivas.

A repartição do trabalho entre nós dois se fez de modo bem natural. Eu levava adiante a investigação e Edgar cobria os resultados. Antes de examinar o primeiro e depois o segundo círculo dos atores, dediquei-me à reconstituição dos fatos. Até ali eu nunca havia trabalhado numa tal urgência. Johnson confessara a Edgar que não podia evitar uma comissão de investigação exceto alimentando rumores que já iam a todo vapor. Pensara em nomear para o comando Earl Warren, o presidente da Corte Suprema, e um número reduzido de assessores cujos nomes estava disposto a discutir com Edgar. Sem que as coisas fossem expressas de modo tão claro, ficou combinado que o FBI devia lhes entregar o trabalho todo mastigado e orientá-los ao longo da investigação. Mas, para ser capaz disso, era preciso desmontar rápido o mecanismo do caso e remontá-lo dando-lhe uma forma irrepreensível. Eu devia dedicar-me a isso sem demora enquanto Edgar enviava todos os dossiês pessoais dos membros sondados da comissão para avaliar em que medida era possível controlá-los, caso viesse à mente de alguns deles opor-se às nossas conclusões.

A teoria do atirador isolado devia repousar em hipóteses tão simples quanto possíveis e de uma lógica acessível ao grande público. O matador devia ser um comunista solitário com laços prováveis com os soviéticos mas não a ponto de incriminá-los diretamente. Devia ter uma real simpatia pelo regime de Castro, facilmente demonstrável. Era a lógica seguida por aqueles que montaram o golpe. Oswald, ex-militar, instável e comunista, supostamente havia acertado três tiros no presidente a partir do depósito de livros onde trabalhava há algumas semanas. Durante as primeiras horas de minha investigação, contentei-me em acomodar-me ao que os patrocinadores queriam fazer crer. Eu tentava detectar as falhas do dispositivo deles para em seguida torná-lo ainda mais crível e sobretudo ver de onde a crítica podia surgir e nos deixar embaraçados.

Descobri sem surpresa que Kennedy não estava em segurança em Dallas. Alguns dos homens designados para protegê-lo tinham virado a noite e enchido a cara. Quem mais criticou isso foi Bolden, o primeiro negro do serviço secreto, que acusava sua organização de laxismo deliberado. Mais chato ainda, afirmava com razão ter recebido do FBI no início do mês de novembro informações sobre um eventual complô contra Kennedy em Chicago, nas mesmas condições, e que, em vez de encarar o fato como uma lição, o serviço secreto relaxara a vigilância. Bolden foi depois acusado de divulgação de dossiês confidenciais e silenciado. É verdade que as regras elementares de segurança não foram respeitadas. O Lincoln Sedan conversível do presidente fez sua entrada na Dealey Plazza pela Main Street. Efetuou uma primeira curva à direita em Houston Street, depois diminuiu para menos de vinte quilômetros por hora para pegar à esquerda uma curva bem fechada que o levava para Elm Street. Foi na saída dessa curva, onde a traseira do carro presidencial quase encostou no depósito de livros das escolas de Dallas, que o tiroteio começou. As regras do serviço secreto são unânimes num ponto: um cortejo presidencial não deve pegar uma curva de mais de 90 graus. O ângulo de Houston e Elm fazia 120. Outros fatores confirmam a tese do laxismo, isto se não for cogitada a sabotagem do dispositivo de segurança. Aos primeiros tiros, a limusine diminuiu a velocidade em vez de acelerar. Não houve vigilância das janelas abertas durante o percurso. A segurança militar não estava de prontidão em Dallas nesse dia. Houve também dois acontecimentos inabituais. A abertura de um guarda-chuva por um homem à aproximação do cortejo para assinalar sua proximidade. A crise de epilepsia de um espectador, pouco antes do crime, mobilizando policiais locais para evacuar um doente cujo rastro não foi encontrado em nenhum hospital da cidade, um evidente e bem-sucedido desvio de atenção na hora em que os atiradores se instalavam por trás de uma paliçada. Havia 15 agentes da segurança pessoal no momento do atentado. Só três reagiram quando os tiros ressoaram. Depois da curva em ângulo agudo de Houston para Elm Street, um primeiro estrondo foi ouvido pelas testemunhas. Todos acharam que fosse o barulho de fogos. No segundo tiro, Kennedy deve ter sentido como que uma picada de marimbondo na garganta. Levou as mãos ao pescoço e, ao ver sangue, exclamou: "Meu Deus, me acertaram." Uma segunda bala não fatal lhe atravessou o tórax. Enquanto isso, o chofer, que compreendia a gravidade do acidente, em vez de acelerar como exigem os procedimentos, freou e os faróis se acenderam para só acelerar depois do fim dos tiros. Nesse momento preciso, Kennedy, embora seriamente ferido, ainda tinha boas chances de se safar. Uma terceira bala levou a parte de trás de seu crânio, e ele desabou no colo de Jackie que, aterrorizada, tentou fugir agachada pelo porta-malas do carro enquanto um agente do serviço secreto precipitava-se para protegê-la. O governador Connally estava bem na frente do presidente, sentado entre o banco dos Kennedy e o dos choferes. Foi atingido em quatro lugares: nas costas, no peito, na coxa e no pulso. Nenhuma bala foi mortal.

•

Lembrei-me do velho adágio de Edgar tomado a Hitler, "quanto maior for uma mentira, melhor ela passa", para explicar e em seguida defender a idéia de que só três balas tinham sido disparadas do depósito de livros. Todas as três tinham primeiramente atingido Kennedy e em seguida Connally. Uma delas teria ricocheteado para ferir uma segunda vez o governador do Texas. Três balas para sete feridas. Três cápsulas tinham sido voluntariamente deixadas no depósito de livros; estava fora de questão dar crédito à hipótese de uma quarta bala e até outras. Num filme feito por um amador, Zapruder, a medida do tempo transcorrido já põe em dúvida a possibilidade de que um homem só tivesse dado os três tiros. Uma quarta bala teria demonstrado a presença de outro atirador, logo de um complô. Além disso, Kennedy e Connally deveriam estar de costas para o atirador. Se era relativamente fácil manter essa ilusão para as duas primeiras balas, a terceira, que projetara Kennedy para a esquerda, provava que o tiro vinha da direita. Se o tiro tivesse sido dado nas costas, jamais poderia lhe arrancar daquela maneira toda a parte de trás do crânio sem que a bala saísse pela frente. O tamanho do estrago causado pelos dois primeiros tiros levava à conclusão de que o calibre utilizado diferia dos dois primeiros, ou que duas balas do mesmo calibre tinham sido atiradas ao mesmo tempo. Infringindo a lei do Texas, o corpo de John Kennedy, meia hora após o atentado fatal, foi levado ao hospital naval de

Bethesda, em Maryland, para ser autopsiado sob a vigilância do Pentágono. Uma iniciativa de Johnson, que compreendera que a menor derrapagem na necropsia podia comprometer definitivamente a versão do assassinato entregue ao público. Durante o exame cadavérico, reinou um clima de terror. Os participantes, médicos e militares, foram informados de que o autor do menor vazamento seria levado à corte marcial, no melhor dos casos, deixando supor que a eliminação física dos culpados não estava excluída. O aviso não era brincadeira: três anos depois, o tenente-coronel Pitzer, que acabava de aceitar um posto de consultor junto a uma rede de televisão, foi encontrado assassinado em seu escritório de Bethesda por uma bala 45 mm. Pitzer havia filmado a necropsia, mostrando que Kennedy de fato tinha sido atingido por trás, a partir da janela do depósito de livros. Infelizmente, a cabeça do presidente estava aberta feito uma lata de conservas que explodira. Seu cérebro escapara por essa abertura e se espalhara sobre o porta-malas do Lincoln. Foi anotado no relatório de necropsia que o cérebro fora pesado, depois guardado. Nunca foi encontrado.

As informações que me chegaram sobre Lee Harvey Oswald convenceram-me de que esse cara era uma fabricação da CIA, que há anos era manipulado e que fora inteligentemente instrumentalizado para servir de engodo. Se eu continuava convicto de que a Máfia iniciara a operação, que fora ela quem ousara dizer esta enormidade: "A gente vai matar o presidente", por outro lado não fazia parte de suas tradições nem de seus métodos preparar um bode expiatório como fora Oswald. Seria pedir fineza demais, duplicidade demais para uma organização que não esquentava a cabeça com esse tipo de sutileza estratégica. A Máfia nunca matava de outro jeito, era sempre com aquilo que na época se chamava o "Ganlang style". Um ou vários bandidos surgiam à queima-roupa e crivavam o alvo de balas sem lhe dar a menor chance. Os tiros emboscados e cruzados como os que haviam levado o presidente não eram sua especialidade. E ela nada entendia da cobertura de um assassinato. Contentava-se em esconder os assassinos, em exilá-los até que as coisas se acalmassem. No entanto, continuo persuadido de que a Máfia teve sua parte no plano, junto com os cubanos. Mas esse trabalho em nada se assemelhava à preparação do "matador isolado".

33

Oswald tinha 24 anos e um currículo bem incomum para um jovem de sua idade. Tivemos acesso a um perfil psicológico de quando era adolescente, incluso em um dossiê aberto por um especialista na época em que esteve internado numa casa de detenção por fugas repetidas. Teve uma infância que poderia tê-lo tornado um respeitável serial killer, mas nunca se mostrou violento. A mãe, divorciada e em seguida viúva, não dava muita atenção a ele, embora, por conveniências materiais, ele tenha tido que dormir com ela até os 11 anos de idade. Lee não gostava de si mesmo, o que não facilita o amor dos outros. Solitário, não manifestava nenhuma propensão para a camaradagem. O psicólogo o descrevia como uma criança mais inteligente que a média, com sérios distúrbios de personalidade, tendência à esquizofrenia e um comportamento que oscilava entre a agressividade e a passividade. Um menino emocionalmente perturbado, isolado, carente de afeição e rejeitado pela mãe. Também era rebelde, recusando-se a saudar a bandeira na escola, e de espantosa constância na preguiça. Lee e a mãe vieram instalar-se em Nova Orleans em janeiro de 54. Na casa do tio e da tia, irmã de sua mãe. O tio comportou-se como um pai. Chamava-se Charles "Dutz" Murret. Era, antes de tudo, um jogador e conhecido por seus laços com Carlos Marcello. A mãe de Lee também tinha laços com ele. Fora amante do advogado de Marcello, Clem Sehrt, e continuava ligada a seu antigo guarda-costas, Sam Termine. Aos 16 anos, Oswald, além de estudar, trabalhava na organização de manifestações da Patrulha Aérea Civil, comandada por um piloto emérito de nome David Ferrie. Além de seus talentos de piloto, Ferrie era famoso por seu anticomunismo fervoroso e suas tendências pedófilas, que lhe valeram ser expulso da patrulha no final de 1955. Ferrie sempre quis ser padre, mas o acesso ao sacerdócio lhe fora recusado por causa da instabilidade de seu caráter. Baixinho, careca, usava peruca e era alucinadamente nervoso. Fora despedido da Eastern Airlines, onde trabalhava como piloto de linha, por ter sobrevoado Nova Orleans no nível das árvores num avião de aluguel. A bordo encontrava-se um rapaz com o qual ele tivera relações sexuais. Vários testemunhos revelam relações seguidas entre Ferrie e Oswald e a presença comum dos dois num campo de treinamento anticastrista em Lacombe, na Luisiana. Ferrie se relacionava com os principais suspeitos de participação na morte do presidente. No momento do assassinato, Ferrie estava trabalhando para Marcello. Encontrava com freqüência tanto Jack Ruby quanto Clay Shaw, um rico homossexual de Nova Orleans que mais tarde foi processado pelo procurador Garrison. Foi executado em 22 de fevereiro de 1967 a poucas horas de ser acusado pelo mesmo Garrison de complô contra o presidente dos Estados

Unidos. Uma hemorragia provocada por uma dose excessiva de remédios. Sua necropsia revelou múltiplas contusões. Seu amigo Eladio del Valle, igualmente implicado na conspiração, foi assassinado na mesma hora que ele. Mas Ferrie também estava em estreita relação com Guy Banister, ex-funcionário do FBI, responsável por nosso escritório de Chicago e prematuramente aposentado por vias, de fato, injustificadas. Em Nova Orleans, Banister passava boa parte do tempo bebendo, e o restante militando numa associação de extrema direita que ele criara. Sua secretária revelou que, durante o mês de novembro, houve várias reuniões entre Banister e Oswald, ele mesmo fundador de uma associação comunista procastrista que só contava com dois membros: ele e também ele, sob pseudônimo. O papel de Ferrie na operação foi evacuar os atiradores do Texas. Mas estou convicto de que desempenhou um grande papel na implantação do dispositivo global. Era uma espécie de ser demoníaco dotado de uma inteligência que impressionava quem convivia com ele. Teólogo, piloto de linha, também estudara psicologia e hipnose.

Oswald se alistou na Marinha em 1956, pouco depois de completar 17 anos.

A mãe confirmou que, nessa idade, seu seriado favorito na televisão era *Led Three lives*, a história de um agente do FBI que se infiltrou no partido comunista. Dois dias antes de se alistar, Oswald escreveu uma carta às juventudes socialistas para pedir informações sobre a organização. Foi designado operador de rádio na base aeronaval de Atsugi, a 32 quilômetros de Tóquio. Os testes de admissão mostraram resultados abaixo da média na maioria das matérias e, em particular, nas provas de tiro, em que tinha uma deficiência na visão. Atsugi era então a base de estacionamento dos aviões espiões U2 usados para tirar fotos da União Soviética. Durante sua carreira na Marinha, foi apelidado pelos colegas Oswald-skowitch por seu interesse sistemático por tudo o que dizia respeito à Rússia. Confirmou-se que completou cursos de russo e se ausentou várias vezes para viagens confidenciais. Deve-se igualmente notar que a base de Atsugi era o lugar de desenvolvimento pela CIA de um programa de "controle mental" sob o nome de código MK/ULTRA, experiência que consistia em avaliar as possibilidades de controle psíquico de um indivíduo para fazer dele um robô perfeitamente dedicado às regras morais inculcadas. Oswald deixou a Marinha a dois anos do final do período. Em 4 de setembro de 59, fez um pedido de passaporte para a Finlândia. Esse passaporte lhe foi expedido no dia 10, e a Marinha o liberou definitivamente no dia 11. Foi para Nova Orleans, onde encontrou um agente de viagens chamado Hopkins que o ajudou a preencher o questionário de emigração. Nele estava mencionado que a profissão de Oswald era "agente marítimo de exportação", uma denominação corrente para os agentes da CIA. É interessante notar que o endereço da agência de viagens era comum à International Trade Mart, a sociedade de Clay Shaw, acusado de conspiração pelo procurador Garrison. De Nova Orleans tomou um navio para o Havre, na França. Uma semana mais tarde, chegou à Rússia depois de ter passado pela Finlândia. Embora obter um visto para a Rússia pudesse demorar várias semanas, Oswald recebeu o seu em dois dias. Viajou pela Rússia a pretexto de turismo estudantil. Quando o visto expirou, ficou no país ilegalmente algum tempo sem ser inquietado, depois acabou pedindo a nacionalidade soviética. Oswald dirigiu-se à embaixada americana para renunciar à sua cidadania de origem, mas nunca preencheu os formulários necessários. Os soviéticos lhe arrumaram um trabalho que lhe permitiu viver com folga e gozar de todos os luxos de uma vida de solteiro. Ficou estabelecido que a grande maioria de seus contatos nessa época eram agentes da KGB. Sete meses depois de chegar, o U2 de Gary Powers foi abatido em cima da União Soviética, em 1º de maio de 1960. Powers afirmou posteriormente que a detecção de seu avião pelos soviéticos só fora possível graças às informações fornecidas por Oswald. Novamente convocado pelas autoridades para saber se confirmava seu pedido de naturalização, agora casado e com uma filha, Oswald falou-lhes de seu desejo de voltar aos Estados Unidos, o que fez em junho de 62. Não foi objeto de sanção alguma, nem de investigação, embora sua saída merecesse ser examinada mais de perto. Interrogado pelo FBI, mostrou-se extremamente arrogante, como alguém que se sabe protegido. Ao voltar, alguns fatos incomodaram os mais próximos. O próprio irmão de Lee o achava mudado. Muito emagrecido, quase não tinha mais cabelos. Mas o que mais chocou o irmão é que ele estava mais baixo, o que confirma a diferença muito significativa observada entre a altura que consta das fichas dos documentos militares e a estabelecida pela polícia durante sua prisão. Na realidade, o irmão estava persuadido de que não era o mesmo homem, mas nunca pôde mencionar isso oficialmente para não arriscar a vida. Quem teve o tempo que eu não tinha para proceder a uma investigação aprofundada sobre Oswald afirma que o homem que voltara da Rússia não era aquele que fora para lá. Casado com uma russa, Oswald ligou-se à comunidade de russos brancos de Dallas, todos anticomunistas notórios. Dentre eles DeMohrenschildt, membro da associação dos produtores de petróleo do Texas, que se tornou amigo íntimo de Lee. Nada predispunha essa amizade. O homem vinha da alta sociedade e era ligado não só à família de Jacqueline Kennedy, mas mais estreitamente ainda à CIA, que ele acompanhou durante todo o trabalho preparatório da baía dos Porcos. Era certamente o laço mais consistente entre Oswald e a CIA ou, digamos, certos quadros da CIA que tiveram um papel particular nesse caso. Era bem enfronhado no meio dos anticastristas cubanos e dos petroleiros texanos, além de membro constante do programa de controle mental da CIA. Por seu intermédio, Oswald freqüentou assiduamente essa sociedade de russos brancos na qual passava por um rapaz sociável, culto e interessante. Bem diferente do perfil psicológico de solitário de inteligência abaixo da média registrado em seus dossiês anteriores, corroborados pelos documentos da KGB. Um trânsfuga da KGB que assistira às entrevistas dos investigadores com o casal Oswald confirmou que a impressão deixada pelos dois jovens era a de um nível intelectual muito medíocre, a ponto de terem sido julgados sem perigo para a segurança da URSS.

De volta aos Estados Unidos, Oswald dava a impressão de não se esforçar para construir nada. Seu percurso profissional foi o reflexo de uma instabilidade que todos os que conviveram com ele concordam em reconhecer. Seu trabalho na

Jaggars, uma sociedade de artes gráficas, poderia surpreender se não fosse o mesmo DeMorenschildt quem lhe tivesse arrumado. A sociedade primava pelo extenso trabalho de fotografia, a maior parte coberta pelo segredo de defesa. Achei bem curioso que uma sociedade tão sensível tivesse resolvido recrutar um comunista notório. A época do recrutamento é também desconcertante. Era outubro de 1962, no momento da crise dos mísseis desencadeada pelas fotos de Cuba tiradas de um U2. Fora do trabalho, Oswald se esforçava para ser notado como militante comunista.

No meio de março, Oswald toma uma atitude decisiva para sua associação com a morte do presidente: encomenda pelo correio, com alguns dias de intervalo, um fuzil Mannlicher-Carcanno e uma pistola de calibre 38, solicitando o envio para um endereço postal em Dallas. Difícil encontrar melhor maneira de deixar rastros. Oswald poderia sem a menor dificuldade conseguir essas armas em qualquer armeiro do Texas. Como alguns disseram, "receber armas pelo correio no Texas é tão incomum quanto um esquimó encomendar cubos de gelo". A prova mais ridícula que me foi apresentada é a famosa foto de Oswald em frente à casa, posando para a mulher com o famoso fuzil numa das mãos, a literatura revolucionária na outra e, na cintura, na cartucheira, o calibre 38 que serviu para matar o policial Tippit Tudo parece perfeito nessa montagem grosseira, exceto que a sombra que marca o pescoço de Oswald não segue um alinhamento contínuo com a sombra do muro. É patente, para mim, o amadorismo infantil do time reserva da CIA, não só no episódio do foto, mas também nas aparições ruidosas e nada anônimas de Oswald nos clubes de tiro, semanas antes do assassinato, dizendo a quem quisesse ouvir que seus alvos preferidos não seriam os de madeira, mas sim Kennedy em carne e osso.

Oswald perdeu seu trabalho na Jaggars em 6 de abril de 63, oficialmente por simpatias comunistas. Em 9 de maio, arruma novo emprego na Reily Coffee, em Nova Orleans. Nunca foi visto trabalhando lá. Cuida de mandar editar folhetos de propaganda. Mas uma coisa é certa: quatro de seus colegas de trabalho deixaram em seguida a empresa para trabalhar na NASA, pouco depois que ele saiu. Entre eles, Marachini, vizinho e amigo de Clay Shaw. Nessa mesma época, Oswald se filiou a uma organização de Nova York em favor de Castro. Cria um ramo do movimento em Nova Orleans que recenseia dois sócios, ele e Hidell, que é seu apelido. O endereço está situado em frente ao prédio onde Guy Banister instalou seu negócio. Em 5 de agosto, é preso por uma rixa simulada com um anticastrista enquanto distribui panfletos pró-comunistas diante do prédio. Segundo uma testemunha, no momento em que a polícia passava diante da cena, Oswald teria pedido a seu oponente para agredi-lo e ir embora. Em 10 de novembro, é visto inúmeras vezes no Carousel Club em companhia de Ruby. No dia do assassinato de Kennedy, Oswald foi normalmente trabalhar. Com a morte do presidente, muito emocionados, os colegas lhe disseram para voltar para casa, pois não havia clima para continuar trabalhando. Oswald foi ao cinema, onde haviam marcado encontro com ele sem que soubesse por quê. Pouco tempo depois da morte do presidente, era a vez de um policial chamado Tippit ser assassinado na cidade, não muito longe do primeiro drama. Havia 12 anos que não acontecia algo assim em Dallas. Esse crime tinha duas justificações. Primeiro, concentrar forças policiais fora de Dealey Plazza, para que os rastros comprometedores pudessem ser mais facilmente apagados. Em seguida, dar a impressão de que Tippit fora morto pelo provável assassino de Kennedy. Instalado na poltrona com todo conforto, Oswald estava esperando seu contato quando uma onda de policiais veio prendê-lo pela morte de Tippit. A arma utilizada era um calibre 38, o mesmo que ele havia encomendado pelo correio.

É reconfortante pensar que, por mais louca que possa parecer, nenhuma teoria é mais louca que a realidade.

Lee Harvey Oswald, preso e executado em Dallas, nunca matou Kennedy. Nunca participou ativamente de sua eliminação física. Esse cara estava sendo preparado como cobertura há longos meses. Devo reconhecer que sempre duvidei de que o Oswald que voltara da Rússia fosse o mesmo que viajara para lá. É possível que, no começo, ele tenha sido preparado para se tornar agente duplo mas que, uma vez na URSS, a persuasão da KGB foi mais forte que o previsto. Ele teria mudado assim de time e acabaria falando mais do que devia, estragando a camuflagem de seu trabalho numa fábrica de produtos eletrônicos em Minsk. Powers afirmou que Oswald contribuíra para abater seu avião, e isso talvez seja verdade. A não ser que tenham lhe dado crédito para fazer de Oswald um verdadeiro trânsfuga. Diante da necessidade de uma segunda versão para a operação Kennedy, os membros da CIA implicados teriam aproveitado a oportunidade para ressuscitar Oswald e prepará-lo para seu papel. Mas também não se pode excluir que o Oswald que voltara da URSS fosse o mesmo homem que lá passara um tempo. O que vai ser sempre um mistério para mim é a ausência de suspeita por parte dos soviéticos diante da intrusão de um agente americano preparado de longa data. Essa complacência me parece estranha, ainda que não prove nada, pois os russos não tinham interesse algum em ajudar no assassinato de Kennedy desde que ele se recusara a eliminar Castro. Mas a preparação do atentado é bem mais antiga, e talvez uma improvável cumplicidade tivesse então se instaurado entre as duas grandes centrais de inteligência. Mas eu ficaria muito surpreso. Certas verdades só aparecerão à luz do dia quando o último dos protagonistas desse drama tiver entregue a alma, já que o assassinato de um presidente dos Estados Unidos é crime imprescritível.

O alto comando da CIA certamente não teve participação direta na operação. A execução se deu num nível inferior, com a ajuda de ex-funcionários da casa que tinham boas razões para odiar Kennedy. Mas logo esse alto comando não pôde ignorar que certos agentes do segundo nível estavam profundamente implicados. Essa evidência não lhes deixava outra escolha a não ser cobrir a operação. Na confraria dos humilhados, Marcello era o grande mestre. Os Kennedy tinham mandado deportá-lo para a Guatemala e seu processo na justiça federal estava em julgamento com veredicto previsto para 22 de novembro de 63. Oswald era uma criação sem precedentes, mas incapaz de manter o dispositivo por alguns dias sem procurar se desculpar com revelações. Nascido como um engodo e depois manipulado pela CIA, logo seria silenciado pela Máfia.

Jack Rubinstein, vulgo Ruby, não era um matador típico do crime organizado. Tinha feito uma carreira comum na bandidagem desde que debutara em Chicago, mas em Dallas agia mais como agente de ligação entre três elementos: o mundo do crime, a polícia (onde tinha muitas relações inclusive com Tippit, e o policial assassinado no mesmo dia que Kennedy) e o mundo do petróleo. Estava associado a Trafficante e Meyer Lansky. Seu papel em todo esse caso me surpreendeu. Pareceu-me contraditório que Ruby fosse um dos cérebros de toda a operação e que no final tivesse se alistado como simples executante. Mas acho que Marcello queria que o último elo da corrente, o que fechava o círculo, fosse um homem convicto e de certo nível. E tinha boas razões para crer que Ruby não falaria: enormes dívidas que poderiam ter-lhe custado uma condenação à morte. Não fazia mistério do apego que tinha pela família, que acabava servindo como meio de pressão para seus associados. Sempre achou que o livrariam no final. Após ser condenado à morte pelo assassinato de Oswald, ainda estava convicto de que ia ganhar em apelação. Ruby também trabalhava para nós de vez em quando, como informante. Tivemos nove contatos com ele em 1959, contatos frutuosos, que pedimos à comissão Warren para não revelar. Após certo tempo na prisão, antes de morrer de câncer, ele começou a delirar, incriminando de modo sistemático o presidente Johnson como o cérebro da operação. Edgar e eu achávamos que era uma acusação sem fundamento. Mesmo assim, Edgar, que não renunciava nunca às premonições que o tornavam único, pediu-me para guardar tudo que dizia respeito a um possível papel de Johnson no caso. Nada achei de muito consistente, a não ser que ele havia confiado à amante de longa data, antes do assassinato, que Kennedy ia ser abatido e ele ia se tornar presidente. Até rira acrescentando: "Ninguém teria dado um dólar pelas chances de um vice-presidente da minha idade suceder um presidente de 46 anos." Johnson, que conhecia perfeitamente sua cidade, Dallas, dirigira a equipe encarregada de planejar o trajeto do cortejo. Em seguida gritara para que tirassem o amigo Connally do carro do presidente e que pusessem em seu lugar "aquele velho imbecil do Yarborough", um senador que ele detestava.

Persisto em crer que os papéis se distribuíram muito naturalmente nessa operação. Cada um ficou em seu estrito domínio de competência. A Máfia iniciou o projeto como só uma organização criminosa pode fazer. Nenhuma outra instituição é megalomaníaca o bastante para pensar "é preciso assassinar o presidente" e manter sua palavra. Em seguida, assumiu sem pestanejar tudo o que era de sua competência: o assassinato do presidente negociado com atiradores profissionais e o assassinato do engodo cujo executante ela forneceu. O tipo de coisa que não pode brotar da cabeça de um funcionário federal. Minha investigação levou-me à conclusão de que nenhum matador costumeiro da Máfia está implicado em Dallas. As equipes instaladas no depósito de livros e por trás do monte de terra eram compostas por anticastristas treinados nos campos da CIA e por três matadores corsos escolhidos por sua origem difícil de rastrear. Foram recrutados em Marselha no início do outono de 1963 antes de voarem para o México, onde esperaram três semanas. Foram em seguida encaminhados a Brownsville, no Texas, e em seguida a Dallas, onde prepararam o atentado metralhando o lugar com fotos, como se fossem turistas japoneses. Entre eles, um certo Lucien Sarti, conhecido por ter ajudado a CIA no assassinato de Patrice Lumumba e por sua implicação numa tentativa de eliminação do general De Gaulle em agosto de 1962 em cooperação com a OAS.* Sari era um fino atirador, qualidade com certeza devida ao fato de que só tinha um olho. Os caolhos levam vantagem para atirar por causa do hábito que têm de viver com um olho fechado. Era o homem perfeito para atirar a bala fatal, a que levou embora a cabeça de JFK. O pagamento pelos serviços prestados foi feito em Buenos Aires, em heroína. A Máfia corsa tinha boas razões para também querer o fim de Kennedy: a perda de Havana como plataforma do tráfico de drogas a obrigara a recuar para Montreal sob uma latitude bem menos clemente.

Certa manhã, meses antes, enquanto esperava Edgar terminar de se arrumar, peguei um daqueles livros jamais abertos que enfeitavam sua biblioteca, uma coleção em couro vermelho com lombada dourada. O autor era um francês do século XIX, eu não saberia dizer quem. Estava folhando a obra sem verdadeiro desejo de me concentrar quando caí por acaso nesta passagem: "Sobre os sicilianos, podemos dizer com tranqüilidade que a palavra *impossível* não existe para eles; uma vez que se vejam inflamados pelo amor ou pelo ódio, e o ódio, nesse belo país, nunca provém da ganância." Os homens da longínqua península que reinavam sobre o crime organizado

* *Organisation armée secrète*, grupo de extrema direta contrário à independência da Argélia que comandou vários atentados na virada dos anos 1950. (*N. do T.*)

no Novo Mundo na verdade não tinham tanto rancor dos Kennedy pela perda de Havana, impedindo a ação deles no território americano. O ódio que sentiam tinha apenas uma razão: o não-cumprimento da palavra dada. Um conceito que se acomoda mal com as exigências da política, em que a duplicidade se exerce como uma arte.

Por outro lado, a mente simples de um mafioso não poderia ter concebido o plano de cobertura de um engodo. Não vejo outra instituição além da CIA capaz de preparar uma surda e meticulosa maquinação com meses de antecedência, e de verificar, um a um, cada um dos rebites para garantir seu estancamento. Mas nada dessa alquimia venenosa teria sido possível sem nossa extrema propensão a não nos alertar inutilmente com rumores ou declarações de intenção provenientes de escutas neste caso preciso, é claro. Vou dizer algo que talvez pareça trivial, mas não se pode assassinar um presidente dos Estados Unidos sem o consentimento da CIA e do FBI. Mas não dou certeza de que a CIA participou diretamente do assassinato. É preciso pesquisar junto a seus antigos membros influentes que souberam neutralizá-la e, por que não, seduzi-la. Penso no general Cabell e em Allen Dulles, que nunca fizeram mistério do ressentimento que alimentavam pelo presidente, e em muitos outros personagens de segundo escalão bem influentes nesse gigantesco emaranhado, extorquindo progressivamente a cumplicidade da organização e tornando indispensável a dissimulação das evidências. Humilhado repetidas vezes, tal como generais romanos desprezados porque o imperador só confia no irmão para suas decisões, o Estado-Maior do Exército deixou a amável providência agir.

A comissão Warren, consciente de suas responsabilidades, cumpriu seu trabalho dentro dos conformes. Gerald Ford, vice-presidente da era Nixon, trouxe-nos um elemento precioso. O cuidado na tarefa empreendida pela honrada assembléia e registrada nas milhares de páginas do famoso relatório mostra que todas as pistas foram exploradas. Mas nunca até o ponto em que se unem para formar um todo coeso.

A investigação de Jim Garrison, procurador de Nova Orleans, inquietou-nos sobremaneira. Ele próprio assumira o caso com o objetivo de demonstrar que se tratava de uma conspiração. Criamos muitas dificuldades para ele, com destaque para um colaborador que nos era totalmente devotado. Nós o víamos progredir e revelar dados que conhecíamos perfeitamente, reconstituindo um após outro os elementos incontestáveis desse quebra-cabeças em que se desenhava de modo cada vez mais nítido a forma de um complô. Pensamos até em mandar eliminá-lo quando pareceu estar perto do objetivo. Mas, para nossa estupefação, ele próprio se desqualificou ao ocultar por completo o papel de Marcello e do crime organizado. Mais tarde fiquei sabendo, quando não era mais útil já que Garrison perdera o julgamento de conspiração, que ele comia na mão de Marcello por causa de um "rabo preso", vocês sabem, esses pequenos envolvimentos que fazem os grandes remorsos das pessoas honestas, uma sombria história de notas de hotel em Las Vegas que o padrinho mandara rasgar. Marcello deixou que ele agisse, bem sereno por estar convicto de que a investigação de Garrison não levaria a nada e que o procuradorzinho não faria tal ofensa ao padrinho da Luisiânia. Edgar e eu sempre estivemos persuadidos de que Garrison, à exceção de seus pequenos mistérios pessoais, devia fracassar no problema da implicação da Máfia porque foi ela quem derrubou o mito Kennedy, e quando se é um fervoroso admirador da família como o era Garrison, não se corre o risco de fazer explodir um ícone para uma justiça que o próprio irmão do presidente não desejava. Robert não queria que surgisse a verdade sobre a morte do irmão caso isso pudesse arranhar a própria imagem. A verdade sobre o assassinato de John teria anunciado o fim da carreira política de Robert. Ele sabia disso bem demais. E os que gostavam dele também.

34

Se alguém no atual governo do presidente Gerald Ford soubesse o que estou escrevendo, enviaria matadores para me tomar o manuscrito. No entanto, não digo nada que já não saibam. No círculo do poder, não existe segredo algum, apenas gente que finge não saber. Meu último alerta, no mês passado, foi de meu médico, muito honesto comigo. Disse-me que com certeza não chegarei ao fim de meu relato. Eu lhe havia falado de uma centena de páginas que ainda queria escrever sobre a presidência de Johnson, os assassinatos de Martin Luther King e de Robert Kennedy, o primeiro mandato daquela velha raposa do Nixon e sua queda. Ele afirma que não chegarei lá. Mesmo assim vou tentar, encurtando o máximo. Às vezes me pergunto por que me dei a esse trabalho todo. A democracia é um pouco como uma família de crianças bem novas. Um dia, vem-lhes à cabeça perguntar de onde vêm os bebês e lhes respondem: é a cegonha quem traz. Depois, com o tempo, elas acabam compreendendo por si mesmas. Se me perguntassem se eu quis deixar um testemunho sobre um dado período, eu responderia: certamente não.

Daqui a dez anos, vinte, cinqüenta anos — e até séculos — será sempre a mesma coisa. O eleitor vai sempre deixar para nós o trabalho sujo. Ele sabe que lá em cima as coisas não são tão claras. Mas nem sempre sabe a que ponto. Quando descobre, finge estar chocado. Mas enquanto tiver a televisão, cerveja barata e gasolina no tanque do carro, está antes satisfeito que outros façam esse trabalho sujo no lugar dele. Como todo mundo, ele está preso entre o sonho e a realidade. O sonho era Kennedy, mas o nosso país não tinha os meios de sonhar por mais tempo. Sempre houve dois tipos de pessoas em nossos ofícios. Os que querem ser amados e os que não estão nem aí. Edgar e eu nos encaixamos na segunda categoria. No final das contas, o poder consiste em fazer o que é do interesse da nação e só lhe contar o que ela puder ouvir.

Lyndon Baines Johnson já era bastante conhecido de todos quando chegou à presidência. Logo antes da eleição de John Kennedy, ele aprovara no Senado uma disposição regulamentar que garantia ao diretor do FBI uma aposentadoria sem diminuição de renda. Os acontecimentos que acabávamos de atravessar nos haviam unido ainda mais. Johnson era um velho espertalhão que tinha mais *finesse* do que aparentava. Como verdadeiro texano petrovaqueiro, só entendia de criação de gado e de torres de petróleo. Uma costela de boi no prato e gasolina barata deviam bastar para garantir a prosperidade da América. Provavelmente caíra de pára-quedas no partido democrata, porque era ainda mais anticomunista que a direita dos republicanos. Johnson era de uma grosseria desconcertante. Não hesitava em receber os principais colaboradores na Casa Branca sentado na privada, com as calças arriadas até o tornozelo, "fazendo de trono uma cadeira furada" para retomar um velho hábito atribuído a certos reis europeus. Aos que achavam que Edgar "já era", ele respondia: "Prefiro ter Edgar na barraca mijando para fora do que tê-lo do lado de fora da barraca mijando dentro." Tínhamos em comum o ódio por Robert Kennedy, que ele chamava o "aborto", e uma certa maneira pragmática de ver as coisas. Ter Johnson como vice-presidente equivalia, para John, a comprar o Texas inteiro. Não se pode fazer política para a nação ignorando o Texas. Todo presidente originário de outro estado deve desculpar-se por não ser texano. Os texanos são pessoas simples. Para eles, existem os ricos e os pobres. E os americanos pobres têm mais é que se comportar direito, pois é graças a eles que são os pobres mais ricos do mundo — é como pensam. Johnson nasceu do lado errado da barreira, num rancho miserável que o teria condenado se não houvesse tido a idéia de se colocar a serviço das grandes fortunas texanas. As pessoas muito ricas não têm tempo de fazer política. Em todo caso, é assim que acontece no Texas. No Norte é diferente; as pessoas idealizam. Johnson encontrou seu caminho: fazer política a serviço dos interesses petrolíferos texanos e receber comissões por sua devoção. Pouco a pouco assumir outros negócios, arrumar uma boa grana, ir à forra de uma infância injusta. Nunca trair os patrocinadores e, sobretudo, ir até onde a lógica das coisas deve nos levar. Um morto é apenas uma maneira de trazer para a horizontal um obstáculo vertical.

Nunca tive uma imensa consideração por nossa classe política mas devo dizer que Johnson era realmente único no gênero. Como na idade ingrata da adolescência, permanecera um bobão cuja falta de jeito era tão flagrante que todos estavam persuadidos de que a usava como traje de camuflagem. Uma única coisa é certa a seu respeito: ele sabia aonde queria ir. E acho que era consciente de seus limites. Um empregado de fazenda que cultiva a vulgaridade feito uma fileira de alfaces não pode nunca inspirar multidões, mas ele não pretendia isso, só queria tornar-se presidente e não via em quê esse objetivo seria tão complicado de se alcançar. De todos os homens com quem cruzei ao lado de Edgar, ele foi quem mais subestimei.

Durante o que eu chamaria minha investigação de cobertura sobre o assassinato de Kennedy, vários elementos concordantes levavam a pensar que Johnson não foi o último a ser informado de que a operação estava em andamento. Eu não o achava capaz de maiores implicações. Não pedimos a um cara que anda com os pés para dentro que nos traga um balde de nitroglicerina. A idéia que tive é que o haviam informado do projeto e que ele balançara a cabeça em sinal de aprovação, como faz um idiota que se mete numa conversa de bêbados. Devo igualmente ressaltar que, embora Edgar me tivesse incentivado a dar uma olhada em seu caso para ver se essa pequena investigação não revelava algum furo, ele nunca me forçou a aprofundar. Cheguei à conclusão que devia ter dado uma mãozinha em nome de suas ligações locais, mas realmente nada mais sério que isso.

Foi ao fuçar nos papéis de Edgar que me espantei por encontrar a transcrição de uma fita sobre Robert no dossiê de Johnson.

— Fico muito sensibilizado pelo fato de o senhor aceitar cooperar conosco, Sr. Marshall — dizia Robert.

— É o mínimo que posso fazer, senhor ministro.

— O seu civismo o honra. Diga-me, o senhor está certo de que Johnson está metido nessa história?

— Mais que certo, senhor ministro. Ele é o instigador.

— O senhor está consciente de que aquilo que contou a meu assessor é um assunto de Estado?

— Não se pode deixar em silêncio o desvio de vários milhões de dólares de subvenções agrícolas.

— Não sou eu quem vai lhe dizer o contrário. Mas, diga-me, o senhor está certo de ter um dossiê sólido o bastante para derrubar o vice-presidente dos Estados Unidos?

— Para mim, não há a menor dúvida.

— Bom, Sr. Marshall, vamos cooperar bem de perto. O único problema é que não posso garantir a sua proteção. Fico um pouco constrangido em lhe dizer isso, mas considerando a sua lealdade, posso lhe fazer esta confidência: não conheço a verdadeira natureza dos laços entre Hoover e Johnson. Não gostaria de pôr o FBI na jogada, em todo caso não por enquanto... E, evidentemente, tampouco podemos contar com os *rangers* texanos para garantir a sua proteção. Vou pensar em soluções.

Eu ouvira falar do assassinato desse denominado Marshall que trabalhava no ministério da Agricultura, mas não se tratava de um crime federal e não acredito que o Bureau jamais tenha se interessado por ele. Mais tarde, fiquei sabendo que Edgar interveio pessoalmente para permitir que um homem chamado Malcolm Everett Wallace mudasse de identidade. Era um matador notório. Fazia a limpeza para Cliff Carter, o braço direito de Johnson, que intervinha para pegar comissões nos contratos do governo. Quando vi Edgar tão disposto a resolver o problema de um matador, fiquei espantado.

— Tudo o que remonta a esse homem remonta ao assassinato de um funcionário agrícola no Texas e à morte desse filho-da-mãe do Kennedy — respondeu-me ele irritado.

Acendi um cigarro e olhei para ele, observei-lhe soltando a fumaça:

— Se esse cara é tão importante assim, por que simplesmente não o eliminam?

— Clyde, você me cansa com as suas perguntas. O presidente quer que ele desapareça sem deixar qualquer rastro de sangue.

— Ele deve ter se precavido, você não acha?

— Sei lá, Clyde. Penso antes que Johnson é correto com seus capangas.

Como sabia fazer, o que lhe conferia um encanto excepcional, subitamente mudou de humor e continuou com malícia:

— Decididamente, Clyde, você nunca entendeu nada do Texas. É um bangue-bangue em que o xerife sempre está do lado dos grandes proprietários maus, e em que os justiceiros morrem no fim. Carter era o vice do xerife e Wallace o pistoleiro de Carter.

Depois, ficou de novo subitamente sério e falou sem me olhar:

— Johnson é na história de nós dois o único presidente que nunca terá a menor intenção de nos mandar embora. Mas é também o único que é capaz de nos matar. Esse cara é um touro, ele não faz diferença entre um homem e um pau de cerca, está me entendendo?

Não sei se Johnson de fato era tão perigoso quanto Edgar queria dizer. Vejam bem, ao envelhecer, ele tinha tendência a exagerar um pouco as coisas e a dar talvez muita importância à vida porque nos restava pouca. Em suas relações conosco, Johnson se comportava sem a menor ambigüidade. Não se sentia submetido a nenhuma pressão nem a qualquer chantagem. Estávamos no mesmo barco, ele clamava isso com suas maneiras bruscas de feitor de canteiro de obras que oferece uma rodada de cerveja. Sempre que os jornalistas o interrogavam sobre o futuro de Edgar à frente do FBI, ele respondia: "O Sr. Hoover é o diretor eterno do FBI." Assim que ele tomou posse, Edgar mandou cortar a linha direta entre Robert Kennedy e a Casa Branca e restabeleceu a dele, que não funcionara desde a presidência de Eisenhower. Johnson tinha maneiras incomparáveis. Quando Edgar lhe anunciou o que acabava de fazer, ele o felicitou e, como se isso não merecesse a menor discussão, pediu-lhe para "grampear e gravar todas as conversas telefônicas daquele bundinha cheio de merda". Edgar evitou mencionar que era o caso desde que Bob fora nomeado ministro. Johnson de vez em quando telefonava para saber a quantas andava a pesca de conversas do "babaquinha". Estava obcecado pelo que podia tramar aquele que o considerava "um tarado amargurado, mas próximo do animal que do homem".

Edgar lhe transmitia as transcrições das fitas, enfim, as que estava disposto a entregar. Se um dia tivéssemos que assistir a um enfrentamento aberto entre os dois, Edgar queria ter todas as cartas na mão, ainda que seus favores não deixassem dúvida alguma. Desde o assassinato do irmão, Bob falava pouco. Sêneca dizia: "As mágoas leves falam, as grandes são sem voz." Lembro-me, no entanto, de uma conversa entre Robert e um amigo cujo assunto nos pareceu completamente obscuro. Era mais uma daquelas conversas pretensamente filosóficas em que ele tentava racionalizar a melancolia e a depressão que o acabrunhavam em seguida ao luto:

"Sabe, estou cada vez mais ligado a Albert Camus. Seu existencialismo me leva aos autores gregos da minha infância. Me faz muito bem. Me ajuda a aceitar o inexorável, a dor inevitável que é a minha. Acho que há uma certa grandeza em aceitar o absurdo das coisas, a fundamental falta de sentido da existência e, em vez de acabrunhar-se, é bom inspirar-se nisso para realizar as mais belas ambições. Estou muito ligado a esse autor, se tivesse criado uma intimidade com ele que me ajuda a manter minha fé no combate político."

A reação de Johnson foi imediata:

— Diga-me, Edgar, nas transcrições há uma que me intriga. Quem é esse Albert Camus? Será que esse filhinho-da-puta virou veado? Porra, Edgar, desse jeito daqui a pouco vocês vão poder fazer um *ménage* a quatro!

Então começou a rir a bandeiras despregadas, antes de desligar.

Edgar não ficou ofendido com a piada. Fez uma careta que exprimia seu nojo pelo ser vulgar que dormia na Casa Branca, depois deu de ombros para se livrar daquilo. Já não estava mais na idade de levar em conta tais insinuações. Quis mesmo assim saber quem era esse Camus e incumbiu-me de uma pesquisa aprofundada sobre esse homem do qual não sabíamos nada. O homem interessou-me menos quando fiquei sabendo que morrera acidentalmente na França oito anos antes. Mas eu fazia questão absoluta de saber mais sobre sua ideologia. Se não comportava os fermentos de um fenômeno que poderia se estruturar numa nova forma de subversão, recolhendo a adesão de todos os que havíamos dissuadido do comunismo. Martin Luther King e Camus tinham um ponto em comum: haviam recebido o famoso prêmio Nobel, de uma academia conhecida por recompensar agitadores. Estava fora de questão eu me meter a ler a obra dele como teria bravamente feito Edgar nos anos 1930, mas eu devia absolutamente conhecer seu conteúdo. A chegada de Robert Francis Kennedy à magistratura suprema em 1968 não podia ser excluída, e era responsabilidade nossa investigar os fundamentos do que seria sua ação política daqui em diante, uma vez que comprometia o futuro da primeira potência mundial. Precisei de longas semanas para identificar um professor universitário especialista nesse Camus. Não me lembro mais como se chamava, nem mesmo a universidade onde ensinava francês, a não ser que era em Oregon. Para ir ensinar literatura francesa em Oregon, esse sujeito devia ter-se perdido. Levei junto comigo o chefe local do FBI e seu adjunto para fazer-lhe uma visita. Não pensei que estávamos num período de férias escolares e tivemos que rodar umas duas horas até chegar à região de Crater Lake, um planalto de montanhas baixas coberto de neve no inverno que findava. Achei que íamos nos atolar no caminhozinho que levava da estrada principal a seu chalé, uma casinha de toras de madeira à beira de uma torrente gelada.

Um paraíso para os ursos, os pumas e os retardados. Viemos em dois carros pois nunca suportei ficar fechado num veículo com mais de uma pessoa a bordo. Para ser mais preciso, à exceção de Edgar, não suporto estar acompanhado no carro. Mas como tampouco gosto de dirigir, tive de me conformar. O chefe do escritório e eu estávamos num primeiro carro, seguido pelo membro de sua equipe caso acontecesse algo que pudesse justificar o número. Era uma visita inesperada. A polícia local, bem cooperativa, nos assegurara de que ele estava em seu esconderijo e o avisara, sem lhe dizer o teor de nossa iniciativa, da chegada iminente do número dois do FBI. Durante o trajeto, eu me deleitava com a cara que devia ter feito aquele tranqüilo professor de um dos estados menos povoados da União ao lhe ser anunciada a vinda do homem mais poderoso dos Estados Unidos após J. Edgar Hoover.

— Ele deve ter esgotado a reserva de papel higiênico desde o anúncio da sua visita — comentou com delicadeza meu chofer que exibia uma cara feliz com a nossa expedição.

— O senhor vai me deixar a sós com ele — especifiquei enquanto nos aproximávamos do objetivo. — É uma missão que tem a ver com a segurança do Estado. O senhor me aguardará do lado de fora, no carro. É preciso impressionar, mas sem excesso.

Como não estávamos muito longe, precipitei-me sobre a investigação de personalidade feita a meu pedido para medir bem o personagem. Cinqüenta anos, nunca aderira ao partido comunista, democrata convicto, contrário à Guerra do Vietnã contra a qual fora desfilar em Seattle repetidas vezes. Fora citado por atos heróicos durante a guerra contra os japoneses.

— Um cara corajoso — comentara meu chofer enquanto eu lia em voz alta seus feitos na guerra.

— O que o você entende de coragem? — lancei para lhe fechar o bico. — A coragem pede apenas inconsciência. Ao passo que a covardia, esta, pede inteligência, e eu só respeito a inteligência. Veja JFK. Enquanto viveu, nunca teve medo dos inimigos. Gostava de dizer que tampouco teria medo deles após a morte. O senhor acha isso inteligente, agente especial Burns?

Ele ignorava o que dizia um grande escritor cujo nome esqueci: "Se a justiça não conseguiu acabar com a vida deles, é justo que acabe com a reputação." Em seguida, continuei em voz alta:

— Divorciado, sem amante identificada em tão pouco tempo de investigação, sem filhos nem desvio sexual conhecido.

Uma multa por dirigir em estado de embriaguez que remontava a sete anos, a respeito da qual se confessara culpado. Estava bem próximo do padrão do professor universitário de ciências humanas e literatura, uma população que aprendemos a conhecer ao longo dos anos.

Estava ocupado guardando lenha quando chegamos. Carregava sob o braço algumas lascas para o dia enquanto nos via aproximar. Uma camisa grossa de quadrados azuis e vermelho escuro e espessas calças de veludo cotelê vestiam um homem imponente de rosto largo cercado de uma espessa barba grisalha como se quisesse parecer com Hemingway, o que para mim o tornava a priori antipático. Aquele sujeito não devia ter muita culpa no cartório pois não pareceu em momento algum impressionado com a minha visita. Nada em seu horizonte pessoal ou profissional devia fazer sombra suficiente para deixá-lo inseguro. Convidou-me para entrar sem protocolo, como faria com o carteiro num dia de carta recomendada. Nada em seu comportamento traía inquietude. Tampouco parecia intrigado. Só aberto a essa visita inopinada. Fez-me sentar numa das duas poltronas clube de couro marrom diante da lareira. Propôs-me um café, que recusei. Foi pendurar meu casaco num cabide de madeira dos anos 1930. Refestelou-se por sua vez e, com um sorriso amável, perguntou-me o que podia fazer por mim. É evidente que tive de adverti-lo do caráter altamente confidencial da nossa conversa e dos riscos que ele corria se a divulgasse. Tomou ciência com um muxoxo de desagrado mas assegurou-me que a conversa permaneceria secreta.

— É uma iniciativa antes inabitual a minha, mas perfeitamente em adequação com as nossas missões. Estou aqui para receber de um especialista um esclarecimento sobre um homem. Obter uma opinião de um perito sobre um pensamento no qual estamos de olho por motivos que não posso lhe divulgar mas que têm relação com a segurança do país.

Ele levantou o queixo para aquiescer, com um ricto que mostrava que estava levando a coisa a sério. Senti que estava um pouco lisonjeado por se ver associado a nossa iniciativa. Menos por colaborar com o FBI que por ter sido escolhido como especialista *ad hoc*.

— Disseram-me que o senhor conhece bem um autor francês de nome Albert Camus.

Ele pareceu surpreso e respondeu embaraçado:

— Mas... eu não o conheço pessoalmente.

— Imagino — apressei-me em responder —, ainda que o senhor pudesse tê-lo encontrado. Afinal, segundo as minhas fontes, esse homem morreu há oito anos apenas.

— Não, nunca o encontrei. Nossa universidade não tem meios para enviar um especialista à França para trabalhar sobre um autor vivo, por mais importante que seja.

— É importante mesmo?

— Sem dúvida.

— Disseram-me que ele morreu em um acidente de carro. O senhor acha que possa se tratar de um atentado, de um complô?

— Ah, não, não acho.

— Nada nas atividades dele, na sua opinião, pressagiava uma morte violenta, em relação com a guerra da Argélia, por exemplo?

— Não, a meu conhecimento não.

— O carro dele não poderia ter sido sabotado?

— Não acredito.

— Muito bem, deixemos para lá essa hipótese. Então, fale-me um pouco dele. Sei que foi prêmio Nobel, mas não sei por quê.

— Pela literatura, é certo.

— Pela literatura, eu sabia, é claro. Mas, quero dizer, o que de particular nessa literatura justifica um prêmio Nobel?

— Muitos elementos, suponho. O pensamento, a construção, o estilo.

— Vou querer ouvir mais. Mas, antes de mais nada, diga-me se era comunista, ativo ou não, arrependido ou não, para mim dá no mesmo. Ele o foi em algum momento da vida?

— Ele aderiu ao partido comunista argelino em 1935 e dele se excluiu voluntariamente em 1937.

— O que o senhor me diz aí é muito interessante. Ele se comportou como uma espécie de dissidente, como Trotski em relação ao stalinismo.

— Não, acho que ele realmente virou as costas ao comunismo.

— Minha opinião é que quem foi comunista uma vez na vida sempre será comunista. Quando se é negro é a mesma coisa, é sem apelação. Admitamos, ele mostra esse lado na obra dele, não é?

— Não, não acho.

— Não é a minha convicção, mas continuemos... Ele em seguida teve uma doutrina política própria? Como é chamada?

— Que eu saiba, ele não esteve na origem de nenhum pensamento político, ainda que alguns o tenham, de modo um pouco apressado, assimilado a uma corrente chamada "existencialismo" da qual sempre tomou distância.

— O que é o existencialismo?

— Eu precisaria de horas para lhe explicar.

— Tenho todo o meu tempo e estou seguro de que, como se trata do interesse do Estado, o senhor também. Como o senhor dizia, o existencialismo?

— É uma corrente de pensamento bem pouco formalizada, que agrupou certos filósofos num movimento informal e não reivindicado como tal.

— Quem são?

— Para citar apenas aqueles que tenho na memória, direi Kierkegaard, Jaspers. São também citados Dostoievski, Nietzsche e até Kafka e, na França, Sartre.

— E a doutrina deles?

— Não é realmente uma doutrina. Como eu lhe disse, é uma corrente de pensamento, que considera que a existência precede a essência, que não há natureza humana, que o homem é tal como se quer e que seus atos lhe dão identidade e dignidade. Para caricaturar, direi que é o mesmo que responsabilizar totalmente o homem por sua existência.

— Não sei se estou entendendo bem, mas fale-me de preferência desse Camus.

— O que ele tinha em comum com os existencialistas era esse humanismo que toma o homem enquanto finalidade, como valor superior.

— E onde fica Deus nisso tudo?

— Os existencialistas não erigiram seu pensamento sobre a prova da inexistência de Deus. Acho que simplesmente constatam a impotência divina em fazer um mundo melhor. Não o negam, mas constatam sua incompetência. Os homens devem persuadir-se de que têm sua sorte nas mãos, salvar-se por si mesmos e nada mais. Mas não sou um especialista do existencialismo e, como lhe disse, Camus não era um deles, e eles nunca se privaram de criticá-lo.

— Então, o que ele preconizava?

Ele primeiro pôs a mão na barba e apoiou o cotovelo no joelho. Levou ainda levou alguns segundos para juntar as idéias:

— Para ser didático e tentar ser claro, direi que, antes de tudo, Camus era um revoltado.

— Com certeza.

Ele parou visivelmente contrariado antes de retomar sem raiva:

— Espere, senhor Tolson. O senhor fez esta longa estrada para me interrogar sobre Albert Camus. Seja gentil não me interrompendo com preconceitos. Isto não é um interrogatório de polícia nem um processo. Deixe-me desenvolver e o senhor terá todo o tempo em seguida para disso tirar toda espécie de conclusão se o senhor desejar. Sou um conhecedor neutro, compreenda, não sou auxiliar de nada nem de ninguém. Retomo. Camus era um homem revoltado contra o absurdo de um mundo que nos deu a consciência mas nenhuma chave para nos satisfazer com nossa condição. Órfão bem cedo de um pai morto na batalha do rio Marne durante a carnificina da Primeira Guerra Mundial, ninguém estava mais bem colocado que ele para perceber a aberração deste mundo no qual só se nasce para aprender que se vai morrer. Então, existem aqueles que, diante dessa vertigem, procuram dar respostas simples e se oferecer a perspectiva de um além na crença num Deus. Mas, e aí voltamos a um propósito comum com os existencialistas, o que podemos esperar de um Deus tão passivo, que fica de braços cruzados diante de tantas infelicidades? Camus era antes de tudo um agnóstico, no sentido em que não se pode conhecer e explicar o absoluto. Deus não o interessava, mas Camus nada tinha contra ele. Seu ateísmo era pacífico, não ia contra Deus, não se interessava por ele. O reconhecimento do absurdo era o primeiro fundamento de seu pensamento, o horizonte sem fim da condição humana. Assim que se rompe o cordão umbilical que nos liga ao ventre de nossa mãe, deixamos seu calor amniótico em troca de um absurdo glaciário que só chega ao fim com a morte definitiva de nossa consciência ao mesmo tempo que a de nosso corpo. Exceto escapando dessa incontestável realidade através de crenças fabricadas, destinadas a aliviar o peso desse absurdo, ela nos aparece em plena luz e devemos enfrentá-la. A verdadeira dignidade do homem é revoltar-se contra esse absurdo, dando um sentido à vida humana em vez de dar às pressas uma resposta de ordem religiosa. E essa resposta é o próprio homem, colocado no centro de nossas preocupações. Nesse sentido, havia Prometeu em Camus, nessa maneira de roubar o fogo do céu para dá-lo aos homens. Sísifo feliz, é este seu projeto, dar felicidade a esse homem condenado a rolar sua pedra até o cume da montanha para que ela desça incansavelmente. Camus sabe disso, temos a esmagadora responsabilidade por uma existência que nos é dada sem significação. É essa a nossa chance. Podemos cair em Deus, na rotina, na impostura do sentido como alguns de nós, e no cinismo. Mas sabemos que há melhor a ser feito. Pessoalmente não acho que Camus fosse ateu. "Descrente, não sabia repousar na crença", como dizia em *O homem revoltado*. Tinha consideração por Cristo e sua história, por sua atenção em pôr o homem no centro do universo, mas não acreditava em sua ressurreição. Abominava a religião, instituição a serviço do poder, que se volta contra o homem após tê-lo subjugado para encurtar-lhe a vista.

— Não era, no fundo, um niilista? — interrompi-o para me dar um pouco de tempo para entender o que devia relatar em síntese a Edgar.

— Um niilista. Certamente não. Camus constrói sobre ruínas. Ele não prega a destruição. Parte da negação mas para dela se afastar. Nele não há ódio algum: a revolta de Camus é positiva. O absurdo, "que nasce desse confronto entre o apelo humano e o silêncio sem razão do mundo", nunca é pretexto para destruição. Muito pelo contrário. Camus julga que a vida vale ser vivida pelo sentido que procuramos lhe dar. Ao livrá-lo da crença em outra vida, ela devolve o homem à sua realidade, esquecida de modo fácil demais por quem tem interesse nisso. O suicidado capitula. Ir contra a condenação à morte é, ao contrário, a melhor ilustração do combate contra o absurdo.

— Entendo bem, mas aonde isso tudo nos leva concretamente?

— A um humanismo social que constrói sua moral para o bem comum.

Refleti por um tempo um pouco antes de concluir:

— Não vejo bem nisso tudo o que de fato nos afasta do comunismo. Fala-se aí de bem comum. Deus também é maltratado, apesar das aparências. Há revolta, mas o resultado é o mesmo.

— Ah, não, Sr. Tolson! Acho que existe uma diferença fundamental. Camus não divide os homens em classes sociais, ele não faz a apologia da violência política ou do assassinato como transição para o advento de uma sociedade melhor. Creio mesmo que em certo momento ele considerou que a ideologia serve apenas para legitimar o assassinato. Setenta milhões de mortos pavimentam o caminho das ideologias territoriais e políticas no Ocidente só na primeira metade deste século. E ele denuncia todo aquele que, de Robespierre a Lenin passando por todos os grandes inquisidores religiosos, transforma sua filosofia em cadáveres, defendendo a pureza e a justiça a qualquer preço, uma justiça que ignora os homens e é apenas o avesso de uma ditadura que liquida pessoas em proveito do poder de um pequeno grupo. Camus dá um novo sopro ao melhor da moral cristã, sem Deus nem sua polícia, se o senhor me permitir a expressão. A revolta dele contra o absurdo está a serviço do homem, é uma manifestação do amor que ele tem pela humanidade, ao passo que outros tomaram esse pretexto para fomentar um gigantesco suicídio coletivo de que mal estamos saindo. O sistema de Camus é binário. A cada etapa ele deixa uma escolha. Nada impede uma pessoa de se suicidar se acha desesperadora sua condição de ser consciente, se considera que estamos danados por sermos a única espécie a poder medir a extensão daquilo que jamais saberemos. Questões, sempre questões. Algumas respostas para confortar nosso orgulho de cão sábio, mas o caminho do conhecimento é infinito e desesperador. Pode-se, então, ter em vista o suicídio, ainda que não seja a melhor expressão de nossa dignidade, mas então por que querer levar os outros consigo em nome de valores que não são, como nos agarramos a uma bola flutuante num oceano de náufragos. Não tenho mais muita memória mas ainda posso lhe citar Camus quando dizia: "Suicídio e morte são duas faces de uma mesma ordem, a de uma inteligência infeliz que prefere ao sofrimento de uma condição limitada a negra exaltação em que céu e terra se aniquilam."

— O que o senhor diria de um político que se inspiraria da filosofia desse Camus?

O professor permaneceu por um momento circunspecto antes de responder:

— O senhor está pensando num político em particular?

— Ah, não! — defendi-me. — Estou raciocinando no absoluto, mas não tenho ninguém em mente.

— Eu veria essa pessoa de modo bem positivo. Um homem que poria fim nesta porcaria de Guerra do Vietnã, que daria aos negros e aos índios os direitos civis a que têm direito, que faria da América uma nação para todos e não para alguns. Tenho alguma idéia mas... De qualquer maneira, a nossa história, a dos seres humanos, é a de longas e patéticas traições das idéias filosóficas. O telescópio de comandante experiente do cabo Horn a escrutar o horizonte livre ao olhar sempre acaba em óculos de míopes, em lupa de filatelistas. Veja o que Saint-Just e Robespierre fizeram de Rousseau, Lenin de Marx e, enfim, Stalin de Hegel, os nazistas de Nietzsche, e o senhor compreenderá que não se pode desejar a Camus a mesma sorte.

— E eu penso que quem nele se inspirasse seria um desgraçado de um filho-da-puta de anarquista que arrasaria com este país e o mundo junto com ele. É o que eu penso. Mas felizmente para nós, ninguém reivindica esse Camus. Não sou um especialista em história, mas me parece que os franceses são bons o bastante para produzir bom número de intelectuais inconseqüentes. Não ficarei surpreso se isso uma hora arrebentar na cara deles.

— O rumor vem de toda parte, Sr. Tolson. Este ano de 1968 não vai acabar sem turbulências. Mas não penso que o senhor deva perder seu tempo montando uma comissão no

Congresso contra o camusianismo, exceto se o senhor não souber como ocupar um senador alcoólatra. Como eu lhe disse, não é uma doutrina. Mas acho que essa geração cuja cólera está subindo procura exatamente dar sentido à vida pondo o amor pela humanidade no centro de sua ação. Sei, o senhor vai me dizer que são utopistas. Pode ser, mas prefiro vê-los futucar o nosso ninho de cobras com sonhos que com ideologias mortíferas.

— Esses hippies todos que proliferam como ratos da Califórnia a Nova York acasalando-se feito primitivos seriam, na sua opinião, dessa ordem?

— Dessa ordem talvez não, mas a lógica deles não fica longe. Sabe, até no que se refere à sexualidade, somos uma espécie à parte com a nossa "libido ininterrupta" se posso me permitir essa imagem. Também nisso, podemos só olhar para a frente, escutar a puritana mensagem da moral religiosa ou reconsiderar a coisa em toda a sua complexidade e assumi-la. Camus dizia a esse respeito: "O homem é a única criatura que recusa ser o que é. A questão é saber se essa recusa só pode levá-lo à destruição dos outros e de si mesmo, se toda revolta deve acabar em justificação do assassinato universal..." Essa geração de hippies, como o senhor diz, é a primeira a se assumir desde o que se chamou o Século das Luzes, a questionar os fundamentos de uma sociedade que, em intervalos regulares, degenera em loucura assassina. Imagino que o senhor é um representante do bem absoluto, Sr. Tolson, então permita-me citar-lhe uma última vez aquele que o conduziu aqui: "O bem absoluto ou o mal absoluto, se colocarmos a lógica que é preciso, exigem o mesmo furor."

— Esse gênero de pensamento enfraquece o país. É uma gangrena, enquanto o inimigo nunca esteve tão ativo. Não se pode ter essas idéias e ser bom patriota. •

— A ameaça do exterior? Pergunto-me se chegarei ao fim da vida sem ouvir mais falar de ameaça exterior. Duvido. O senhor acha que os vietnamitas são uma ameaça para nós? Encafuados em seus arrozais, já suportaram mais bombas que as cidades alemãs durante a última guerra. E não se rendem. Porque a única alternativa que têm para essa ideologia ultrapassada a que se agarram é a de um regime corrupto a nosso soldo. As guerras nunca são esquecidas, são o tempo todo celebradas para esconder daqueles que sofreram que poderiam ter sido evitadas. E é preciso meticulosas escavações para encontrar suas verdadeiras razões. Se em vez de ter-se deixado adormecer em seu anti-semitismo macio, a América tivesse se manifestado desde os primeiros sinais de loucura assassina da Alemanha nazista, não teríamos vivido um segundo cataclismo neste século. O senhor me fala da ameaça exterior? Pegue a América do Sul, pegue Cuba. Nós nunca propusemos a eles que partilhassem as nossas convicções. Tudo o que exigimos foi que se submetessem incondicionalmente ao nosso interesse. E o senhor quer, com tudo isso, que eles não fiquem fascinados com o primeiro pregador barbudo que assume ares de Cristo, com a diferença do uniforme de combate? É isso, Sr. Tolson, não tenho mais muita coisa a lhe dizer. O senhor tem outra coisa a me perguntar?

Separamo-nos de modo bem frio. No caminho de volta, não soltei uma palavra a meu acólito. Olhei desfilar as árvores e os rios enquanto uma daquelas enxaquecas de que sofri a vida inteira lentamente se apoderava de meu crânio. Sentia-me deprimido. Não sabia por quê. É próprio da depressão não se apoiar numa causa precisa. Quando eu estava bem embaixo, tomava-a por uma dor existencial lancinante, uma tela de fundo meio vagabunda do teatro de uma vida que não quer se resolver a tomar sentido. Essa melancolia, discreta em meus anos verdes, aumentou com minhas dificuldades de encontrar o sono. Mais velho, Edgar dormia cada vez mais, deixando-me entregue a insônias crescentes que roíam as minhas noites deixando-me só no mundo. Pode-se pensar que noites amputadas são como uma alocação suplementar de tempo. É uma idéia bem falsa da insônia que nos esgota até arruinar os nossos dias. Nunca tive sofrimentos como Edgar, acessos de angústias ardentes e apopléticas. Nada senão uma alma inebriada à qual ele dava cor com seu ardor no qual eu me engolfava com o entusiasmo de uma criança pelo pai aventureiro. Minha natureza levava-me à inação, ao isolamento na penumbra de uma vida retirada. Edgar me trouxe para a luz do dia. Deu chama a uma lareira de ancião, como eu lhe trazia a alegria que surgia de noite em minha casa ao primeiro copo de scotch enquanto ele ia desabar num desespero tão violento quanto passageiro.

Lembro-me só ter dito uma única coisa a meu chofer quando nos aproximávamos do aeroporto:

— As coisas mudam, meu velho. Ainda poucos anos atrás, eu teria arruinado a vida de um cara como esse que encontrei esta tarde. Aqui, decidi perdoá-lo, esquecê-lo em sua cabana de caçador, deixar esse filho-da-puta asfixiar-se sozinho nos eflúvios de seu pensamento amargo. Não tenho mais idade, só isso.

— Se o senhor quiser, posso cuidar disso, chefe — respondeu-me ele com a expressão voluntária dos agentes de 40 anos.

Declinei com um gesto de mão.

Quando voltei de Oregon, Edgar me fez uma cena sem motivo sério. A seu gosto, eu demorara demais e ele achara o tempo longo sozinho em Washington. Quando sua zanga baixou, pudemos falar da minha missão. Durante a viagem, eu tivera tempo de encontrar uma fórmula para definir o pensamento de Camus sem me perder em detalhes que teriam irritado Edgar. "Um novo testamento do comunismo" resumia relativamente bem o que eu entendera de sua obra.

35

Desde que era presidente, Johnson ostentava uma jovialidade muito semelhante àquela que observamos no sobrevivente de um acidente mortal. A morte de Kennedy o salvara. Às vezes convergimos sem saber para o momento mais importante da nossa vida. Johnson vice-presidente sabia-se condenado a não mais sê-lo. Alguns dias após a morte de Kennedy, se uma eleição em circunstâncias ordinárias nunca o teria autorizado a ambicionar a presidência, ele sucedia sem voto ao mais jovem presidente do século. Estava radiante e pode-se entender.

Apesar do clima de guerra civil que reinava entre Bobby e ele, durante muito tempo os dois tinham imaginado concorrerem na mesma chapa nas eleições de 64, o que fazia Johnson dizer: "Só mesmo a política para nos fazer dormir na mesma cama que o nosso pior inimigo."

No momento de seu assassinato, John Kennedy trabalhava num projeto de lei que visava abolir as vantagens fiscais dos grupos petrolíferos. Johnson presidente, seu primeiro ato foi engavetar o projeto de lei. Poderia ter esperado um pouco, mas esse é o lado bom dos texanos, eles são diretos.

O laço entre Johnson e a Máfia se fez através de um pequeno grupo de industriais texanos. Penso que combinaram quanto ao fato de que Johnson forneceria um dos matadores. Uma maneira para a Máfia se assegurar de que, caso houvesse algum problema, eles não seriam os únicos incriminados, e de motivar os texanos a cumprirem perfeitamente seu trabalho. Em seguida, Johnson devia encarregar-se da relação com certos homens da CIA e do Exército, dar segurança ao perímetro da operação e finalmente controlar a investigação.

Restavam alguns meses aos Kennedy antes da reeleição quase certa de John à presidência para que se livrassem de vez de Johnson. Não imagino que John, político como era, tivesse a idéia de desencadear um escândalo jurídico. Ele queria apenas ter as cartas na mão para poder impor a Johnson uma aposentadoria silenciosa. Entretanto, é bem provável que este tenha imaginado que os Kennedy estavam se preparando para levá-lo à prisão.

Johnson foi arrastado para a Guerra do Vietnã e numa escalada que desde o início ele não dominava. John Kennedy queria parar essa guerra após as eleições de 1964 mas pensava que fazê-lo mais cedo teria sido um desastre político abrindo o flanco à crítica daqueles que denunciavam sua falta de firmeza contra os comunistas.

Durante o mandato de Johnson, vimos desenvolverem-se todas as espécies de novos fenômenos que, a pretexto de se oporem à Guerra do Vietnã, desenvolviam ideologias subversivas, um comunismo de cabelos longos, calças boca de sino, uma grossa camada de sujeira para se protegerem das picadas de insetos e músicas de degenerados. Mas o fundo era o mesmo. Pacifistas. Justamente do que precisávamos para que os russos se aproveitassem para acabar conosco. Inquietei-me muito com o movimento deles, mas Edgar levou a coisa com muita serenidade dizendo-me:

— Diferentemente dos vermelhos de antigamente, esses caras funcionam à base de maconha, heroína e LSD no café da manhã. Dou dez anos para que eles próprios se destruam.

Enquanto Johnson se atolava, Robert Kennedy dava a volta por cima. Esforçava-se sem sucesso em fazer o luto do grande irmão e, com a aplicação de um monge, tentava reproduzir o percurso de John de modo idêntico. Fora eleito para o Senado em 1964. Por Nova York, uma cidade que não era a dele, que nunca o fizera sonhar e onde se viu confrontado com os pensadores liberais judeus, mais à esquerda que ele, que lhe lembraram o anti-semitismo de seu pai e sua amizade pelo falecido MacCarthy. Esse oportunista, que teria aceito de bom grado ser o vice-presidente de Johnson, tornou-se a esperança de uma geração desorientada que tomou o pretexto da Guerra do Vietnã para espalhar seu niilismo feito napalm. Essa gente conheceu sua apoteose no festival de Woodstock. De memória de americano, nunca se tinha visto aquilo. Centenas de milhares de jovens que só tinham as palavras paz e amor na boca. Anarquistas orgíacos que se rebolavam nus, cobertos de lama, sob o domínio das drogas, diante de músicos imbecilizados pelo próprio estrondo. Entre os intelectuais, Freud se juntara a Marx no coquetel mais subversivo que se conheceu desde Lenin. Kennedy bem rápido se aproveitou da lenda do irmão para aglomerar toda a esquerda americana que falava de paz, mistura de raças e divisão de riquezas. Tudo o que Edgar e eu odiávamos. Kennedy, como vil oportunista que era, depois de ter desconfiado do outro como da peste, aproximou-se de Martin Luther King. Esquecera o tempo em que o púnhamos sob escuta com a sua benção, o tempo em que ele tinha menos inclinação para aquele pastor lírico que arriscava fazer com que seu irmão perdesse os votos do grande Sul. King era um comunista, um aproveitador que fazia a volta da América acompanhado de duas ou três amantes e, quando estas o cansavam, ele simplesmente arrumava putas. Uma única coisa é certa a respeito desse grande pregador de vento: ele nunca deitava com uma única mulher ao mesmo tempo. Para nós, foi uma séria afronta terem dado a esse tarado o prêmio Nobel da Paz.

Johnson decidiu não disputar a reeleição ao ver nas sondagens a que ponto ele simbolizava para os eleitores o homem de uma derrota que se consumava a fogo brando no Vietnã. Não tinha chance alguma contra Robert Kennedy que pedia a paz imediata e usufruía de uma aura de estrela da música elétrica. Até as freiras saracoteavam diante dele escandindo: "Bobby presidente em 1968, em 1972, pouco importa quando mas queremos Bobby presidente."

Robert federava os eleitores de seu irmão em 1960, que já representavam a metade do país. A isso se acrescentavam os pacifistas e os defensores dos direitos civis tendo à frente os novos bem pensantes de Hollywood como Jane Fonda. A

América dos depressivos e dos sonhadores estava a ponto de tomar o poder no fim do ano 68. Pela primeira vez, um democrata com idéias liberais, um oportunista da queixa popular, ia reinar na Casa Branca. Até Nixon, a velha raposa, não apostava em suas chances contra Kennedy se este fosse indicado candidato democrata. Em dois meses, entre abril e junho de 68, o problema foi resolvido.

"Desde a época de Adão e Eva, a mulher conduz o homem a agir mal, e aquela que foi criada para servir tornou-se sua escrava. Ela o leva por seu sex appeal, suas roupas são desenhadas pelo homem para valorizar suas formas e, quando ele a cobre dos pés à cabeça, ela se despe. Vivi muitas experiências que me indicavam que as mulheres eram apenas pessoas espertas, enganadoras e indignas de confiança. Vi muitos homens se arruinarem, ou pelo menos perderem a liberdade ou estragarem a vida no contato com elas." Essas idéias sobre as mulheres são as únicas que nós um dia partilhamos com Malcolm X. Martin Luther King não estava muito afastado disso quando dizia "que as mulheres eram mais aptas, biológica e esteticamente, que os homens a manter uma casa. Quero que a minha mulher respeite em mim o chefe da família, eu sou o chefe da família". Nossas afinidades não iam mais longe. À exceção dos irmãos Kennedy, não conheço ninguém que nos tenha mais exasperado que aqueles que chamávamos "os crioulos líricos". Malcolm X era um ex-presidiário que se convertera ao islã porque para ele não havia dúvida alguma de que o Deus dos cristãos era branco. Era um verdadeiro revolucionário que pensava que a ordem americana, tal como era, nunca seria capaz de dar liberdade aos negros. Deveríamos ter matado esse sujeito se os irmãos muçulmanos não tivessem cuidado disso em nosso lugar em fevereiro de 1965. King, por respeitar a religião dos brancos, parecia menos radical mas nós o considerávamos ainda mais subversivo que Malcolm X em sua maneira de minar as velhas tradições do nosso Sul. Bobby Kennedy se aproximara dele, após tê-lo considerado no início da presidência do irmão como um indesejável do jogo político porque os forçava a tomar posições muito custosas do ponto de vista eleitoral. Mas agora era diferente. Bobby cultivava o voto negro. Foi um atirador isolado, de tocaia, quem matou King em abril de 1968 no Lorraine Motel de Memphis. Acho que, entre os nossos, houve uma perfeita convergência quanto ao fato de que King era mais perigoso que suas idéias sem ele.

Bobby Kennedy deveria ter se retirado após o assassinato de King. Como pôde pensar que o deixariam chegar à presidência? Deve ter achado que um drama como o que conhecera sua família não podia se reproduzir uma segunda vez. Uma maneira religiosa de ver as coisas. Num país onde Deus está refém há muito tempo, entregar-se a ele era um erro fundamental. Robert Kennedy presidente, a tragédia ultrapassava a que tínhamos conhecido com seu irmão. Os tempos haviam mudado, o risco insurrecional estava no auge, o tempo das revoltas urbanas se abrira com as primeiras revoltas raciais em Watts em 65. Alguns dizem que o conservadorismo sempre era majoritário no país e que Robert tinha poucas chances de ganhar. Outros temiam o contrário.

No dia de sua vitória nas primárias da Califórnia, foi um Bob extenuado quem deixou os simpatizantes para ir descansar de um sucesso que lhe abria a via da posse. Dias antes, em San Francisco, quando seu cortejo subia Chinatown lotado de admiradores, garotos soltaram fogos bem perto da limusine conversível onde estavam Robert e a mulher. Meus informantes contaram-me que os joelhos do candidato tremiam de cagaço e que um imenso pânico invadiu as pessoas à sua volta. Não posso imaginar que Robert tenha podido pensar que iria até o fim de sua busca. Ele não teve coragem de abandonar, de dizer a todos os que o tomavam por Cristo ressuscitado que ele não tinha legitimidade alguma para aquele combate, não fosse calçar as botas de seu grande irmão. A própria manifestação da porra do orgulho desses incorrigíveis irlandeses que nem por um segundo imaginavam aproveitar pacificamente a colossal fortuna que tinham. Nas últimas semanas, seu olhar lembrava o de um condenado à morte. Nenhuma dúvida quanto à sorte que lhe reservavam e, no entanto, nenhuma revolta. Seus olhos mendigavam amor. Enquanto batia os dentes escondido, contaram que repetia ininterruptamente feito um encantamento esta frase de Churchill: "A primeira das qualidades humanas é a coragem pois é a qualidade que garante todas as outras." Os Kennedy tinham por hábito inebriar-se com belas frases.

Seu assassinato foi montado muito exatamente conforme as mesmas regras que o de seu irmão. Um matador isolado, Shiran Shiran, americano de origem palestina. Uma grande causa como móvel aparente, a opressão dos seus por sionistas abertamente apoiados por Robert. Algumas diferenças de forma. Desta vez, foi Shiran quem apertou o gatilho. Com um pequeno calibre. Nenhuma das balas que atirou de frente foram mortais. A que matou Bob Kennedy o atingiu por trás da orelha esquerda. Shiran nunca se aproximou de Bob a menos de dois metros e sempre esteve de frente para ele. No entanto, traços de pólvora foram encontrados em volta da única lesão fatal, prova de que o cano estava colado na entrada do ferimento. No total, foram encontrados mais impactos de balas que a pistola de Shiran podia conter. Como não se tratava de um presidente em exercício, a investigação então foi confiada à polícia de Los Angeles. Seu antigo chefe, bem próximo de Kennedy, estava morto. O novo cobriu perfeitamente a investigação e ninguém teve elementos que permitissem contestar a teoria do matador isolado. Tudo aconteceu muito rápido. Kennedy acabava de agradecer à multidão por sua vitória na Califórnia. Para voltar à recepção do Hotel Ambassador, ele passava pelas cozinhas, um percurso planejado pelo serviço de ordem. Foi nesse lugar que ocorreu o tiro cruzado e próximo numa confusão absoluta. Nenhum laço entre Shiran e o crime organizado. Nem com ninguém, aliás. À exceção de um hipnotizador que trabalhara estreitamente com a CIA sobre seu programa de controle mental. É verdade que Shiran parecia estar num estado anormal no momento da prisão. O golpe foi muito mais bem-sucedido que para seu irmão. Talvez a lição da experiência. O homem que aplicou o golpe de misericórdia era um policial aposentado. Nós o conhecíamos bem. Um homem cujas convicções nunca variaram de um milímetro ao longo da vida, um leal guarda pretoriano, que sabe no fundo de si mesmo o que a morte de um homem pode prestar como serviço a seu país. Fez um trabalho de espantosa limpeza para alguém da sua idade.

Nas semanas que precederam a essa tragédia, lembro-me de ter tentado convencer Edgar do contrário. Por que fiz isso? Foi o que durante muito tempo me perguntei. A lassidão de ver correr sangue ou talvez a necessidade de emendar-me quando estava despencando pelas últimas curvas da segunda vertente da minha vida. Queria que aquilo tudo parasse. Sentia-me deprimido, pois se ao longo de nossa carreira tínhamos dado um sentido a nossa ação, este nos trouxera tudo menos felicidade. Estávamos impedidos disso, privados como se tudo o que nos tivesse guiado nunca tivesse sido ditado por nossa consciência mas pelo discreto e tirânico sofrimento de nossa diferença. De todos os homens com que tínhamos cruzado no topo do poder, Robert Kennedy era de longe o que eu mais execrava. Sem me conhecer, sem procurar entender o homem que eu era, ofendera-me da maneira mais odiosa, com toda a violência dos a priori, cegos e sem apelação. Sua inimizade por mim se declarara como o par natural de sua arrogância, de sua superioridade de jovem que pensa que a providência o elegeu para que se movesse amplamente acima dos outros. Ninguém jamais me desprezou como ele. E mesmo assim, no momento em que o inexorável se punha suavemente em marcha para barrar o caminho de suas ambições, duvidei de sua legitimidade:

— O que está acontecendo com você, Junior, um acesso de pieguice?

— Não — respondi olhando pela janela do nosso quarto de hotel na Califórnia após um dia tedioso em que não tínhamos ganhado nada nas corridas. — Eu simplesmente me perguntava se não poderíamos obter o mesmo resultado sem recorrer ao assassinato.

— Um pensamento que o honra, mas primeiro é preciso que você saiba que a sorte dele não está precisamente em nossas mãos. Não somos executores de trabalhos sujos. Nós nos limitamos em seguir decisões tomadas por pessoas que têm as mesmas convicções que nós e em assegurar a cobertura dessas decisões. Mas não tenho poder algum para impedi-los de fazer isso. E, aliás, não tenho vontade alguma. Esse filho-da-puta do Robert Kennedy não vale mais que o cadáver que ele vai se tornar. Você parece esquecer que nunca ninguém se levantou contra nós como esse criador de casos. Se for eleito presidente, ninguém poderá impedi-lo de nos chutar sem a menor cerimônia. Esse filhinho de rico escolheu um destino que não merecia. Vai devolvê-lo. Quem matou o irmão dele fez isso para se livrar dele. E agora ele ressurge como se nada tivesse acontecido.

— Mas temos muita coisa sobre ele, enfim, sobre a família dele e...

— Clyde, nós nunca poderemos revelar o que quer que seja sem sujar de lama a América inteira. E será que você nunca vai entender que essa gente não é como os outros? Robert é o mais pirado de todos. Nada vai pará-lo. Então você acha que ele não entendeu que era primeiro ele o visado por aqueles que mataram seu irmão? Ele não passa um minuto sem pensar no John, sem sentir-se culpado pelo que lhe aconteceu. Sabe Saul Bellow, aquele escritor que encontrou Bob no verão passado para fazer um artigo sobre ele para a *Life*, que nunca foi publicado? Pois bem, contaram-me que Bellow ficou muito impressionado com a dor de Bob e a energia com que ele a alimenta. Bob passou a entrevista inteira vomitando sobre Johnson, cuspindo fogo só de evocarem seu nome. Nada pôde fazer até aqui porque só tinha as palavras para tentar vingar o irmão e sequer podia usá-las abertamente. Uma vez no poder, não vai fazer mais nada para que a verdade sobre a morte do irmão seja revelada. Vai apenas se vingar sobre cada um dos instigadores, vai destruí-los um a um. Então, será que ele pode imaginar, mesmo que por uma fração de segundo, que eles vão correr o risco de vê-lo instalar-se agora no salão oval com mais poder que tinha quando John era vivo? Ele sabe disso tudo, mas continua a andar como esses gansos que tiveram a cabeça cortada. Acho que todo mundo está de acordo neste caso quanto ao desfecho final. Tanto ele quanto aqueles que resolveram eliminá-lo. É uma decisão tomada por unanimidade à qual Robert Kennedy trouxe a própria voz. Ele se sabe em grande parte responsável pela morte do irmão e corre na mesma direção sem hesitar. Quer suicidar-se com honra. Vamos ajudá-lo. Estamos oferecendo a ele um fim digno dessas tragédias gregas de que ele sempre se gabou de ser um fervoroso amante. Na orquestração da morte dele, ninguém toca partitura dissonante. E ele menos que qualquer outro. Eu lhe asseguro, Clyde, a intenção dele de continuar vivendo não é maior que a nossa de vê-lo prosperar em novas funções. Como dizer? Acho que a trama que está sendo montada tem mais a ver com a eutanásia que com o assassinato político.

Não vamos matá-lo, estamos acompanhando-o até a última morada de sua escolha, na hora de sua escolha. Desta vez, os *mobsters* não vão se mexer. Os texanos e a CIA organizaram toda a operação. Com Johnson presidente, de fato não vejo por que precisariam dos bandidos. Preveniram Nixon de que ele seria o próximo presidente, e parece-me que ele os decepcionou um pouco na circunstância, pois lhes teria respondido: "Não quero saber, e se tiver de acontecer, saibam que não me sentirei devedor de nada." Uma situação um tanto cômoda, mas Richard é assim, quer sempre dar a impressão de nada dever a ninguém. Sabe, nós devemos muito aos texanos.

— Aliás, nunca entendi por que você subitamente nos aproximou deles numa época em que nada exigia isso.

— Reflita um pouco, caro Clyde. Se me tivessem forçado a combater o crime organizado, teríamos sido obrigados a pedir demissão antes que as fotos circulassem. E de que teríamos vivido então? Você consegue nos ver dirigindo a segurança de uma grande firma privada? Você imagina que nos teriam proposto um lugar onde pudéssemos ficar juntos e na medida de nossas capacidades? Nunca pensei um segundo em ceder à pressão de ir em cima do crime organizado, mas nunca se é prudente demais. Se a Máfia nos tivesse caçado, eles seriam nosso único recurso. Os texanos se parecem conosco, nós vemos o mundo de maneira simples, sem a deformação do prisma da perversidade que hoje gangrena a sociedade americana, e graças a eles estamos à frente de uma pequena fortuna discreta e bem adquirida. Eles nos asseguraram uma situação de recuo. Em contrapartida, cobrimos desígnios com cuja finalidade estávamos de acordo. Não vejo nada de perturbador nisso tudo. Robert é o último dos nossos trabalhos de Hércules. Sem o desaparecimento dele, minha obra estaria inacabada. Não consigo imaginar fazer outra coisa a não ser dirigir o FBI. Você sabe muito bem disso. Se Robert devesse nos mandar para casa, o que me restaria? Você pode me dizer? Comprar bibelôs e irmos às corridas a semana inteira. É impensável. Mas você sabe bem disso, embora eu sempre tenha sido o mestre do poder de impedir, não posso fazer mais nada por Robert porque eu já lhe disse, não posso ir contra a própria vontade dele. O homem se emendou sob o peso da dor. Não temos mais diante de nós o arrivista efervescente dos primeiros dias cujo apetite de poder precedia o pensamento. Hoje estamos lidando com um arrependido, com um homem que, através de convicções humanistas sinceras, busca a redenção. Ele só é mais perigoso, e sabemos bem disso. Eu teria ficado muito contente de poder lhe dar prazer. Você está envelhecendo, velho crápula, você solicita para um outro a indulgência que você gostaria que lhe fosse dada pelo Senhor. Você não teria dado um bom ditador. Eles nunca se enternecem ao envelhecer. Se o Eterno tivesse sido indulgente conosco, há muito nos teria comunicado isso. Ele nunca teve a menor benevolência para conosco, exceto a de nos ter posto cada um no caminho do outro. Sem a nossa obra, sem a nossa formidável influência sobre o curso dos acontecimentos — pois você sabe, é o curso mundial das coisas que nós orientamos —, o que restaria de nós? Nada, sequer uma descendência, só a história de duas velhas bichas sulistas estranguladas pela vergonha de um mal que não desejaram nem mereceram. Fizemos pela moral mais que qualquer um, para esquecer a que ponto ela nos tinha deixado de lado, a que ponto nos tinha abandonado desde a infância longe de seu invólucro caloroso que guia um desejo legítimo. Nós fizemos mais por Deus que ele fez por nós, Clyde, estou lhe dizendo, muito mais.

Já tive a oportunidade de dizer: não se interrompia Edgar. Deixei-o ir até o fim de seu discurso e, quando li em seus olhos que havia terminado, ousei:

— Diga-me Edgar, de que fotos se tratava? Você poderia me dizer agora?

Ele então abriu aquela espécie de sorriso sem cor, aliança do diabo e de Deus, enquanto as pupilas se dilatavam.

O tempo que levou para me responder pareceu-me infinito. Umedeceu os lábios, juntou as mãos mantendo-as abertas, depois começou a falar fixando a parede, atrás de mim:

— É uma foto de nós dois, Clyde. Em La Jolla, no terraço do nosso quarto de hotel. Você estava deitado, lascivo, torso nu, numa espreguiçadeira de lona. Eu estava em cima de você, igualmente de torso nu, numa calça pequena de flanela creme. Com uma das mãos nas costas, eu pousava os meus lábios sobre os seus.

Essa entrevista, que ficou gravada na minha memória com precisão quase irreal, na época não me ensinou nada. Com o passar dos anos, após a morte de Edgar, o significado de suas palavras pareceu-me mais nítida, como a forma de um domo que surge nas alturas de uma cidade de contornos velados por uma bruma matinal. Eu entendia a razão de sua superioridade na ação, de sua infatigável sagacidade em desalojar o mal das anfractuosidades mais bem dissimuladas. Ele era movido por um poderoso motor que não partilhávamos, o da vergonha de nossa condição que o animava sem trégua, numa fuga desabalada à qual se impusera dar sentido.

36

Depois da morte de Robert Kennedy, a sorte da raposa mudara. O bicho estava sozinho diante de um galinheiro com as portas escancaradas e os fazendeiros tinham ido à cidade. O homem "que não tinha o sorriso diante dos dentes", para retomar a expressão da mulher de um de seus próximos colaboradores, ficou pasmo. Era um pouco a síndrome de Moisés: o mar se abria diante dele. Nixon era um homem sem escrúpulos, havia mostrado isso no caso Alger Hiss ao destruir a vida desse alto funcionário que não queria se confessar comunista. No entanto, sei que nunca esteve implicado no assassinato dos dois irmãos. Penso até que vivia como uma maldição aquele trono manchado com o sangue deles. Embora não tivesse uma consciência precisa disso, nós é que o tínhamos levado ao poder. Era o homem de que a América precisava. Capaz de grandes desígnios, tinha um sentido inato do lugar de nossa nação no mundo. O infeliz outro lado dessa qualidade era um gosto imoderado pela mesquinharia e por intrigas indignas de um presidente dos Estados Unidos.

O arrombamento do edifício Watergate aconteceu alguns dias depois da morte de Edgar e devo reconhecer que, inteiramente entregue à minha dor, não acompanhei esse episódio lamentável da nossa história que levou à renúncia de Nixon. Este achava Edgar senil embora tivesse apenas 77 anos. Não ousava livrar-se dele. Menos por reconhecimento por tudo o que tínhamos feito por ele que por medo de represálias. Um medo injustificado. Nixon não era homem de flagrantes loucuras sexuais e suas indelicadezas financeiras eram mais dignas de pena que de condenação. Mas o que ele temia por parte de Edgar era a memória que este tinha, a memória americana. Criou então sua própria equipe de trabalhadores improvisados, bombeiros hidráulicos para espionar os democratas. Uns caras formados na escola da luta contra Castro. Cubanos legalistas e antigos capangas da CIA. Que foram agarrados feito caçadores clandestinos lastrados. Nixon negociou a renúncia para evitar a vergonha da destituição e da prisão. Um escândalo tão grande por coisas tão pequenas é bem o paradoxo da nossa história. Nixon caiu por métodos que Edgar vinha praticando desde 1924. Edgar vivo, nunca teria havido Watergate. Ninguém teria ousado. É o que explica a obstinação de Nixon em pôr a mão nos dossiês de Edgar no dia de sua morte. Esperava ali achar a vacina contra suas próprias torpezas. Ao subtrair-lhe todos os dossiês saborosos suscetíveis de incomodar certos membros do Congresso, privei-o de seu sistema imunitário. E, se caiu depois, dessa vez foi graças a mim.

* * *

Nos últimos tempos de nossa vida em comum, os sentimentos que Edgar me manifestava não eram mais aqueles dos nossos jovens, anos. A lassidão de um velho casal. A partir do momento em que a Máfia nada mais podia contra ele, entregou-se a depravações que eu reprovava com homens jovens, com freqüência menores de idade, sem mostrar o menor escrúpulo em trair uma fidelidade à qual eu nunca havia renunciado sem seu consentimento expresso. Ele fizera grandes coisas por não ter assumido quando era ainda tempo o que considerava uma terrível fraqueza. Compreendo que a nossa relação tivesse perdido sua intensidade com os anos e que Edgar, vendo-se envelhecer, tivesse querido fustigar seu imaginário com situações mais picantes e recuperar o tempo perdido nesse período em que se sacrificara à sua imagem. Mas não havia mais limites e devo dizer que guardo uma estranha lembrança daquelas noites passadas os dois na salinha de cinema do FBI a projetar, depois que todos tinham ido embora, filmes de sacanagem onde se viam homens e mulheres que se entregavam a uma depravação mórbida. Esses filmes provinham de apreensões efetuadas por nossos agentes de Costumes e nós os assistíamos um após o outro comendo balinhas azedas. No fim, não passava um dia sem que despejasse sobre mim um fluxo de bile como se me reprovasse sua existência, porque eu era seu mais devotado cúmplice e servidor. Mesmo doente, meu estado não me valia nenhuma misericórdia.

— Você não passa de uma tia velha, Clyde, uma tia velha condenada a morrer.

Ele acrescentava com um olhar de demente.

— Confesse que teria gostado muito de trepar com os irmãos Kennedy, confesse, Clyde. Pois é, não lhe dei a oportunidade. Agora, aqueles dois filhos-da-puta não devem pesar mais que a pena de galo que tinham na bunda. Está me ouvindo, Clyde, ou está empacotando?

Ele que eu conhecera tão distinto afundava numa vulgaridade de bêbado no fechamento de um bar quando se torna imperioso gritar para toda a humanidade o ódio que inspiramos a nós mesmos. Depois, no dia seguinte, de repente se emendava multiplicando as atenções como se nunca nada de ferino tivesse sido pronunciado. Nesse fim de vida, a lembrança das alegrias que tínhamos vivido juntos se atenuara diante do vigor reencontrado de seus sofrimentos que queriam se tornar seu único companheiro.

37

Na manhã de 2 de maio do ano de 1972, um belo dia de primavera se anunciava sobre Washington DC. Eu acabava de sair de casa, não sem esforço. Três ataques sucessivos ao longo dos últimos cinco anos haviam me enfraquecido muito. Meu corpo estava indo embora, deixando apenas um fio de energia para meu cérebro intacto.

Eu me organizava para ignorar essa degenerescência continuando a ir ao escritório diariamente ainda que já tivesse ultrapassado amplamente a idade da aposentadoria. Levado pela atividade, lá me sentia infinitamente melhor que em casa a contemplar o insidioso naufrágio de meu corpo. Nesse dia, como se nada pudesse ser poupado para me compensar, quando me aproximava do carro onde o chofer me esperava, percebi que havia esquecido documentos importantes. Voltei a passos curtos até em casa e, no momento de abrir a porta, ouvi a campainha do telefone. Alguns afirmam que sua tonalidade varia em função das circunstâncias. Seu ruído imperativo era o mesmo que de hábito. Na outra ponta da linha achava-se

James Crawford. Sua chamada me surpreendeu, pois Crawford estava aposentado desde janeiro e não era de uso na organização um antigo chofer, negro ainda por cima, embora tivesse honestamente servido durante 37 anos, tomar uma iniciativa como essa.

— Bom dia, Sr. Tolson. Lamento muito incomodá-lo, Crawford falando.

— Eu estava de saída, Crawford. Qual a razão desta chamada?

— Uma notícia muito ruim, senhor. Nosso diretor morreu.

Apoiei-me com uma das mãos sobre a mesa onde repousava o telefone enquanto procurava com a outra, como se estivesse no escuro, o respaldo de um pequeno cabriolé no qual desabei depois de ter girado sem dizer uma palavra. Só tive nesse instante preciso um pensamento, controlar a respiração e tentar conter um fluxo de emoção que poderia ter-me sido fatal. Depois de um longo silêncio, retomei num tom que se esforçava em dissimular minha perturbação:

— Diga-me, Crawford, como aconteceu?

— Não sei, senhor. Cheguei lá hoje cedo para podar os arbustos em volta da casa do senhor diretor Fiquei surpreso por não vê-lo já que era tarde e a porta da casa tinha ficado aberta.

— Toda aberta?

— Ah não! Quero dizer que a chave não foi girada na fechadura.

— Onde você o encontrou?

— No chão, perto da cama, e não sei se a coisa tem sua importância, mas ele estava nu.

— Não creio, Crawford, mas diga-me, você chamou o doutor Choisser?

— Já fiz, senhor. Ele está vindo.

— Você tem certeza de que ele está morto?

— Absoluta, senhor.

— Certo, Crawford, o seu papel está terminado. Obrigado.

— Há algo que eu possa fazer pelo senhor?

— Nada, Crawford, nada.

Desliguei, depois comecei a chorar antes de me recuperar. Em circunstâncias de tal importância, é imperativo adiar a dor. Ocultei minha imensa aflição. Foi o que ele teria feito no meu lugar, parece-me.

Com as mãos trêmulas, peguei a caderneta que continha meus números indispensáveis. Naquela hora, ela ainda devia estar em casa. Precisei discar três vezes o número:

— Srta. Gandy, Tolson falando.

— Pois não, Sr. Tolson, como vai o senhor? — respondeu ela com a voz fria que usava comigo.

Prossegui, evitando a menor afetação:

— O Sr. Hoover morreu, Srta. Gandy.

— Ah, meu Deus! — exclamou ela, levada por uma emoção sincera. — Quando aconteceu?

— Agora de manhã. Ou talvez de noite. Srta. Gandy, preciso da senhora. Não poderei ir ao escritório hoje, preciso de um pouco de força para ser muito honesto com a senhora e gostaria de guardar a que me resta para ir ao domicílio do Sr. Hoover. Gostaria que a senhora mesma informasse John Mohr da trágica notícia. Que ele faça da mesma forma com Alex Rosen e Mark Felt tendo por ordem que divulguem a informação aos 12 chefes de divisão, cada um encarregado de informar seu pessoal. Além disso, Srta. Gandy, desejo que um telex em código seja enviado aos 59 escritórios descentralizados assim como às nossas 19 delegações estrangeiras. E... peço-lhe que diga a Mohr para se encarregar da organização do funeral, não me sinto com força para isso. O Sr. Hoover era de obediência maçônica e ficarei grato se suas obséquias forem preparadas respeitando os costumes de sua ordem. Mohr também deve imediatamente prevenir o ministro da Justiça e pedir-lhe que informe o presidente.

— Certo, senhor. Mas, senhor, não estou lhe dizendo nada de novo, o diretor tinha o hábito de telefonar diretamente ao presidente na Casa Branca. Com o desaparecimento dele, o senhor é o diretor interino, talvez o senhor pudesse...

— Fora de questão, Srta. Gandy, fora de questão. Sempre houve um único Diretor, e serei sempre apenas seu segundo, está me entendendo? Diga a Mohr que peça ao ministro da Justiça para cuidar disso. E... eu estava esquecendo o essencial. Os dossiês estão bem ali onde estão, mas sabe-se lá com a revolução que se anuncia, rogo-lhe que organize o mais discretamente possível o transporte deles para a minha casa. Penso que é ali que estarão mais em segurança. Evidentemente, é um segredo que só podemos compartilhar com Mohr. Se a senhora pudesse organizar esse transporte durante o dia, seria delicado de sua parte. Deixo-a com sua dor, Srta. Gandy, e cuide de si, não pense em voltar um dia ao escritório e talvez seja tempo de a senhora se aposentar. Não terei a impertinência de perguntar a sua idade, mas...

— Setenta e cinco, Sr. Tolson.

— Como o tempo passa, a senhora tem quatro a mais que eu, mas parece bem que os seus anos contam menos que os meus.

— Sou secretária do Sr. Hoover desde 1918, Sr. Tolson, seis anos antes de ele se tornar nosso diretor.

— Sei, Srta. Gandy, é por isso que lhe confio os dossiês. A senhora e eu tivemos algumas desavenças, mas costuma ser assim quando duas pessoas têm a mesma devoção por um ser bem acima do comum. É o que chamo a síndrome de São Pedro. Cobiçar o lugar à direita do Pai. Mas posso contar com a senhora, não posso?

— O senhor pode, Sr. Tolson.

Eu pensava que com certeza nunca mais nos veríamos e que estava falando pela última vez com a pessoa que servira Edgar do modo mais fiel, com exceção de mim.

38

Com o tempo que levei para recolocar minha hesitante mecânica em marcha, duas boas horas tinham transcorrido. Tive a idéia de me assegurar de que as pompas fúnebres tinham bem chegado ao domicílio do diretor e de que seus preparativos para o além não perturbavam a quietude do falecido. Meu chofer, como não me vira voltar, inquietou-se com o meu estado. Anunciei-lhe o falecimento de Edgar sem, devo reconhecer, prestar a menor atenção em sua reação. Minha mente divagava, espantando-se com essa morte aos 78, sem nenhum sinal anunciador, sequer o menor alerta. É certo que ele estava profundamente ferido desde 8 de outubro do ano anterior quando o nosso sistema de escutas lhe permitira captar uma conversa entre o presidente e o ministro da Justiça de então, John Mitchell. Um pedaço de diálogo pego no ar o chocou. Porque vinha de um homem, Richard Nixon, pelo qual ele havia feito muito, bem mais que este último devia imaginar. Sem Edgar, Nixon nunca teria tido a possibilidade de chegar à presidência. Era o bastante, parece-me, para que lhe testemunhasse um pouco de reconhecimento. Nixon esquecia o pequeno toque final aplicado por Edgar que o havia conduzido ao poder supremo. Edgar ficara magoado o bastante para queixar-se e fazer-me escutar a fita. Falando dele, a conversa tomara esta forma:

Nixon: Por um monte de razões, ele tem que pedir demissão... Tem que tirar o time daqui... Talvez se... Mas duvido... Talvez se eu o chamar e lhe disser para se demitir... Isso coloca problemas. Se ele for embora, é preciso que seja por vontade própria... Por isso é que estamos na merda... Acho que ele vai ficar até completar cem anos.

John Mitchell: Ele vai ficar até que o enterrem aqui. A imortalidade...

Nixon: Acho que temos de evitar que ele vá embora de forma brusca... Temos nos braços um homem que pode fazer o templo desabar junto com ele.. Inclusive eu... Vai ser um problema.

Sei que certas mentes desconfiadas sentiram-se tentadas a atribuir a morte súbita de Edgar a uma causa menos natural que a crise cardíaca que o deixou nu e sem vida no chão, ao lado de sua cama de colunas. Bobagens! É próprio das conspirações agregar várias inteligências. E uma forçosamente teria sido encontrada para dizer que de nada servia apagar Edgar sem me eliminar.

Ao chegar diante do 4936 Thirtieth Place, a alguns minutos de minha própria casa, olhei pela última vez a ampla construção de tijolos vermelhos em estilo colonial. Contei as janelas, as nove que davam para a rua sombreada por três grandes árvores copadas. Janelas vestidas por dentro para que nada pudesse transparecer ao olhar do simples curioso. O carro das pompas fúnebres estava estacionado diante da porta, um imenso carro preto laqueado. Ela estava entreaberta. Avancei pela entrada depois penetrei, no ritmo autorizado por meu estado, no grande salão onde ele recebia tão pouco. Objetos inanimados espanados e lustrados, num número desproporcional para o espaço que lhes era reservado, pareciam mendigar um pouco de vida. Era a coleção de Edgar, meticuloso a ponto de entulhar o salão, feita de tudo o que lhe parecia belo e precioso. Seus dois cãezinhos adorados, seus cairns G-Boy e Cindy, vieram a meu encontro, aliviados por encontrar um ser conhecido. A escada que levava ao quarto pareceu-me sem fim. A seu pé, as paredes estavam cobertas com fotos enormes de cada um dos presidentes que ele servira, em pose com ele, à exceção de Truman. A imensa maioria das estátuas de bronze, madeira e gesso representavam-no da mesma forma que grande parte dos quadros que ornamentavam o andar, como para impor aos raros visitantes sua presença naquele lugar. Ele aparecia nas fotos em diferentes idades, só ou acompanhado, imóvel ao lado de estrelas da música ou do cinema dentre os quais muitos tinham cessado de brilhar há muito tempo. Em cada um daqueles clichês, o orgulho clareava seu olhar que buscava captar a posteridade. Passei diante dos quartos de convidados, que jamais tinham por assim dizer visto alguém além da camareira para tirar a poeira, antes de atingir o dele onde se agitavam os homens de preto. Ele repousava sobre uma maca e espantei-me de ver a que ponto a morte encurta os grandes homens. Senti-me infinitamente cansado e pedi a um dos sujeitos que se agitavam em volta do falecido que me passasse uma cadeira. Para não incomodá-los em seu funesto trabalho, sentei-me no alto dos degraus da escada, um ponto central da casa. Inquietei-me em saber por que o deixavam ali, em vez de levá-lo para uma câmara fria. Foi-me respondido que tinham recebido ordens para esperar o anúncio oficial de sua morte antes de mexer no corpo, sabendo, diziam-me, que curiosos, informados não se sabe como, começavam a afluir diante da casa. Será que eu tinha então levado tanto tempo para subir os degraus que não vira ninguém na minha chegada? Um imenso sentimento de solidão se apoderou de mim. Quarenta e oito anos de rara intimidade acabavam de ser quebrados. Minha morte não teria sido surpresa para ninguém. Mas o destino, em sua precedência ao ilustre, decidira de outro jeito. Eu estava ali há apenas alguns minutos quando vários homens jovens entraram na casa sem bater nem de modo algum se preocupar com o incômodo que poderiam ter causado. O que devia ter autoridade sobre os outros viu-me empoleirado na cadeira no alto da escada e avançou o bastante para que sua voz chegasse a mim:

— Quem é o senhor? — lançou-me sem tirar o chapéu.

A arrogância dele me chocou:

— Eu poderia lhe fazer a mesma pergunta. Se o senhor é da casa, deve saber que sou Clyde Tolson, e que sou há duas horas o diretor interino do FBI. Se o senhor não for da casa, nada tem a fazer aqui.

Não me respondeu e, a partir desse minuto preciso, fez como se eu não existisse mais. Durante um tempo que me pareceu uma eternidade, ele e seus homens revistaram meticulosamente cada centímetro quadrado da casa chegando até a levantar cada gravura como se pudesse esconder a porta de um cofre. Quanto mais o tempo avançava, mais pareciam nervosos por não encontrar nada. Acabaram deixando a casa, visivelmente despeitados. O sujeito alto que se dirigira a mim lançou-me um último olhar onde havia como que um desafio temperado pela pouca consideração que lhe inspirava aquele ancião desabado sobre a cadeira. Nunca esqueci o rosto dele e, algum tempo mais tarde, quando sua foto apareceu num jornal em que se falava dele como um dos bombeiros do caso Watergate, senti que se confirmava o que eu havia pensado na época: aqueles sujeitos não eram nem da casa nem da CIA.

Minha saúde não me permitia prosseguir a obra do querido desaparecido mas era meu dever assegurar a continuidade da instituição que ele encarnava. Eu só via um homem que tivesse o mesmo sentido do serviço e a maneira que era a nossa, quero falar de Mohr. Ter-lhe confiado a organização dos funerais e a discreta supervisão da retirada do quartel-general de certos documentos era uma maneira de promovê-lo, sei que Edgar não teria agido de outro modo. Mark Felt também fazia parte dos nossos sucessores potenciais, mas havia nele uma flexibilidade, um oportunismo que beirava o mimetismo. Era um homem que se baseava nas posições dos interlocutores contanto que servissem a seu interesse. Chamei Mohr para informar-me do andamento dos preparativos e participar-lhe meu apoio. Nixon prometera a Louis Nichols, velho funcionário da casa que o ajudara a ser eleito, nunca nomear alguém de fora. Eu achava que Nixon manteria a palavra quando decidi telefonar para Mohr no início da tarde. Embora tenso por seu papel de organizador das obséquias, respondeu-me com muita amabilidade embora estivesse claro que eu já não era mais seu superior:

— Espalhei a notícia como o senhor me pediu, Sr. Tolson. É curioso, tenho bem o sentimento de ter sido ouvido, mas ninguém parece estar realmente convencido de que o Sr. Hoover nos deixou de vez.

— Eu os entendo, Mohr. Também tenho a sensação de estar vivendo um pesadelo que me impede de acordar. Teve notícias da Casa Branca?

— Mais do que teria desejado.

— O presidente reagiu à notícia?

— Assim o fez.

— E então?

— Sr. Tolson, o senhor conhece a minha lealdade, mas eu preferiria evitar que o senhor ouvisse a reação dele.

— Mohr, você sabe que não precisa usar luvas de pelica comigo. O que ele disse exatamente?

— Pois então, na verdade, Haldeman veio anunciar-lhe sem preâmbulos a triste notícia quando ele chegou ao salão oval. Ele primeiro não disse nada, a surpresa provavelmente, depois soltou feito um espirro: "Jesus Cristo, aquele veado velho!" Uma expressão que ele usa com freqüência quando deve exprimir ao mesmo tempo estupefação e alegria.

— E o que mais?

— O mais importante. Disse-me que desejava que lhe dessem funerais nacionais.

— Não!

— Exatamente, senhor. Com todas as honras militares. Mas se posso me permitir, essa idéia de funerais nacionais é igualmente uma excelente maneira de desviar a atenção da imprensa e do público sobre a manifestação nacional contra a Guerra do Vietnã prevista para o dia 4, data reservada pelo presidente para o enterro, em que devem desfilar numerosas personalidades como Daniel Ellsberg e Jane Fonda.

— Entendi. Mohr, chamei-o igualmente para que você seja o primeiro a saber que tenho a intenção de pedir demissão do FBI. Continuarei a assinar os principais documentos na qualidade de interino até a designação de meu sucessor que será você, espero.

— Sr. Tolson, creia que se a entendo, lamento infinitamente a sua decisão.

— Agradeço-lhe, Mohr, mas não tenho saúde para prosseguir no espírito que era o nosso, compreende? A propósito, como está ocorrendo a transferência dos dossiês delicados?

— Sem problema particular, Sr. Tolson. Miss Gandy cuidou das coisas com a celeridade que conhecemos nela. Todos os dossiês pessoais do nosso falecido diretor serão encaminhados para a sua casa à tarde e posso lhe garantir que nós três somos os únicos a saber disso. Aliás, devo informar-lhe que recebi a visita do vice-ministro da Justiça, L. Patrick Gray. Perguntou-me à queima-roupa onde estavam os dossiês secretos.

— E o que você respondeu a ele?

— Que não há dossiês secretos. O que é a verdade ao ponto de vista legal. Enquanto responsável pela administração do Bureau, que eu saiba, nenhuma classificação existe sob essa denominação.

— Tem razão. E então?

— Ele pareceu irritado, mas não levou o assunto mais longe. Acho que vai voltar à carga.

— Pois bem! Que volte.

— Tenho a sensação de que eles estão mais particularmente interessados num eventual dossiê sobre o presidente e sobre atuais membros do Congresso, e aliás... Existe alguma possibilidade de estarmos sendo escutados, Sr. Tolson?

— Nenhuma, Mohr. A tradição quer que sejamos nós que escutemos os outros e não o contrário. Você dizia?

— Dei uma olhada discreta nos documentos sensíveis que deixaram o escritório da Srta. Gandy e não vi nada em nome de Nixon.

— Não fico surpreso. O diretor tinha uma nomenclatura que lhe era própria. As informações mais comprometedoras figuram em "Assuntos obscenos" ainda que digam apenas respeito a delitos financeiros. Quantos dossiês estão sendo transferidos?

— Contamos 164, senhor, que representam um número de páginas da ordem de 17.750. Estão todos sob a nomenclatura Oficial, Confidencial e Pessoal.

— Muito bem, Mohr, provavelmente nos veremos de novo nos funerais. Mantenha-me a par da evolução das coisas.

— Não deixarei de fazê-lo, Sr. Tolson.

Funerais nacionais não eram uma honra grande demais para um homem que servira oito presidentes dos Estados Unidos e 18 ministros da Justiça. Para além dessas figuras políticas, nenhum dos seguintes nomes podia ser pronunciado sem que surgisse em filigrana a efígie de Edgar: Martin Luther King Jr., Charles Lindbergh, Alger Hiss, Harry Dexter White, o casal Rosenberg, Machine Gun Kelly, Alvin "Creepy" Karpis, Ma Barker, Dillinger. E, é claro, John e Robert Fitzgerald Kennedy.

Nixon estava resolvido a não fazer economia para celebrar o desaparecimento daquele que fora seu modelo antes de o presidente ficar profundamente exasperado com um homem que nunca aprofundava a amizade a ponto de se submeter. A meu ver, Nixon foi um discípulo muito medíocre, e sua lamentável debacle provocada pelo caso Watergate mostra bem que nada havia guardado da formidável lição que Edgar se esforçara em lhe dar desde que, recusado pelo Escritório em seus jovens anos, se lançara na política. Sem ele, sem nós, sem outros com a nossa benção, Richard nunca teria crescido mais alto que vice-presidente dos Estados Unidos, uma responsabilidade que ele deixara em 1960 quando o presidente Eisenhower decidira não se candidatar à reeleição. Certamente levara a mal que Edgar lhe tivesse lembrado a importância de sua dívida para conosco. Todos esses dom-juans da política esqueciam que só existia um comandante, um único e intemporal fiador de nossos valores morais. Nixon achou-se capaz de nos passar para trás criando sua própria equipe de bombeiros e seu próprio sistema de escutas, o qual, devo explicar, nunca foi destinado a nós. Mostrou que estávamos errados ao tê-lo considerado o candidato ideal. Mais tarde, fiquei sabendo que, a respeito de Edgar, ele havia consignado em seu diário, que tinha a sinceridade que conhecemos nos escritos destinados à posteridade: "Morreu em bom momento; felizmente, morreu em função. Teria morrido se eu o tivesse forçado a deixar o Bureau ou se tivesse pedido demissão, até por livre vontade... Fico particularmente feliz por não tê-lo forçado a se aposentar no fim do ano passado."

39

O dia 3 de maio, dia seguinte à morte de Edgar, foi envolvido por aquela estranha impressão que emana dos dias que ficam entre a morte e o enterro de um falecido, em que o choque cede à melancolia sem que ainda nos sintamos autorizados a empreender o longo trabalho de luto que permite que os aflitos sinceros, com a ajuda do tempo, consigam viver sem o desaparecido. O vazio que se instalava em minha existência parecia-me muito cruel, mas na medida de meu apego a Edgar. Há tantos anos ele preenchia a minha vida! Eu não lembrava que, fora dele e do Bureau que ele encarnava, algo tivesse podido suscitar em mim um interesse perene. Os dois me deixavam ao mesmo tempo.

Nossa relação com o tempo era diferente. Eu vivia o presente voltado para o passado, como todo ser nostálgico. Ele o apreendia na inquietude do futuro. O meu estava em suas mãos, desde o dia em que nos tínhamos encontrado. Uma coisa mais que qualquer outra nos tornava indissociáveis. Vínhamos tanto um como o outro das profundezas de uma

América muda e laboriosa. Tínhamos chegado graças ao nosso trabalho e ao nosso sentido do serviço às mais altas responsabilidades do Estado. Eu sabia que Edgar não deixaria ninguém nos tirar de lá. Aproveitei esse dia de latência para reviver na mente o filme desses anos vividos lado a lado. Nossa história tinha começado quanto o cinema mudo dava aos atores um ar de rebeldes apressados. Desaparecida essa crispação, conhecemos a grande época do preto e branco falante. Aquela que nos convinha melhor. A cor nos surpreendeu porque sua vivacidade e suas nuanças contrastavam com os nossos temperamentos discretos, com a natureza das intrigas que vivíamos. Nunca gostamos daquela depravação de tons vivos que os Kennedy usaram tão bem para brilhar.

Mohr surpreendeu-me nessa projeção íntima, eu não o esperava tão matinal:

— Gray voltou hoje de manhã, um pouco antes da abertura das salas. Estava num estado à beira da agitação. Foi bem direto: "Escute-me, Sr. Mohr, sou o que chamam um irlandês cabeça-dura e não costumo ser enrolado." Entendi que ele estava falando dos famosos dossiês. Respondi-lhe olhando-o bem nos olhos: "Escute, Sr. Gray, sou um holandês cabeça dura e não costumo ser vaquinha de presépio." Não lhe disse mais que na véspera, em seguida abordamos aspectos técnicos dos funerais, depois ele foi embora.

— Muito bem, Mohr, acho que a decisão relativa à nomeação do sucessor do Sr. Hoover pela Casa Branca deverá ser tornada pública no início da tarde. Mantenha-me informado a fim de que eu possa significar oficialmente a minha demissão.

Seis horas mais tarde, Mohr me chamava para me informar que Patrick Gray, o vice-ministro da Justiça, estava nomeado diretor do FBI e que Felt o assistiria nessa tarefa. Logo chamei Felt para ditar-lhe minha carta de demissão a ser assinada por minha secretária, Sra. Skillman, habilitada a me representar. Acho que só transmitiu ao novo diretor uma versão expurgada. Nesse meio tempo, Gray tentara falar comigo ao telefone a fim de expressar as suas condolências. Não julguei bom aceitá-las.

Na cerimônia fúnebre, pedi para ser colocado num lugar um pouco isolado, perto da Srta. Gandy, que sempre me detestara mas que nunca deixara aparecer. Em nenhum outro lugar houve dor tão sincera. Edgar foi inumado como chefe de Estado. De certa maneira, fora mais que isso. Enquanto os mandatos de presidente não excedem oito anos à exceção do de Roosevelt por razões excepcionais, o dele durara 48 anos sem nunca ter cruzado com o olhar dos eleitores, sem nunca ter sido refém da ingratidão deles. Longe da cena eleitoral, ele fora o grande regente de cinco décadas de vida política americana. O que construíra na sombra, seus detratores sabiam. Mas Edgar era capaz de medir seu valor pelo número de inimigos que tinha e é verdade que não deixou de tê-los tanto foi asperamente disputada sua posição única de guardião do templo dos valores dos Estados Unidos da América.

Eu disse, estou convencido de que ninguém liquidou Edgar, ainda que Crawford, seu homem pau-para-toda-obra, tenha encontrado a porta da casa aberta de manhã, um fato sem precedente. O que o matou foi o fato de Nixon tê-lo chamado, na véspera da morte, por volta de meia-noite, para pedir-lhe que fosse embora. Ele voltava de minha casa onde viera jantar. Regara bem a refeição com Jack Daniel's Black Label servido em sua jarra predileta, uma jarra musical que, inclinada, tocava "For He's a Jolly Good Fellow". Nixon queria vê-lo fora antes de começar suas operações de espionagem do partido democrata. Só queria homens seus em todos os compartimentos do jogo e sabia muito bem que Edgar só pertencia a si próprio. Que seja maldito, por Deus!

De todos os discursos que foram pronunciados nos funerais pelas mais altas personalidades do Estado americano, meu preferido foi o do governador da Califórnia, Ronald Reagan. Ele e o irmão nos tinham dado uma senhora ajuda durante a caça às bruxas em Hollywood. Uma frase de seu discurso resume o que foi Edgar: "Ao longo do todo o século XX, nenhum homem significou mais para seu país que Hoover." O caixão, coberto com a bandeira americana, foi colocado sobre o catafalco de Lincoln. Edgar foi nessa oportunidade a vigésima primeira pessoa à qual a América prestava essa suprema homenagem. Devo confessar que, no início, teria preferido o modesto enterro maçônico que tínhamos projetado, mas a cerimônia esteve na medida da importância de Edgar para a nossa nação. Nesse dia, eu estava bem fraco e tive de acompanhar a cerimônia numa cadeira de rodas. No final, entregaram-me, dobrada, a bandeira que cobrira seus despojos. Fiquei muito emocionado por ser um gesto reservado às viúvas de falecidos ilustres. A última a ter sido honrada antes de mim foi Jacqueline Kennedy.

Edgar me legou tudo. Sua fortuna, oficialmente meio milhão de dólares, mais algumas contas texanas sobre as quais tínhamos cruzado as nossas assinaturas. Seus bibelôs que leiloei. Seus dois cães dos quais rápido me livrei. Vê-los me indispunha, não sabia por quê, até o dia em que entendi que tinha medo de que ele os tivesse amado mais que a mim.

Esta ficção é baseada em acontecimentos reais e põe em cena personalidades com seus verdadeiros nomes. Algumas de suas frases são imaginárias, outras são fiéis à maneira como puderam ser relatadas em livros ou artigos.

Os seguintes documentos foram incrivelmente úteis para a sua redação, além de arquivos pessoais do autor que recorrem ao que muito se escreveu sobre o período.

GENTRY, Curt. *J. Edgar Hoover: The Man and the Secrets*. W. W. Norton & company.

SUMMERS, Anthony. *Le Plus Grand Salaud d'Amérique. J. E. Hoover, patron du FBI.* Seuil.

REEVES, Richard. *President Kennedy Profile of Power*. Simon & Schuster.

KENNEDY, Robert. *13 jours. La Crise des Missiles de Cuba*. Grasset.

BENSON, Michael. *Encyclopedia of the JFK Assassination*. Checkmark Books.

COLLIER, Peter e HOROWITZ, David. *Les Kennedy. Une Dynastie Américaine*. Payot.

HERSH, Seymour M. *The Dark Side of Camelot*. Harper Collins Publishers.

SALINGER, Pierre. *De Mémoire*. Folio.

MELANSON, Philip H. *The Robert F. Kennedy Assassination*. S.P.I. Books.

CONE, James H., *Malcolm X and Martin Luther King*, Labor & Fides.

CORBIC, Armand. *Camus: L'absurde, la Révolte et l'Amour*. Atelier.

Arquivos do FBI sobre Robert Kennedy, com a amável cooperação de Patrick Jeudy.

Este livro foi composto na tipologia
Carmina Lt BT em corpo 10,5/16 e impresso
em papel off-white 80g/m², no Sistema Cameron
da Divisão Gráfica da Distribuidora Record.